WUNDERBIKE

www.editions-jclattes.fr

Thomas Barthuel

WUNDERBIKE

Roman

LA GRENADE
JC Lattès

Couverture : Magali Giraudo

ISBN : 978-2-7096-6747-0

Première édition mai 2023.

Pour les Barthovski

« Le degré de lenteur est directement
proportionnel à l'intensité de la mémoire,
le degré de vitesse est directement
proportionnel à l'intensité de l'oubli. »

MILAN KUNDERA, *La Lenteur*

ACTE I

« Il faut que tout change pour que rien ne change. »

GIUSEPPE TOMASI DI LAMPEDUSA, *Le Guépard*

LA MÉLANCOLIE DU BOURDON

Dans les allées d'un petit cimetière du Nord, entre les couperoses et les chrysanthèmes, mon retour au pays interroge. Tout le monde sait que je n'ai pas mis un pied ici depuis la vente et le dépeçage rituel de l'usine d'électroménager Essorex, jadis premier employeur de la région. Alors j'imagine qu'à ma vue, les commères locales, entre deux larmes grasses, susurrent des mots fielleux sautant d'une tombe à l'autre : « Regarde, c'est le petit Dubois qui vient demander pardon ! Il arrive un peu tard pour ce pauvre Gaston. » « Tu parles d'un petit-fils, je t'en filerais des petits génies des études. » Je n'entends rien, je le sens, c'est pire.

Je m'appelle Julien Dubois, j'ai 33 ans. Je suis manager dans un fonds d'investissement international prestigieux qui s'appelle Golden Temple. Pas de femme, pas d'enfants.

Aujourd'hui, je suis triste, comme un petit garçon qui enterre son grand-père sans avoir eu le temps de lui dire au revoir. Car oui, Gaston, c'est mon grand-père, et sans doute un peu plus. Je ne suis pas surpris par sa mort. On l'attendait. Son décès est de ceux qu'on sent arriver depuis des décennies, mais que l'esprit compartimente, parce que bon, à force de crier au loup. Mais, soyons clair, une artère bouchée quand on a passé sa vie à s'enfiler des maroilles faramineux, à cramer des Gitanes et à descendre des tonneaux de tout ce qui se distille, ce n'est pas un choc. Mort d'avoir trop bouffé, d'avoir trop aimé, d'avoir trop gueulé. Gaston, le responsable CGT, celui qu'avait pas sa langue dans sa poche, qu'on envoyait toujours tancer la direction de la largeur de son mètre cube, du haut de ses jurons de prolo. L'adulte que je suis a suffisamment intégré les concepts du vieillissement, de l'élasticité décroissante des tissus, des amas adipeux dans la tuyauterie, la décrépitude, les saisons et, pour ainsi dire, une certaine logique presque économique, pour ne pas être surpris. Non, ce que je pleure ce sont mes souvenirs. Je pleure une grosse voix, une moustache blanche anachronique, la cueillette des myrtilles et des champignons, les coups de gueule légendaires. Cette odeur de tabac froid. Le refus de l'étroitesse. La puissance d'une vie grande ouverte. Il n'a presque pas bougé d'un iota, sauf pour l'Algérie, comme vissé à Essorex, à sa maison, à sa famille. Et pourtant c'est comme s'il avait eu la sagesse des grands voyageurs. Il savait. Il en imposait. Comme un bourdon, rassurant et intemporel.

J'en aurais bien pris un peu de rab, de Gaston. Avec lui, c'est un bout de moi qu'on enterre. Gaston, c'est celui qui se rappelait l'enfant que j'étais. Sensible et joyeux, fragile et ingénieux. Celui qui se rappelait l'ado que j'étais. Romantique et idéaliste, loyal et honnête. Maintenant qu'il n'est plus là, Gaston, qui pourra le défendre, cet enfant, cet ado. La mort de Gaston, c'est la perte de celui que j'étais. La nécessité de me retrouver, aussi.

Alors que le cortège progresse dans l'allée centrale, je sens les paires d'yeux rougis qui inspectent mon costume de flanelle d'un luxe inhabituel. On se réjouit, peut-être, je n'en suis pas sûr, des éclats de boue sur mon ourlet soigné. C'est tout juste s'ils n'envoient pas leurs bergers allemands humides se frotter contre mes frêles guiboles d'homme de la ville. J'avance derrière le large cercueil de bois, ils sont huit à porter mon grand-père XXL, et la honte me fait courber le dos. À croire qu'elle était attachée à cette terre et attendait mon retour pour me sauter à la gorge.

Pourtant, pour cette vente, la première de ma carrière, mon baptême du feu chez Golden Temple, je n'avais fait que mon travail. Diligent, rigoureux, vertueux, diraient certains. J'avais de mon côté, pour ma défense, les idéologies et les dogmes en vigueur. L'efficacité, le coût horaire, l'économie de la connaissance… les concepts orthodoxes des livres de management, qui essaiment ici et ailleurs, et qu'on ne dispute même plus. Essorex n'était après tout qu'une ruine, ses ouvriers ronchons et dépassés, plus personne pour les défendre. Alors tant pis si l'âme d'Essorex c'était mon grand-père et ses potes, il fallait bien que quelqu'un le fasse. Il fallait bien que quelqu'un le liquide, ce vestige du passé.

Je m'en suis voulu. Au point de refuser de revenir constater les dégâts. Un an, puis deux, puis trois. Et puis l'oubli. Le silence s'installe si vite dans les familles. J'espère que Gaston le sait, lui, que ma si longue absence n'avait rien d'un mépris. L'ellipse est un mal nécessaire pour ceux qui rêvent en grand. S'éloigner, un temps, parfois sans revenir, du bouillon qui vous a vu grandir. Autrefois, on montait à la capitale. Aujourd'hui, on va à Londres, Tokyo ou New York. Même rengaine. On s'affranchit, pour se prouver des choses, et puis on rentre. Quant à la vente, nous n'en avions jamais parlé. Il avait trouvé refuge dans ces grands silences pleins d'orgueil qui suivent les blessures. Et moi, j'étais très occupé à faire tourner le monde. À Shanghai, Jakarta, Rio de Janeiro, il y a toujours quelque chose à acheter et à vendre. À acheter, et à jeter.

Je me tiens au-dessus de la fosse, une maigre rose à la main, même pas éclose, trouvée à la va-vite à l'Inter du coin. Il pleut. J'entends un type derrière, goguenard :

— Gaston va enfin pouvoir s'attaquer au grand patron !

Il rit, à demi convaincu par son bon mot. Son voisin enchaîne :

— Pour sûr qu'il va leur obtenir un treizième mois, là-haut ! Eh, les gars, attention, Gaston la baston arrive !

Éclats de rire du côté de ses camarades de l'usine, qui se mettent à bourdonner en souvenir des combats passés. Ils sont habillés en rouge, de la tête aux pieds. Il ne faudrait pas qu'on les oublie, ça raviverait des douleurs. Certains ont le regard embué. La peinture des banderoles, la fumée des merguez au barbecue sous le bureau de la direction, et le sentiment du collectif. Mon grand-père m'emmenait, parfois, lors de certaines grèves. Il me disait que c'étaient des gentils, chez Essorex. Que lui, tout ce qu'il voulait, c'était le respect. Il me disait que moi, contrairement à lui, je gagnerais le respect du monde, non par le combat, mais par le savoir : « L'éducation, c'est la seule arme pour les âmes sensibles de ta trempe. »

Ce sera bientôt à moi de parler. Partout, j'aperçois des fantômes. Des gueules de mon enfance, pas vues depuis cinq ans, dix peut-être. Mon cousin Paul, là-bas. La voisine. Le copain de Gaston, Lucien, l'électricien de l'usine. Pour la plupart, des tronches dépareillées, sans sève, usées, perchées sur des corps abîmés par le temps, cachées par des parapluies logotés aux couleurs d'une agence immobilière ou d'une marque de glaces. Quelques marteaux et faucilles désuets attrapent l'œil des plus attentifs. C'est qu'il faut bien ça, en l'honneur du bien nommé Papouchka, communiste jusque dans son surnom.

Je prononce mon discours. « Le grand-père dont tout petit-enfant peut rêver », puis quelques mots sur la filiation, avec une citation de Victor Hugo et beaucoup de souvenirs d'enfance. J'obtiens des larmes, celles qu'on ne retient pas, qui proviennent directement des entrailles et qui submergent. J'obtiens des rires. Ensuite, au prix d'un grand effort, je m'excuse pour Essorex. Tout le monde sait, je vois les regards d'approbation sur les visages, et un poids qui quitte ma poitrine. Comme si j'avais regagné un peu l'estime de l'assistance. Même si c'était trop tard pour celle de Gaston, c'était déjà ça. Une vieille me fixe, elle a les cheveux rouges et le regard noir, je crois la reconnaître, l'ancienne épicière peut-être. Puis je jette un œil au cercueil. Je repense à l'embonpoint bonhomme et à la barbe piquante. Je le revois assis dans le grand fauteuil club de son salon, vers lequel mes mèches blondes couraient en arrivant chez lui. Cette vision convoque un sentiment désuet, chaleureux et flou. Différent des exaltations bilieuses de ma vie filante. En me tournant à nouveau vers l'assistance, essuyant mon visage, je suis ébloui par le soleil qui pointe entre les nuages. Je sens mon cou qui craque. Merde, un faux mouvement. À moins que ce ne soit quelque chose d'enfoui sous des dizaines d'années et qui bouge encore un peu, qui tente de se frayer un chemin.

Ensuite, je me fais chasser du devant de la scène par le petit groupe de syndicalistes baroques. Ils entonnent l'Internationale, accompagnés à la trompette et à l'accordéon par deux jeunes du coin, les enfants de Malik d'Essorex, sûrement les deux seuls du coin qui pratiquent encore la musique. Je souris en imaginant mes collègues de Golden Temple me voyant, aussi ému qu'on puisse l'être, fredonner des airs de révolution dans mon complet Loro Piana.

Après la cérémonie, mon cousin Paul, le seul de ma famille qui vit encore dans la région, a organisé un apéritif. Les gens viennent me saluer, sans animosité. Quelques-uns font référence à la vente d'Essorex et à l'eau qui aurait coulé sous les ponts. On parle de Gaston. La vieille aux cheveux rouges, en aparté, me confirme qu'elle est non seulement l'épicière, mais aussi la compagne de Gaston dans les dernières années, ce que j'ignorais. Puis, malicieuse, en se doutant de la portée de sa parole, elle me glisse que mon grand-père ne m'en voulait pas, ni pour Essorex ni pour rien. Qu'il pensait que ma boussole était juste cassée, mais que, bientôt, elle serait réparée. « Julien, c'est un bon petit. Avec ses fulgurances, nul doute qu'il retrouvera le chemin de chez lui. » Je n'ai pas le temps de digérer la conversation que Paul vient à ma rencontre.

— Je pensais que tu nous avais oubliés, dit-il en souriant.

— On n'oublie jamais le paradis, je réponds, enjoué.

Son visage se crispe un peu, il doit penser que je me fous de sa gueule. Il faut dire que les abords immédiats, selon des critères esthétiques largement partagés, font plus low cost que jardin d'Éden. Je me corrige.

Paul me dit qu'il est à son compte, agriculteur dans la région. Qu'il fait des patates, du maïs, du colza, du blé ! Tout ce qui pousse, en fait. Un peu de bio, mais pas trop parce que ça fait baisser les rendements et il ne s'y retrouve pas toujours sur le prix. Il me demande si je continue à sillonner le monde comme un vautour, avec un sourire en coin. Je tente d'éviter le sujet par une question :

— Tu te souviens du jardin de Gaston quand on était petits ? On jouait à compter les bourdons du massif de fleurs, il y en avait des centaines.

— Aujourd'hui, il n'y en a plus qu'une poignée, les plus gros, les plus velus, me répond-il. Le monde change, Julien. Les bourdons nous quittent, et toi, tu ne fais pas grand-chose pour aider. Et, au fait, pourquoi tu l'appelles Gaston ? Il s'appelle Papouchka.

Dans le train retour pour Paris, je suis pris d'une grande lassitude. Il fait chaud pour un début de printemps, la climatisation est cassée, l'air du wagon est chargé d'effluves épicés. Les gens parlent de canicule précoce, sans que j'y prête attention. Je somnole en lisant le rapport annuel de mon prochain client. Lundi, je pars à Bangkok. En attendant, j'ai décliné tous mes rendez-vous téléphoniques. En temps normal, je me serais fait violence, je les aurais faits depuis le train. Pas aujourd'hui. Ces histoires de bourdons, de boussole et de monde qui change m'occupent l'esprit.

Alors j'envoie un message à Pernille, une fille d'une firme concurrente, croisée récemment sur un deal paneuropéen, et avec qui je couche de temps en temps. Souvent chez elle, d'ailleurs, elle préfère. « On baise ensemble, comme on ferait du sport, pour l'hygiène », a-t-elle coutume de répéter. En réponse, Pernille me propose de venir chez elle ce soir, et d'apporter des capotes. Sans caoutchouc, précise-t-elle. Elle n'a aucune idée d'où j'ai passé la journée, et c'est tant mieux. On a l'intimité que l'on mérite, ou que l'on souhaite. Je me dis que Gaston n'y comprendrait rien, lui qui enquêtait toujours sur mes « petites amoureuses » et qui pleurait encore la sienne. Enfin, jusqu'à l'épicière.

Et là, coincé dans le carré du train, dans le sens inverse de la marche, étouffant entre un type aux cheveux longs et une mère et son fils, je me demande : où es-tu passé, Julien Dubois ? Est-il possible que tu sois parti si loin, au point d'avoir perdu ta route ? Parfois, l'important, c'est de se poser la question.

OUT OF OFFICE

Les mois qui suivent le décès de Papouchka se déroulent en deux phases distinctes. D'abord, la phase que l'on pourrait qualifier d'hystérique, celle du regain d'énergie, de la négation de la douleur, de l'enfouissement des émotions. Fantasme d'invincibilité : prise en main de nouveaux dossiers au bureau, frénésie de sport, excès de sorties avec tentative de prédation de stagiaires féminines (dans les limites de la charte des ressources humaines de Golden Temple). Avec, notamment, un temps déraisonnable passé dans les fumoirs de boîtes de nuit de l'Ouest parisien, terrain de jeu nocturne des cadres en décompensation. Souvent Le Bonheur des Dames, rue du Colisée.

Et parfois, à des heures tardives, des larmes de crocodile, furtives, non feintes, surprenant leur auteur, s'échappant pour conter à ladite stagiaire (ou une autre) l'histoire de Gaston, ce grand homme. Essorex, la vente, les bourdons, mon cousin Paul. Mes mèches blondes et l'épicière. Impression d'une ouverture avec la stagiaire, initiation d'un rapprochement des membres et des muqueuses. Et puis l'affligeant épilogue, le triptyque du malheureux suite au refus net. Agressivité, videur, trottoir. Honte le lendemain matin. Répétition le lendemain soir, ou appel à Pernille, si toutefois elle est en ville. J'ai passé un mois, peut-être deux à ce rythme. La tristesse est un carburant puissant, inflammable.

La seconde phase, le retour au réel, tendance catatonique, débute un matin, pourtant banal. Au milieu du brouhaha de la rue, je file vers une journée productive grâce au cocktail de stimuli habituels : un double almond macchiato et une consultation effrénée de mes mails. Je me sens bien, en contrôle, la tête enfouie, occupée par des millions d'urgences sans urgence. Et là, au feu rouge, sans crier gare, un message de Paul m'agrippe.

Comment vas-tu, cousin ? Nous allons mettre la maison de Papouchka en vente. Il y a quelques affaires pour toi, ce serait bien que tu passes les récupérer un de ces quatre.

Dans l'instant, je lui réponds laconiquement que je vais être très souvent en voyage, en énumérant les capitales où l'on m'attend, pour ne pas laisser de place à l'espoir. En vérité, ça m'arrange, je refuse de remonter dans le Nord et de réveiller le marasme des doutes. Il s'en sortira très bien sans moi. Je lui recommande simplement de mettre les meubles sur Leboncoin ou d'appeler Emmaüs, ça marche bien, dans ces cas-là.

Je ne savais pas que tu bossais dans le tourisme, me répond-il, narquois. *Si tu changes d'avis, tu sais où nous trouver.*

J'en ai voulu à Paul d'exister, de se rappeler à moi sans que j'aie rien demandé. Puis je m'en suis voulu de ne pas lui avoir exprimé mon souhait d'être seul. Son message a été une sorte de point de bascule, la fin de mon hyperactivité factice, avec des moments d'introspection et un encombrement des pensées plus fréquents. Ensuite, il y avait eu un largage en règle par Pernille, qui n'avait pas supporté que je souhaite élargir le périmètre de notre relation en voulant me confier à elle : « J'ai besoin de légèreté, et là, tu deviens lourd, Dubois. On se rappelle quand tu auras réglé tes questions métaphysiques. » Puis, comme une lente descente aux enfers, on m'avait sorti de certains projets au bureau et on m'avait retiré la gestion des stagiaires. Officiellement pour des raisons de budget, mais je savais que mon nouveau niveau de dynamisme ne plaisait pas à Roberto, le partner avec qui je travaillais. Il était réputé pour ne prendre dans ses équipes que des types « *super pumped* ». Un bâillement en réunion et c'était Pôle Emploi dans le trimestre.

Ensuite, Paul avait continué à m'écrire, à intervalles réguliers : *Je vais jeter ta collection d'herbiers* ou encore *Les anciens d'Essorex m'aident à déménager les meubles ce week-end, ce serait bien que tu passes.* Mais c'est finalement un dernier message, reçu un jeudi soir dans le canapé de mon loft à Barbès, au moment de croquer dans une pizza au chorizo – un substitut efficace aux mamelons de Pernille –, qui me fait baisser la garde et me décide à rentrer au pays : *Dis, Julien, je sais que tu l'aimais beaucoup. Est-ce que tu veux récupérer le vélo de Papouchka ? Dernière tentative. STOP.*

Son vélo rouge et noir, Papouchka me l'avait souvent prêté. Surtout dans les dernières années, avant mes études, quand lui-même sortait moins. Il aimait le vélo à sa manière, d'abord pour l'objet, ensuite pour le sport. Il aimait les réparer, avec les copains d'usine. Autoproclamés « Les Rois de la Petite Reine », ils formaient un club de joyeux délurés dont les centres d'intérêt, loin d'être exclusifs, débordaient souvent du piston vers l'agenda social d'Essorex. Parfois, ils se réunissaient aussi pour regarder le Tour de France et s'enfiler des pastis, c'était de leur époque. Un certain art de vivre populaire dont les vestiges fument encore. En somme, on pourrait dire que Papouchka et ses copains aimaient rouler, mais pas au point de mettre en danger leur autre passion, la convivialité.

Mais ce vélo, pour moi, c'était surtout nos excursions annuelles, en tête à tête. On partait pour un week-end, au début de l'été, au bord d'un lac ou à l'assaut d'une petite colline. Il disait : « C'est pas le mont Ventoux, mais ça fera bien l'affaire. » Je ne crois pas qu'il aurait été capable de grimper le mont Ventoux. On en parlait pendant des jours avant, sans savoir quel casse-croûte emporter, où on dormirait et si le ciel serait suffisamment dégagé pour apercevoir des étoiles. On préparait des potions magiques, avec du miel et des sirops, censées nous donner de la force. Une fois en haut, il dissertait sur l'homme et la nature en ouvrant sa boîte de thon grand format, qu'il avalait à la cuillère, avec un peu de sel. Il dissertait sur la condition ouvrière, en enfonçant les sardines de la tente. Il taclait le grand capital et ses petits escrocs, en regardant l'horizon. Et, au coucher du soleil, il radotait sur l'importance des études. Toujours les études, le plus essentiel. « Et toi, Julien, comment ça se passe à l'école ? Tu feras quoi quand tu seras grand ? » Je lui disais « Astronaute, Papouchka ! » et il me répondait, en souriant, « la tête dans les étoiles, c'est un bon choix ». Il ajoutait, en riant : « De toute façon tu peux tout faire, toi. Même grand patron ! Et puis, y'a pas de mauvais métiers. Tant que tu respectes tes gars, que tu te respectes toi et que tu respectes le monde ! »

Paul, j'arrive demain par le train. Je voudrais beaucoup récupérer ce vélo, et passer du temps avec toi.

D'accord, cousin, tu es le bienvenu. Viens t'installer à la maison. Au passage, j'aurais un service à te demander.

Alors, le lendemain, j'ai demandé à prendre un congé sans solde d'une semaine, ce qui arrangeait tout le monde, à commencer par Roberto. Et puis j'ai fait mon baluchon. J'ai pris le train pour Lille, réservé une voiture sur un site de locations entre particuliers. J'ai récupéré une épave qui affichait plusieurs centaines de milliers de kilomètres au compteur, sans direction assistée, mais que son propriétaire traitait comme un modèle de collection. Je suis arrivé vendredi soir assez tard chez Paul, qui m'attendait la mine ravie. Il avait préparé un plat de spaghetti aux champignons, de la bière d'abbaye et, sur la table de sa petite maison, aligné de vieux albums photos. Au moment de se mettre à table, j'avais entendu une voix de petite fille : « Papa, j'ai perdu mon doudou ! ». Quelques secondes plus tard était apparue une petite tête blonde et bouclée que je ne connaissais pas. Paul avait une petite fille de 4 ans, Gaïa. Je n'en revenais pas, comment avais-je pu passer à côté de cette information ? Gaïa, 4 ans, presque et demi, c'était la violence de mon absence aux miens qui me souriait de toutes ses dents de lait. Le pire restait que Paul n'ait pas jugé utile de me prévenir. Mais il ne fallait pas chercher bien loin pour comprendre qu'il n'y était pour rien, que cette blessure était auto-infligée.

Paul et moi avions presque le même âge et pourtant, à cet instant, il paraissait mon aîné. J'avais grandi dans une certaine suffisance, liée à mes études, à mon métier, et je revenais, longtemps après, constatant que mon cousin était père et chef d'entreprise, agriculteur. Qu'il gérait la vente de la maison de Papouchka. Qu'il était devenu un homme, solide sur ses appuis, faisant face, sans évitement. Qu'avais-je fait, moi, à part voler à travers le monde avec des oreillettes et faire poser du parquet dans mon loft de Barbès ? Il me semblait être resté bloqué au stade antérieur de l'évolution, quel qu'il soit.

— On s'y met ? m'avait-il demandé, une fois le doudou retrouvé, en montrant les albums. Tu as des têtes pas possibles sur certaines photos !

Les premiers jours, nous avons fini le déménagement, en savourant l'instant. À force de dépoussiérer nos souvenirs, c'est notre plaisir d'être ensemble qui est revenu. Nous avons cherché les bourdons du massif de fleurs, roulé à vélo à travers ses champs, bu des Picon bière sur des terrasses sous de grandes horloges ancestrales. J'ai aidé Paul à faire ses semis. En octobre, c'est la laitue et le radis. J'ai tenté de comprendre son métier de la terre, si loin du mien. Il m'a parlé de ses inquiétudes pour son activité, pour le futur. Des saisons qui se brouillent, de la pluie qui tarde à venir et du soleil qui tape de plus en plus fort certains étés. J'avais déjà entendu tout ça, le dérèglement du climat, les rendements qui stagnent, mais Paul leur donnait une proximité nouvelle, ancrée, vécue, réelle. J'ai repoussé mon retour d'une semaine, et puis d'une autre, au point d'oublier complètement Golden Temple et les cambrures de Pernille, auxquelles, par habitude, j'avais sûrement fini par m'attacher.

Un jour, au beau milieu du champ, je reçois un appel du bureau. C'est Roberto qui vient aux nouvelles : « Alors, Dubois, ça fait longtemps que t'as disparu, t'as pris la clé des champs pour de bon ? T'es pas parti élever des chèvres dans le Larzac, au moins ? » Passé les quelques lourdeurs d'usage, il redevient sérieux. Il veut que je rentre dès que possible. Il a besoin de moi pour une mission « dans un pays de bas de classement ». Dans sa bouche, je sais d'instinct qu'il s'agit d'un pays africain. Puis j'entends les mots : entreprise pétrolière / comme Essorex / gros bordel / tu pars dans cinq jours / bonus d'anthologie. Il précise, mécaniquement, comme s'il lisait un prospectus ou qu'il était surveillé par le comité RSE de Golden Temple, « c'est la filiale d'une belle entreprise texane qui respecte ses salariés sur place et a prévu d'investir massivement dans l'éolien, à hauteur de 6 % de son chiffre d'affaires d'ici à 2050 ». Je raccroche, en confirmant mollement mon retour le lendemain, un peu forcé. Au fond, je me délite.

Le soir, j'ai droit à un sermon de Paul quand je lui explique que je dois rentrer. Il se fâche, me dit qu'il pensait que j'aurais compris. Et puis, frontal :

— Tes allers-retours en jet privé vers le Dictaturstan pour sauver une entreprise qui dégaze du CO_2 comme un troupeau de vaches dopées aux flageolets, ça ne te dérange donc pas ?

Je lui réponds, bredouille, que je n'y avais pas pensé en ces termes, que c'est mon métier. On m'a appris à ne pas questionner la marche de l'économie, elle a ses raisons. S'il y a un dysfonctionnement, le marché le corrigera.

— Oui, je connais tes classiques, Adam Smith et ses copains. Sauf que sa main invisible, là, laisse-moi te dire qu'il est en train de nous la mettre bien profond. La dernière fois, c'était Essorex, là, c'est l'humanité tout entière. Ce serait bien que tu te réveilles, Julien !

Paul me balance ça devant sa fille. Elle léchouille rituellement son doudou en mangeant une olive aux anchois et un petit cracker à l'emmental. Elle a le regard qui brille, interrogeant la scène de ses deux billes émeraude écarquillées, interloquée de voir son père hurler des mots qu'elle entend pour la première fois. Pourtant, par moments, il la regarde, se radoucit et lui caresse la joue, comme si ça la concernait. Puis la discussion se poursuit et Paul devient plus véhément. Il énumère les symptômes du monde et invoque la mémoire de notre défunt grand-père, « qui avait vu juste sur l'essentiel », selon lui. Devant mon silence, qui confirme pour lui ma naïveté, il se calme et ajoute :

— La fétichisation de la marchandise, tu connais ? Ils ont pas dû vraiment t'apprendre Marx en ESC, ou peut-être juste pour le défoncer. Je vais faire ton éducation, moi.

Il se marre, se radoucit, et part me chercher deux trois bouquins dont les titres me disent vaguement quelque chose. Puis je me rappelle que Paul, y compris jeune, a toujours eu ses propres convictions. Peut-être un peu trop pour l'école, d'ailleurs. « Thèse, antithèse, quelle perte de temps ! Moi, je file direct à la synthèse », m'avait-il dit ado. Une manière de procéder qui ne lui avait pas valu la reconnaissance de l'enseignement supérieur, mais, semblait-il dire, l'avait éloigné des sophismes et autres bobards de masse dans lesquels l'homme adorait s'enliser. Il n'en faisait pas un modèle de réussite, simplement c'était sa manière d'être. Ensuite Gaïa vient s'asseoir joviale sur mes genoux et me dit, avec cette logique partielle, mais implacable qui caractérise les enfants :

— Oncle Julien, tu peux pas repartir au travail parce que tu dois lire tous ces gros livres, c'est Papa qui l'a dit. En fait, tu en as pour toute la vie, je crois.

— Elle n'a pas tort, tu ferais mieux de t'y mettre, enchérit, amusé, son père.

Puis Gaïa sourit et dépose un baiser à l'anchois sur ma chemise, avant de sauter à la conquête d'autres petits trésors salés.

Plus tard, seul dans mon lit, je n'arrive pas à trouver le sommeil. Paul, Papouchka, Karl et Gaïa font face à

Roberto et Adam. Je suis laborieusement embourbé dans ma dialectique un peu scolaire, ralentie par la sournoiserie de quelques verres de blanc. Je pense à ce cousin qui cultive son jardin et à moi qui vais creuser dans celui des autres.

Le lendemain matin, embrumé, je descends à la cuisine. Paul est debout depuis deux bonnes heures, occupé par ses radis, et Gaïa avale des fruits du jardin avec un verre de lait. Les odeurs et la lumière me rappellent la maison de mon grand-père, je voudrais ne plus jamais partir. La télé est allumée, une chaîne d'info, quand apparaît à l'écran la nouvelle maire de Paris, Pauline Diawara. Paul me demande de monter le son. Il semblerait que ce soit le discours d'investiture de cette dernière, très attendu, tant il préfigure les années à venir, pour Paris, et pour toutes les villes qui s'en inspireront. Son discours est principalement axé sur la protection de l'environnement : plan vélo, taxe sur la viande, interdiction de l'autosolisme, combat sans relâche contre tous les profiteurs. Elle ne nomme pas Golden Temple, mais l'expression est suffisamment inclusive pour ne laisser aucun doute. Paul déguste ses mots, opine, exulte.

— Elle est pas mal, celle-là. Tu en penses quoi, Julien ?

— Il semblerait que je sois cerné, dis-je en éprouvant une grande lassitude, et, peut-être pour la première fois, une colère.

Colère contre moi-même de ne pas avoir écouté Papouchka. Colère d'avoir choisi la facilité, d'avoir tenu trop longtemps mes idéaux à distance. Colère d'en être là, à presque la moitié de ma vie, sans terre ni foyer, à accentuer chaque jour le tourbillon d'un monde malade. Et en même temps, un profond sentiment d'autocompassion, parce que je sais que je vais agir bientôt, que je ne vais pas ignorer ces appels du pied du destin qui m'ont conduit ici, sur ces terres, avec mon cousin Paul, pour un au revoir à ce vieux Papouchka, ma boussole. Au mur de la cuisine, j'aperçois un cadre accroché au mur avec une citation encadrée de Gandhi : « Sois le changement que tu veux voir dans le monde. »

Quelques jours plus tard, au moment de ma démission de Golden Temple, passé la courtoisie des premiers instants, Roberto avait gueulé, surtout quand j'avais donné mes raisons : « J'ai besoin d'explorer autre chose, de revenir à mes racines », avais-je dit. Alors, rougeaud, postillonnant, hurlant, il avait longuement exploré le champ lexical de la déjection, combinant à foison des adjectifs fleuris et des synonymes du mot « merde » : « sale merde », « petite fiente », « immonde chiasse » ou encore, à bout de nerfs, enfantin, « gros caca ». Puis, reprenant ses esprits, il avait conclu « qu'il s'était bien fait niquer en embauchant et en formant un connard de contemplatif » et qu'il allait « me pourrir dans le milieu parce que je le fourrais dans une merde profonde avec son client ». J'avais fini par raccrocher avec le sentiment désagréable d'avoir découvert une facette odieuse de mon ancien patron qu'il n'avait pas cherché à cacher. Lui, le Mozart du *leverage buy out*, que j'avais toujours connu mesuré et calme avec ses clients, en dépit des vexations, n'avait même pas retenu le flot des insultes avec moi. Un coup pour l'ego.

Plus tard, soulagé d'avoir évité le Dictaturstan d'un cheveu, j'avais pensé à mon grand-père et au futur. Qu'allais-je bien pouvoir faire désormais ?

Et puis j'avais reçu cet étrange message de Pernille, les nouvelles circulaient vite au sein de ma désormais ex-profession : « Bien joué, Dubois. Je savais que tu avais des couilles, mais dans mon souvenir elles n'étaient pas aussi grosses. Hâte de les revoir. » Elle avait ajouté en fin de message, comme pour éviter toute méprise sur ses intentions : deux émojis œuf, une aubergine et une fontaine. Une photo d'elle en culotte blanche de coton avait bientôt suivi. Sur la culotte était écrit, avec une flèche vers l'origine du monde : « Vidange requise ».

LE CADEAU DE PERNILLE

Je me suis senti bien pendant ce temps suspendu, ces quelques mois à l'abri du trop-plein de la capitale, blotti dans ces sensations oubliées, lové dans le souvenir de Papouchka, avec comme seule inquiétude le calibre des radis et comme seule ambition de rattraper le temps perdu avec mon cher cousin et ma nièce philosophe, au beau regard d'espoir. Et pourtant un matin, en un crac, lassé de la douceur du temps long, une farouche nécessité de mouvement frémissant un peu partout dans mon corps, j'ai su qu'il fallait rentrer. Je n'étais plus le même, certes, mais la vie de Paul ne m'enthousiasmait pas non plus. Ma rupture, mon cheminement seraient plus graduels. Les addictions ont la vie dure, il faut redescendre en douceur. Le sevrage mal géré, ça peut déraper.

Je rentre donc à Paris au début de l'été, dans l'indifférence, plusieurs mois après le décès de mon grand-père. Pernille m'en veut encore d'avoir disparu. Paris est désert. Mes amis, souvent d'anciens collègues, ont filé vers des lieux de villégiature débordant de vitamine D, se transformant, l'espace des vacances, en narcisses compulsifs sur les réseaux sociaux. Je les aurais sûrement rejoints, si je n'avais pas eu une vie à relancer. Un CV à mettre à jour, des entretiens à passer.

Un soir, vers la fin juillet, essentiellement mû par la nécessité, je réussis à convaincre Pernille de venir à la maison. Je suis désormais convaincu qu'elle frôle la folie, mais c'est ma seule régulière, je m'en accommode. Là aussi, il me faudra un plan pour réduire l'addiction. On ne se rend pas service, avec Pernille.

Avant son arrivée, je chauffe au micro-ondes des nouilles instantanées, ses préférées, même si je sais que d'habitude elle préfère sauter l'entrée. Elle débarque finalement en milieu de soirée, une bouteille de champagne à la main, accompagnée d'un type d'une cinquantaine d'années au fort accent allemand qu'elle me présente comme le fondateur d'une start-up en vogue, financée par son fonds d'investissement, et qui cherche à s'implanter à Paris prochainement. Elle a passé l'après-midi avec lui, à la rencontre de l'adjointe aux transports de la mairie, pour obtenir un permis de stationner sur la chaussée, sans succès. Ils ont enchaîné sur un Biergarten dans le 18ᵉ. Je n'écoute pas tout. Je crains que Pernille n'ait pensé à un plan à trois, ce qui ne serait pas étonnant, elle y avait déjà fait allusion.

Franz n'a pas l'allure d'un client du fonds d'investissement de Pernille, Spitzberg Capital. Il possède de longs cheveux poivre et sel en catogan et une barbe touffue, bien peignée, de vieux maître japonais. On dirait un acteur, un vieux beau. Il porte un tee-shirt rose pourpre seyant, avec quelques taches de cambouis. On sent le muscle sec sous la toile de coton épaisse. Tout dans sa silhouette indique une ascendance du côté des Vikings, ou a minima un peuple sanguinaire qui résiste au froid. Il semble programmé génétiquement pour broyer des mains, et pas que. Sur ses bras, de larges tatouages : à droite, un qui ressemble à un christ crucifié un peu rabougri et à gauche, une large clé à molette. Un pantalon de toile claire et des baskets crème sans marque, mais certainement fabriquées avec du caoutchouc brésilien organique, viennent parfaire la tenue.

Une fois passé le pas de la porte, il me demande, dans un français parfait, s'il peut aller fumer sur le balcon. De loin, je le vois s'allumer ce qui ressemble à un pétard multifeuilles. Je me retourne vers Pernille.

— Qu'est-ce que tu fous, Pernille ? C'est qui ce type ?

— Oh, détends-toi, Dubois. Relax. Il ne voulait pas me lâcher, dit-elle, hilare, en pinçant ma fesse droite de sa main libre et en frottant son bas-ventre contre moi. Mais tu vas voir, son projet est passionnant.

Une fois assis, une coupe à la main, le regard un peu dilaté par « sa recette typiquement berlinoise », Franz me remercie pour l'accueil. Je lui pose quelques questions sur son projet et il explique qu'il a mis sur pied un système de vélos électriques partagés en libre-service, qu'on peut garer n'importe où. Ça s'appelle le free floating et sa société, qui le commercialise, se nomme Wunderbike. Le service est présent aux États-Unis et dans certaines capitales européennes. Et puis, très vite, il mentionne la maire Diawara, qui crée les conditions d'une implantation prochaine à Paris. En effet, cette dernière veut mener une politique très volontariste sur le vélo, c'est même un pilier important de son plan de décarbonation des transports urbains. D'ailleurs, si Pernille le finance, c'est que tous les analystes financiers présentent cette activité comme une opportunité conséquente sur le marché du vélo parisien, l'un des plus juteux au monde. Il faut reconnaître que le vélo électrique sans avoir à trouver un emplacement de parking, à coup sûr ça va faire un carton auprès des cadres pressés et paresseux. Pernille confirme que sa société a mis un gros ticket via son bureau de la côte ouest et a nommé Trevor Bazunga, le vétéran du e-commerce, comme P.D.G. Puis Franz finit par lâcher :

— On cherche un directeur général pour lancer le service à Paris. Il faut un amoureux du vélo, passionné par l'enjeu. Si tu connais du monde.

Là, Pernille me fait un clin d'œil, et je comprends son projet secret, la raison de la présence de Franz. J'avais dû lui confier, un jour où je croyais qu'elle n'écoutait pas, après diverses acrobaties, mon tropisme pour le vélo. Elle ajoute, coquine :

— Franz, c'est intéressant ce que tu dis, car Julien est justement à la recherche d'un nouveau boulot : un truc qui aurait du sens et ferait du bien à la planète, tu vois le genre ? Il est tout changé depuis quelques mois, je me suis dit qu'entre apprentis gauchistes le courant passerait bien.

Je rougis, Franz ne relève même pas. Pernille doit être bourrée pour oser sortir un truc pareil devant son client. Ensuite, j'invite les deux convives à poursuivre la conversation sur le balcon. Je leur sers des verres de rhum vieux. Franz est passionnant. Il semble convaincu que son projet, une fois développé grâce aux « millions de Pernille », comme il les appelle en gloussant, va permettre de répondre à l'urgence écologique. D'ailleurs, « la croissance verte », c'est le nouveau dada des fonds comme Spitzberg Capital, autant en profiter. Puis, joyeux, il prend Pernille par la taille et entame quelques pas de valse avec elle. Pernille, en se balançant, me précise l'enthousiasme viscéral de Franz avec quelques considérations chiffrées, notamment le potentiel d'hypercroissance de l'activité et le rendement attendu. Il faudra jouer à fond la carte de la mobilité verte pour obtenir les faveurs de la mairie. Ensuite, Franz s'arrête et montre du doigt le boulevard Barbès, en contrebas.

— Tiens, regarde, là, c'est un de mes vélos ! On fait un test grandeur nature cette semaine, avant le grand lancement, s'exclame-t-il, la mine réjouie, presque béate.

Effectivement, à bien y regarder, on distingue plusieurs vélos rose bonbon sur le boulevard, à intervalles réguliers, attachés aux poteaux par un cadenas intégré à la roue. Le vélo a un design moderne, avec une épaisseur au niveau du cadre qui contient, selon les informations de Franz, une batterie au lithium d'une autonomie appréciable. Sans parler des pneumatiques, à propos desquels il devient intarissable, avec sa précision d'ingénieur de la Ruhr. Pernille n'écoute plus et se ressert un coup, en enfilant un pull rose à capuche en coton marqué Wunderbike. Elle boit vraiment sans faire attention, il faut que je la garde à l'œil. Je commence à la connaître : avec elle, tout est binaire. Et pour l'alcool, soit c'est la retenue monastique, l'abstinence zélée, soit c'est la murge intégrale, la sortie de piste. Avec, souvent, le canapé à passer au bicarbonate en fin de soirée.

— Sacré numéro, ta nana. Heureusement que c'est une pro dans son domaine, me lâche Franz alors que Pernille s'éclipse un instant vers la cuisine.

— C'est pas exactement ma nana, réponds-je, un peu gêné.

— Ah, OK, j'ai compris. N'en dis pas plus, petit filou. C'est beau la jeunesse.

Franz me décoche un clin d'œil et éclate de rire. Ensuite, il enchaîne, sans pudeur aucune, sur le récit de sa jeunesse en Allemagne de l'Est. Des souvenirs d'un road trip en Europe, après la réunification, en combi Volkswagen, avec du peace et beaucoup de love. Sa passion pour les voyages, le vélo et les gens. Au fil des histoires, son regard s'allume et je retrouve chez Franz une vitalité intacte, un optimisme, un espoir.

Finalement, alors que Pernille trifouille dans la cuisine à la recherche, certainement, du pot de nouilles instantanées, il me regarde et demande où j'en suis dans la vie. Pernille lui a parlé de moi en d'excellents termes et, pendant qu'il est là, il voudrait se faire son opinion, « renifler le bonhomme », comme il dit. Alors je lui parle de moi et de ma décision de prendre un nouveau cap. Je suis étrangement volubile, comme si Franz me mettait en sécurité. Soudain, l'air satisfait, il me coupe.

— OK. T'es une sorte de Pernille, sauf qu'en plus t'es bien dégrossi. T'as compris que ça ne tournait pas rond dans ton monde. Avec ça, on peut travailler, conclut-il.

Quel drôle d'oiseau, ce Franz ! Il m'est très sympathique, il m'inspire, même, comme disent les coachs en développement personnel. Un Allemand de l'Est qui aime le vélo ne peut pas être foncièrement mauvais, aurait sûrement dit Papouchka. Quant à sa société,

Wunderbike, elle possède les attributs rassurants de mon ancien monde, à savoir une solide ambition, mais combinée à une mission d'intérêt général : remplacer les voitures des villes par des vélos. Je pense alors : moins de CO_2, moins de pollution, moins de maladies, plus d'espace pour tous. Que demander d'autre ? Je me dis que même Paul, promu directeur de conscience ces derniers mois, validerait un tel choix. Dans l'euphorie de l'instant, je lâche :

— Et comment je fais pour rejoindre le projet, Franz ?

— Ouh là, minute papillon. Je ne suis plus le seul à décider depuis que j'ai vendu la société. Tu as déjà le soutien du board, fit-il en tendant son doigt vers une Pernille en perdition. Mais il faudrait aussi cocher la case Trevor.

Trevor Bazunga est l'ancien fondateur du site de e-commerce OneShopTrueShop.com, un carton qu'il a revendu deux milliards de dollars. Ou deux milliards trois, bref. À ce niveau, les virgules, pour la plupart des gens, c'est secondaire. Sa réputation le précède : une pointure. Un peu caractériel, aussi. « Le genre à bien te hurler dessus si tu ne fais pas comme il veut. Le genre à sourire à la télé puis à t'enfermer dans une cave jusqu'à ce que tu les lui sortes, ses millions », m'avait dit Pernille, qui le connaissait. Et pourtant, elle n'était pas du genre à craindre les heures sup ou les gueulantes de la hiérarchie.

Quelques instants plus tard, et alors que la diction de Pernille commence à trahir des signes évidents de fatigue, on convient de mettre un terme à la soirée. Pernille reste dormir, elle n'est pas en état. Franz m'invite à l'appeler bientôt pour organiser un rendez-vous avec le boss. Je suis excité. Du haut du balcon, je l'observe boulevard Barbès. Il discute avec les passants, se fait alpaguer par un crackeux hagard, qui finit par lui taper sur l'épaule. Puis il s'engouffre dans un taxi. « Cet homme est une énigme, un véritable caméléon. Aussi à l'aise dans la rue que dans les *board meetings* », me dit Pernille. Ensuite, je l'emmène dans la chambre, je l'aide à se déshabiller et à s'allonger. Elle commence à s'assoupir, puis bondit sur le lit et, l'air sévère, me lance :

— Tu m'as manqué, Dubois. Ne me refais plus jamais ce coup-là, ou je te tue.

Après, elle marmonne un truc qui pourrait ressembler à « je t'aime Dubois », avant de s'enfoncer dans un coma sonore. Je la regarde, là, allongée en travers de mon lit. Elle porte simplement une culotte de coton gris Calvin Klein, sa poitrine menue libérée des contraintes diurnes, un filet de bave coule le long de sa joue sur l'oreiller. « Eh merde, Pernille, à quel moment ça a dérapé, nous deux ? », me dis-je, gêné et triste. Et puis, fixant le plafond, je repense à mes « amoureuses », comme les appelait Papouchka. C'est pas qu'elles me manquent, mais parfois, aux abords de la nuit, je souffre de nostalgie chronique, une sorte de faiblesse de l'âme qui s'invite par surprise jusque dans mes rêves. Tout ce que je sais, ce soir, c'est qu'avec Pernille, ça n'en est pas, de l'amour. Alors je m'approche de son oreille et lui glisse, reconnaissant : « Merci pour le cadeau, Pernille », en faisant référence à la rencontre de ce soir avec Franz, « et bonne chance à toi ».

À cet instant, je sais qu'à son réveil je ne serai pas là. Car je ne veux pas rompre avec elle, ce serait trop pénible. Pas par lâcheté, mais à cause de sa foutue carapace, qui traite les émotions comme des ennemis. « Pas d'affects », avait coutume de dire Roberto. Et Pernille connaissait la règle, sauf que ça l'avait contaminée tout entière. Alors je savais qu'elle agirait avec moi comme si j'étais un client qui la larguait ou lui parlait mal. Sans bouger, sans trahir de faiblesse, et moi je trouverais ça pathétique. On allait s'éloigner, en rester là, et ce serait très bien ainsi. Je laisse quand même un mot, expliquant mon choix, ça m'embête de la laisser seule ici.

Deux semaines plus tard, impatient, excité, convaincu, je rencontre Trevor Bazunga, en visioconférence. Avec un peu d'appréhension, car Trevor Bazunga n'est pas n'importe qui. L'entretien est musclé, formel, semblable à ce que j'ai connu chez Golden Temple, avec un supplément d'appétit dans le discours de Trevor. Une énergie brute, vorace, frénétique, conquérante. J'ai la sensation d'être dans une salle de squash sans raquette face à un champion sous médocs, exposé aux balles qui fusent, dépassé, mais content de pouvoir jouer. Le même jour, je rencontre un data analyst de ma peut-être future équipe, sorte d'intelligence froide et bionique, qui semble lire des lignes de code dans mes yeux, ainsi que le chef mécanicien et le chef des opérateurs terrain, dont j'aurais la responsabilité directe, en plus de plusieurs entrepôts répartis dans Paris. Au total, on me parle d'une équipe de plusieurs centaines de personnes, principalement des « cols-bleus », comme on dit de manière désuète. Des « Papouchkas », ai-je pensé, exalté à l'idée d'une possible réconciliation prochaine avec mon milieu d'origine : « Bientôt l'entrepôt, papi, c'est promis. Avec de l'ouvrier, du vrai, et le bien de la planète au bout de la clé à molette. Tu verras, on s'y sentira bien. »

Au cours de la journée, j'en apprends plus sur le rôle que j'aurais : définir les objectifs, gérer l'équipe et piloter les recrutements, approvisionner mes mécanos en pièces détachées, s'assurer du contrôle qualité, gérer les relations avec le siège, gérer les relations publiques… À la lecture de la fiche de poste, je le comprends vite. Ce job, c'est pompier en chef.

En fin de journée, mon téléphone retentit finalement. J'entends la voix grave de Franz, avec son accent français tout droit sorti d'une brochure sur l'amitié franco-allemande. Sans fioritures, mais avec sa chaleur habituelle, il m'annonce la nouvelle : « C'est bon, tu as le poste, tu commences en septembre. Repose-toi d'ici là, ça secoue ! », juge-t-il utile de préciser.

J'exulte. Au revoir le monde feutré des faiseurs de rendement, à moi les entrepôts, les boulons et la sueur. Au revoir les guerres sur papier et le réel concassé sur diapositives. Bonjour les entrepôts foisonnants de bécanes électriques qui me donneront la sensation d'avoir une prise sur le monde. Je jubile de bientôt diriger l'éco-start-up du moment qui va tout déchirer, de mettre mes compétences au diapason du monde qui change. Et puis, directeur général, c'est pas rien. Tous mes copains vont se pâmer devant leur pote qui passe à la télé.

TOUR DE PISTE

Tachetée de bicyclettes roses, Paris a, ce matin, la roséole. Les bécanes de Wunderbike ont poussé comme des champignons dans la nuit de septembre, remplissant les artères et les faubourgs de joyeux points criards. Je savoure cette vision : une des clés du succès, c'est d'être visible au premier coup d'œil, même si la chaussée n'y gagne pas en sérénité. Je ne suis pas surpris, Franz m'avait prévenu qu'un déploiement de plusieurs centaines de vélos aurait lieu la veille de ma rentrée des classes. Je brûle d'en essayer un pour me rendre avenue Montaigne, au siège de Wunderbike à Paris. J'enregistre péniblement ma carte bleue dans l'application, puis je cherche un vélo. Le premier que je trouve est crevé, le second fera l'affaire. La selle s'affaisse sous mon poids, mais je suis en retard, on ne va pas faire la fine bouche.

Je file sur ma monture, descendant le boulevard Barbès en passant devant le Tati décrépit. Littéralement les cheveux dans le vent, mon Wunderbike, et mes jambes, dans cet ordre, ne font qu'une bouchée de la montée de Rochechouart. La propulsion électrique est grisante. Plus loin, devant le Moulin Rouge, avant de tourner rue Blanche, j'ai la sensation d'être l'acteur principal du spectacle. On se retourne pour me voir passer sur cet objet roulant non identifié. Le rose bonbon du vélo détonne sur le gris des bitumes rafistolés. Rue Blanche, dans la descente, je crois voler. Dans l'euphorie du moment, je brûle un feu rouge, ça me calme.

Je finis par arriver à bon port au 50, avenue Montaigne, face à un imposant portail métallique, digne d'une forteresse. La gigantesque porte s'ouvre sur une cour intérieure végétalisée. Une sensation de luxe serein se dégage des lieux. Il y a encore quelques années, le choix d'une adresse si prestigieuse aurait surpris pour une start-up. Mais, ces derniers temps, portées par des valorisations généreuses et le flux continu de capitaux financiers, de jeunes entreprises comme Wunderbike peuvent s'installer aux adresses de leurs aînées. Aux âmes bien nées, la valeur n'attend pas le nombre des années.

Je passe le pas de la porte et, en levant la tête – le plafond est très haut, de type cathédrale –, une vision m'enthousiasme. J'aperçois d'imposants posters disposés obliquement. Ce sont les dernières campagnes d'affichage de Wunderbike, celles qu'on voit partout dans Paris. On lit les différents slogans de la marque. Du simple « Wunderbike arrive dans votre quartier en septembre » au classique « Wunderbike : vélo, boulot, dodo ». En passant par certaines variantes qui me font sourire, du fait de leur tonalité un tantinet mussolinienne : « Wunderbike : l'homme nouveau pédale » ou « Wunderbike : le vélo du peuple », qui rappelle l'origine allemande de la marque. Et enfin, une dernière, ma préférée, la version écolo : « Wunderbike : votre planète vous remercie ». Sur les affiches, le vélo rose ressort net, franc, tranché, attirant, immanquable. Ce rose, c'est d'ailleurs le Pantone de l'année, selon une association de consommateurs. La typographie choisie par la société, arrondie, avec des lettres creuses et des pointillés de couleur jaune vif, attire l'œil. Autour de la roue, une ligne de vie reproduit les silhouettes de bâtiments mondiaux célèbres. On distingue la tour Eiffel, l'Empire State Building, le Taj Mahal, et d'autres, probablement situés en Asie, à moins que ce ne soit en Amérique du Sud. En fond d'affiche, il y a des pictogrammes de plantes vertes, dans l'air du temps, ainsi qu'un compteur de CO_2. Enfin, on peut lire en bas, en petits caractères, les villes où le service de vélos partagés Wunderbike est déjà actif : New York, Chicago, Los Angeles, Berlin, Paris, Londres, Madrid, Moscou, Tokyo, « Et bientôt dans votre ville ».

Plus loin, au fond d'un long couloir de glaces, derrière lesquelles dorment de gros cactus dodus, je parviens à l'accueil où une hôtesse à la politesse intemporelle me reçoit sans lever le nez de son écran.

La jeune femme est blonde et porte un joli tailleur noir en soie qui révèle des atouts dont le galbe est notable. Je dois réprimer un transfert d'attention immédiat et typiquement masculin. Je m'en rends compte, je me dis qu'il faudra prendre garde la prochaine fois, je ne bosse plus chez Golden Temple. Là-bas, tous les instincts ont libre cours. À ce niveau de rémunération, c'était presque coupable, je me l'étais souvent dit.

Je lui indique avoir rendez-vous à 10 heures avec M. Müller de chez Wunderbike. Elle me répond que Franz a laissé un message : il sera en retard de quelques minutes, il est parti visiter un entrepôt dans le nord de Paris, puis elle me propose un café. Elle a la politesse efficace des gens pressés, une stakhanoviste du bonjour, sans fioritures. J'insiste un peu pour savoir de combien de temps Franz sera en retard.

— Monsieur, Franz est quelqu'un de très ponctuel dans son retard. Il m'a indiqué qu'il serait là à dix heures et demie et vous prie de l'excuser. Je vous apporte un café.

Elle est sèche, décidément. Je manque encore de repères chez Wunderbike, mais il me semble qu'on est en droit d'interroger le concept de ponctualité dans le retard. Je n'ose le faire. Après tout, c'est peut-être ça, la nouvelle économie.

Finalement, avec une demi-heure de retard, Franz déboule, fidèle à lui-même, tornade tachée de cambouis. Il m'appelle de loin, tranchant avec les alentours feutrés, et se met à courir vers moi. On se salue chaleureusement. Il me prend dans ses bras, comme de rigueur chez les Anglo-Saxons, même s'il est allemand. Puis il me serre la main avec l'enthousiasme d'une machine à broyer et poursuit, sans s'offusquer de ma réserve. Il s'excuse poliment du retard, mais il a une bonne raison, dit-il. Je n'ai pas le temps d'en placer une qu'il lance, jovial, un « Salut Alex, comment ça va ma belle ? » à l'hôtesse d'accueil qui rosit soudain et lui adresse un large sourire de fruit mûr en retour. Il m'explique qu'il revient de la nouvelle station de recharge de batteries de la place du Colonel-Fabien, un super spot, après une matinée à Bobigny, où c'est la folie. Il est visiblement très content que j'arrive pour l'épauler. Pris en tenaille entre les mécanos parisiens réfractaires et un Trevor Bazunga déchaîné par l'enjeu, avec mille autres sujets à gérer, il en bave. Il me dit que Wunderbike a bien changé depuis l'époque où c'était juste une petite boutique de vélos électriques à Neukölln, dans la banlieue berlinoise. Il doit encore s'adapter au changement d'échelle. Sa transparence m'enchante, je me sens en confiance. Puis il enchaîne. Son débit s'accélère, il sublime désormais ses lacunes en français par l'entremise d'anglicismes hyperboliques :

— Julien, avant qu'on monte parler à Trevor à San Francisco, je veux te dire : nous allons changer la mobilité à Paris, c'est *so exciting. We are making history, man !*

Ensuite, d'un coup de large patte d'ancien mécanicien, il m'attire au sixième étage. Dans l'ascenseur, j'apprends qu'il repart dans quelques heures à Berlin, les équipes centrales européennes s'y trouvent, notamment les équipes produit. Il a la bougeotte des citoyens du monde, Franz. On doit lui faire la démonstration du nouveau modèle de vélo Wunderbike : le Nuclear. Un projet de Recherche & Développement visant à produire une batterie surpuissante, qui se recharge en quelques minutes et propulse les bécanes à 50 km/heure. Un gros boulot sur le design, aussi.

Je n'ai pas le temps d'en placer une que nous sommes déjà assis dans une fastueuse salle de réunion avec pieuvre téléphonique, écran connecté, air conditionné et tout ce qu'il faut de technologie moderne pour maintenir un niveau de productivité optimal. On nous connecte avec San Francisco, où se trouve le nouveau siège de Wunderbike, déplacé il y a quelques mois pour se rapprocher des décideurs et influenceurs de la Silicon Valley. Et préparer la levée de fonds.

L'écran affiche 1 h 30 du matin sur la côte ouest. Le visage de Trevor apparaît soudain sur l'écran plat surdimensionné. Il a la mine livide sous la lumière de son ordinateur, dans la pénombre de ce qui semble être un fastueux penthouse. Son teint laisse penser qu'il doit peu dormir, boire beaucoup d'alcool ou manger de la viande rouge en des quantités que l'époque, et peut-être sa santé, réprouvent. Contrairement à notre dernier entretien, il sacrifie cette fois-ci la courtoisie à l'efficacité, omettant de nous saluer, pour mentionner l'agenda du jour. Je me dis que c'est la marque des grands de ce monde.

Trevor parle un français parfait, légèrement ampoulé. Ses phrases s'entrecoupent de quelques rictus de joker ou de soubresauts de tête saugrenus, comme un hoquet silencieux. On pardonne aux génies beaucoup de leurs extravagances, me dis-je. Il a demandé à me revoir pour m'expliquer en personne les défis qui m'attendent comme directeur général à Paris. Alors il nous explique avec emphase et une once d'agressivité conquérante que la Ville lumière est sur le point de se rallumer. Que moi, Julien Dubois, je vais être aux premières loges de cette renaissance ! Son principal artisan, même. Il me motive, il me remonte à bloc. Il veut dégoupiller la grenade qui sommeille en moi. Dans la salle, un néon clignote au rythme de ses incantations. Je suis séduit par l'énergie brute de ce blafard virtuel, auréolé de sa légende. Le genre char de guerre, vaut mieux être dedans que devant.

Trevor me regarde droit dans la caméra, testostéroné. Il enchaîne : Paris doit être le joyau de Wunderbike. Point à la ligne. L'amateurisme des débuts, c'est fini. Il compte sur moi. À l'évocation de son bilan, Franz se raidit. Puis Trevor continue sur les *metrics* et les objectifs de rentabilité. S'il y a bien une ville où on peut espérer atteindre la masse critique suffisante pour être rentable, c'est Paris. Les statistiques font pétiller l'œil du capitaine d'industrie, il connaît son sujet. À un moment, Franz sort de son mutisme dans un élan semi-lyrique, presque désabusé :

— C'est aussi une ville magnifique, je suis content que mon vélo s'y loue prochainement, que les Parisiens en profitent !

Trevor souffle, traite Franz de romantique. Rappelle qu'il faut bien manger, et ne pas se faire manger. Je remarque que Trevor alterne sans sommation le vouvoiement et le tutoiement, suscitant chez moi une certaine anxiété. Il joue au copain, puis au grand patron, dans la même phrase. Je soupçonne une tentative délibérée de me maintenir en état d'alerte, si d'aventure je souhaitais baisser la garde. Il me demande si je connais Sun Tzu. Et puis Machiavel, et Drucker. Heureusement, je parviens à baragouiner deux ou trois citations, réminiscences inattendues de mes années d'école de commerce. Il semble satisfait. Puis, excité par ces considérations belliqueuses, le visage désormais écarlate, des petits vaisseaux éclatant sous le derme, il annonce :

— Je veux dix mille vélos dans la rue avant la fin du mois de septembre ! Bonsoir Julien.

Trevor nous annonce ensuite qu'il a un avion à prendre et se lève d'un coup, mettant fin à la conférence téléphonique. À ce moment, Franz se réveille du mode économie d'énergie et complète, sûrement par sympathie pour moi, l'exposé interrompu du patron. Moi, je reste interloqué, amorphe. Dix mille, la vache. Les détails opérationnels m'échappent encore, mais je sens déjà que mon esprit pratique sera sollicité comme rarement il l'a été. Je regarde Franz, médusé. Il sirote la fin d'une canette d'eau de coco organique à la fleur d'oranger et spiruline, qu'il broie, et tente de viser la poubelle, la manquant de peu. Il me semble évident que ce type feint la détente. J'ignore comment il accepte de Trevor qu'il lui parle comme s'il n'était que son assistant un peu maladroit. On se regarde désormais avec pudeur et camaraderie, ne sachant comment réagir à ce qui vient de se dérouler. Et là, soudainement, il passe la main dans ses cheveux et me dit :

— Trevor est excessif ! C'est un peu va-t-en-guerre, on va dire. Mais, si on veut changer le monde, on a besoin de types comme lui. Ceux à qui on ne dit pas non.

Franz envoie des signaux contradictoires. Il a le regard un peu triste désormais, comme s'il n'y croyait qu'à moitié. Il me semble même apercevoir, dans ses yeux, une touche de mélancolie. Je ne sais pas quoi en penser. Mais, entre ces deux-là, Trevor Bazunga et Franz Müller, je sens qu'il y a du non-dit, des petites mines sur lesquelles ne pas marcher. À garder en tête. Je ne voudrais pas me retrouver pris en tenaille, piégé dans leurs guéguerres de mâles alpha. Avant de se quitter, Franz me met en garde, sans agressivité, comme il le ferait avec un copain : « Au fait, Julien, j'ai vu Pernille hier. Elle n'était pas ravie de ta nomination comme DG. Je ne sais pas ce que tu lui as fait, mais elle a le pouvoir de te faire chier. Fais attention, elle reste l'actionnaire. »

Le soir, j'ai la poitrine un peu serrée par l'enjeu du mois de septembre, alors je prends le temps de passer un coup de fil à Paul. Je lui raconte les dernières semaines et ma rencontre avec Trevor Bazunga. Il a l'air circonspect. « Oui, j'ai lu des trucs sur lui, ça m'a l'air d'être un beau salopard ! », me lâche-t-il, en ajoutant : « Mais si tu es content, c'est l'essentiel, c'est toujours un progrès par rapport à avant. Et le vélo a l'air sympa. » Ensuite, il me passe Gaïa, qui m'a dessiné un vélo rose avec des cœurs verts. Elle dit m'avoir mis de côté un gros radis et me demande quand je reviens. Elle, c'est vraiment ma préférée, aucun doute là-dessus. J'ignorais que j'aimais les enfants, encore moins que ça pouvait être réciproque. Cette pensée me procure une grande joie intérieure.

Je remonte ensuite le boulevard Barbès, je m'arrête Aux Délices d'Ankara, le premier kebab végétarien de Paris, ce qui lui a valu un Gyros d'or il y a quelques années. Je m'y réfugie parfois quand je cherche le réconfort de calories abordables, stratégie de détente efficace après une journée éprouvante. Je m'assieds et alors le patron me lance, jovial :

— On n'a pas l'habitude de te voir si tôt ! Je te mets comme d'hab' : un grec veggie sauce samouraï ?

ACTE II

« Cul sur la selle, pensées au ciel. »

SYLVAIN TESSON,
Petit traité sur l'immensité du monde

LE GANG DES BICYCLETTES

Mon premier mois aux commandes de Wunderbike a filé et je me sens déjà changé. Je me transforme au fil des jours. Je descends de ma tour de cristal. J'ai abandonné mes costumes de laine pour des tee-shirts serrés. Je parle différemment au contact de mes nouveaux compagnons. Je densifie mon verbe, je l'encrapule. Je mange des syllabes, je saute des accords. Mon tempo s'adapte aux rythmes de la langue vernaculaire de mes mécanos. J'ai le substrat qui se mue, la langue qui truande, le mot prompt à l'entourloupe. Je retrouve un peu de moi. Je me suis aussi durci au passage, la naïveté fait place à la concentration, c'est le métier qui rentre, et il faut ce qu'il faut. Surtout, j'ai la sensation de contribuer, c'est ce qui m'anime.

Ce mois est passé sans que je parvienne à allouer un moment à la nécessaire convivialité collective. Dix mille vélos dans le nez dès le deuxième jour, ça force à choisir ses combats. Dédié à ma mission ambitieuse, avec Trevor et Franz dans un coin de la tête, j'ai omis de demander certains prénoms. Je suis à deux doigts de commander un trombinoscope pour réviser le soir. Ça me surprend d'être ce genre de chef. Alors, quand Jean-Damien, le benjamin de l'équipe, biberonné au scoutisme, et donc expert en dynamique de groupe, me suggère d'y consacrer du temps, j'organise tout de suite un café. Je n'ai pas d'intuition sur le collectif, mais j'ai le mérite d'écouter ceux qui en ont. Il me dit que les équipes tirent déjà la langue et que quelques croissants autour d'un café chaud pourraient améliorer la cohésion du groupe, seul vrai garant de productivité. Dont acte.

Jean-Damien a 22 ans tout mouillés, mais il impressionne de maturité. Un chef de famille en puissance, du genre aîné d'une fratrie pléthorique. À hausser les sourcils quand je lui dis que je ne fais pas mon lit, à repasser ses chemises tout seul sans un pli. Il possède une voix de stentor, une autorité naturelle. Je lui trouve un sens éthique remarquable, peut-être le bon côté d'une exposition précoce à la religion. Pourvu que ça dure, j'ai parfois l'impression que ces choses-là sont rarement sans effets secondaires. Dès les premiers jours, je sens sa fiabilité et je m'appuie sur lui. Il est la seule raison nous permettant d'envisager le respect des délais fixés par Trevor. Sans lui, tout mon commandement ne serait qu'une supercherie, un vaste jeu de dupes. Il y a chez Jean-Damien, sans que je puisse en identifier l'origine, la mémoire musculaire de deux siècles de contremaître. C'est précieux un Jean-Dam'.

Mon rendez-vous avec l'équipe a lieu dans un restaurant, le BoboKitchen, non loin de l'entrepôt principal, à Bobigny, pour un premier café du matin, avant de nous laisser happer par le rythme du monde qui tourne. L'équipe dit le plus grand bien du BoboKitchen. Leur sélection de bières artisanales brassées à Paris, ou en petite couronne, remporte un franc succès le vendredi soir. Au point que le BoboKitchen est devenu le QG informel de l'équipe, un lieu où se fomentent les révoltes, où la gouvernance parallèle s'anime. Chaque entreprise, peut-être chaque organisation humaine, possède son BoboKitchen, le lieu où les vraies décisions sont prises.

Nous sommes assis sur les larges banquettes en bois, les coudes franchement posés sur les tables de récup, à observer les tableaux d'aspirants artistes locaux qui exposent. Nous sirotons nos expressos dans des verres Duralex, à l'exception de Jean-Damien, qui préfère un thé noir, dont il garde le sachet pour une prochaine utilisation. Des plantes vertes pendent de larges tuyaux d'aération métalliques. Une atmosphère sympathique règne, emmenée par des airs sucrés de bossa-nova, qui tranche avantageusement avec les abords immédiats du restaurant. Bobigny manque de charme, comme j'ai pu me le dire depuis mes débuts chez Wunderbike. On n'y trouve rien de nature à attirer le Parisien en goguette. Mais ici, au BoboKitchen, on a envie d'aimer son prochain et d'acheter des pots de 100 grammes de granola maison pour dix balles, on ne sait pas bien pourquoi. Moi aussi, je m'y sens bien.

Les conversations vont bon train, le caractère exceptionnel de l'événement délie les langues. J'apprends à connaître mon équipe. Les gars sur le terrain, quelque deux cent cinquante opérateurs, et leurs facéties du quotidien, constituent un sujet de prédilection pour mon cercle rapproché. Ils échangent des anecdotes sur les difficultés d'encadrement, notamment le groupe de nuit, notoirement incontrôlable. Du genre à balancer du rap sale à fond la caisse pendant le shift, sans qu'on y voie d'effets sur la productivité. En revanche, le tapage nocturne, lui, est garanti. Et, à Bobigny, faut pas plaisanter avec ses voisins.

Je profite de ce moment suspendu pour faire le point sur les quinze premiers jours d'opération et pour féliciter les équipes. La météo, excellente, a fait monter en flèche les locations. Au point qu'on en a un peu chié, sans se mentir. Les bonnes nouvelles professionnelles amènent souvent avec elles un surplus de travail.

La mécanique de nos opérations, simple de loin, ressemble de près à de l'horlogerie suisse. Paris est notre corps vivant, et l'entrepôt de mécanique de Bobigny, son cœur battant. Nos globules roses, les vélos Wunderbike, y parviennent sans oxygène : avec un pneu crevé, un hayon tordu ou une roue voilée. Nous les réinjectons ensuite dans les artères de Paris, rechargés et réparés, grâce à nos camions électriques qui sillonnent la ville, eux aussi 24 heures sur 24. C'est là notre industrieuse activité : s'assurer d'un flux constant, d'un battement cadencé, sans que le système s'encombre ni s'emballe. Avec, comme risque principal, le caillot, petit au début, qu'on ignore. Mais qui menace, puis qui bouche, et qui arrête le système, tout net. Notre mission consiste à prévenir les caillots. Ne pas se laisser submerger. Alors quand on sent que ça dérape, on met en place un troisième shift de huit heures, avec une autre équipe. Les fameux trois-huit, ceux contre lesquels Papouchka pestait quand il était encore chez Essorex.

Ce matin, on se congratule de n'avoir pas encore connu l'AVC, mais chacun sait, anticipe ce qui pourra, le jour venu, coincer. La charge mentale est partagée, c'est ce qui la rend supportable. Mais, à force de se confronter au terrain, mes gars perçoivent avec acuité la multiplicité des caillots potentiels. D'un côté, les menaces externes, en embuscade, qui peuvent nous prendre par surprise. Elles sont protéiformes : vandalisme, vols, hausse soudaine de l'utilisation des vélos impliquant une hausse des capacités de réparation. Dans ce dernier cas, il faut recruter à la volée, du mécano à la pelle, du jour au lendemain. Et puis la menace interne, le quotidien de mon équipe. À réprimander des petits larcins minables dans l'entrepôt, à en éviter de plus gros. Et « quand t'en chopes un qui vire canaille, c'est pas un cadre supérieur, faut pas mégoter quand tu l'engueules. Sinon tu peux être sûr que ça recommence », m'avait dit Bruno, notre chef de la sécurité, ancien flic, qui croyait peu à la rédemption. En somme, on passe notre vie à courir derrière le réel, qui ne nous attend pas pour avancer. Pendant ce temps, Franz me protège, il tient les investisseurs à distance, notamment Pernille, échaudée. Je lui en suis reconnaissant. C'est triste, mais je n'ai pas d'énergie à dédier à sa gestion.

L'autre jour, Jean-Damien a même trouvé un Wunderbike à 27 € sur Leboncoin, vendu par un voyou au pseudonyme bénin : doudou_94. Il se rend naïvement au lieu de la vente, quelque part dans le 94, muni de trois billets de 10 €. Et là, il découvre que doudou_94 pointe comme mécanicien niveau deux à l'entrepôt, la journée. Jean-Dam', d'abord saisi de l'incrédulité du bon samaritain, n'y croit pas, se rappelle aux principes constitutionnels de présomption d'innocence. Puis, quand le type, doudou_94, reconnaît finalement sa tête, il se casse en courant, abandonnant le vélo. Il l'avait chouravé, et s'était bien foutu de sa gueule ! Bien sûr, on ne l'a jamais revu à l'entrepôt, le gars. Un sacré cas d'école. Depuis, le doute est semé, dur de revenir en arrière. On pense que le ver est dans le fruit. Que l'entrepôt est larvé de petits saligauds duplices guettant notre inattention pour chaparder de quoi gagner un maigre pécule. Qui sait, si ça se trouve, nos opérations fuitent ? C'est fragile la confiance.

Un autre jour, on a retrouvé l'intégralité de nos deux mille vélos couverts de peinture, tagués par des activistes écologistes de Révolution Décroissance, qui nous reprochent de « proposer une mobilité électrique, consommatrice de CO_2, et donc contributrice au réchauffement de la planète, pour de courts trajets alors que la marche ou le vélo traditionnel fonctionnent aussi bien, à moindres émissions ». Dans leur tract, facilement disponible sur internet, ils nous reprochent aussi l'absence de recyclage des batteries au lithium. Pas faux. Après, on ne fait pas d'omelette sans casser quelques œufs. La semaine passée, on a donc eu droit à un rassemblement devant l'entrepôt. Une quinzaine de joyeux bonshommes en sarouels verts, avec poils et piercings, agitant des pancartes explicites : « La planète n'a plus de batterie » ou le plus osé « L'électrique, ça donne pas la trique ». Les types nous ont paru inoffensifs. Même si enlever la peinture de leurs tags, ça prend du temps, ça rogne sur le sommeil.

Et puis il y a les micro-agressions du quotidien. Nos vélos sont le déversoir des agressivités refoulées des Parisiens. Quand ils nous croisent, on dirait que l'élastique lâche. Notre vélo, c'est la victime qui ne se plaint pas, qu'on peut coucher sur le trottoir sans main courante.

Le truc laid qu'un étudiant jette dans la Seine quand il a un coup dans le nez. Qu'un vioc peut gentiment canifer quand l'aigreur lui monte au ciboulot. Faut dire qu'ils ne sont pas toujours bien garés, nos vélos. Mais de là à entendre sur les ondes publiques, de la bouche d'un monsieur que le grand âge finit par rendre irrespectueux, « Cette bicyclette rose pédale, c'est Satan ! », il y a un pas.

Ces récits de guerre, savoureux à conter lors d'un dîner, se mettent progressivement en travers de la route de notre objectif de dix mille vélos. Ça devient usant à la longue. Gérer les intempéries, ça consomme de la bande passante qu'on n'alloue pas à étendre notre service. Ce matin, on est à deux mille vélos, loin de l'objectif. Ça fait planer sur notre petit déjeuner un sentiment ambivalent. La joie d'être là se mêle à la conscience de la fragilité de notre mission. On rit, sans s'esclaffer. On se détend, puis on culpabilise, on se dit qu'il faut y retourner. Dans mon équipe de diplômés prestigieux, on finit toujours ses devoirs avant de se détendre.

Alors que je finis mon double expresso, je vois se dessiner une forme arrondie à travers la vitre embuée du BoboKitchen. C'est notre chef de la sécurité, Bruno, le vieux briscard de Bobigny, qui court comme il peut. C'est-à-dire au trot, le pauvre. De loin, on aperçoit ses jambes flageoler sous le poids embarqué de son embonpoint. Un défi cinétique, du joule en veux-tu en voilà, on souffre pour lui. Il a la soixantaine, Bruno, la fougue d'un jeune premier et la paranoïa chevillée au corps. Un truc costaud, presque pathologique. Au point de ne pas se joindre à nous, même pour une heure, même pour un café chaud, de peur que quelque chose ne déraille à l'entrepôt. Il n'est pas expansif le Bruno, mais on sait tous à quoi il la doit, sa parano. Parfois, à la machine à café, l'air de rien, il nous cale une anecdote juteuse de son passé de flic à Nanterre, cité Picasso. De celle qui pose un homme, qui rappelle qu'il a vécu. Peut-être qu'il est en stress post-traumatique ? C'est possible. Il a encore l'air sur le qui-vive, à croire qu'on va le planter pour un mot de travers. Sinon, pourquoi porter un gilet en kevlar jour et nuit ? Je sais aussi qu'il a fait de la prison, pas longtemps, un temps. Je suis le seul au courant, il ne veut pas que ça s'ébruite. Peu importe. Chez Wunderbike, son zèle nous sert à merveille. Il connaît la plaque parisienne comme sa poche. Je ne sais pas pour son psychisme, mais niveau efficacité, il est en haut du tableau. À son arrivée dans la pièce, le brouhaha d'anecdotes se suspend avec appréhension. Bruno qui court, ça ne présage rien de bon, ça sent l'urgence. Il a le charisme des oiseaux de malheur.

Bruno souffle fort, comme un gros animal en fin de vie. On sent dans sa lutte le poids décennal d'apports lipidiques incontrôlés et de houblons bas de gamme.

Le sport devrait être obligatoire, surtout pour les amateurs de kebab. Il finit par reprendre son souffle et nous lâche, livide, que le Gang des Bicyclettes a été aperçu voilà une heure. Des gars les ont vus en train de sectionner les freins de nos bécanes vers les Buttes-Chaumont et Montmartre. En somme, des clients Wunderbike dévalent peut-être, en ce moment, assis sur des vélos sans freins, les monts parisiens abrupts. Jean-Damien rappelle à Bruno que c'est la troisième fausse alerte cette semaine, qu'il en a marre de perdre ses matinées à chasser des fantômes. Bruno, qui gère mal le débat d'idées, monte sur ses grands chevaux, il éructe. Il beugle qu'il est positif ; quoi que ça veuille dire en langage policier, on comprend le concept. Il devient vulgaire, son procédé rhétorique privilégié pour emporter l'adhésion : « Merde, à la fin, on va pas attendre d'avoir un cycliste encastré dans une colonne Morris à Botzaris pour bouger notre cul. » Ensuite, il s'embrouille, parle d'un Afghan, le chef du gang, qui nous pique nos vélos et les exfiltre au Nord. Plus personne ne suit. C'est le problème des experts, ils donnent trop d'infos en même temps, on comprend plus rien. Pas le temps d'y penser maintenant, mais je me dis qu'il faudra y revenir, à cet Afghan. Un tel patronyme, ça sent l'opium et les lapidations, ça flaire l'embrouille à plein nez.

En attendant, n'ayant aucune envie de faire les gros titres avec un cycliste mort ni de fermer deux arrondissements parce que ma flotte de vélos y est saccagée, j'envoie toute l'équipe vers les vallons de la capitale, en deux groupes. Tant pis pour les croissants restants. Bruno paraît extatique, son excitation est palpable. C'est comme si le rôle d'oracle de malheur auquel il s'était cantonné depuis nos débuts lui conférait finalement une utilité dans le monde réel, invalidant par là même toutes nos railleries. Les arbitrages en sa faveur, c'est une petite revanche pour Bruno. Sa came, à lui, c'est de poursuivre les méchants. Et le Gang des Bicyclettes est au moins à sept sur dix sur l'échelle du mal, selon lui. Le genre dont il faut s'occuper avant que ça ne dégénère.

À midi, on rentre à l'entrepôt. On a trouvé une trentaine de vélos aux freins sectionnés et évité tout autant d'accidents. On a mis en déroute un bataillon d'escogriffes à capuche. Ils ont fui dans les fourrés des Buttes-Chaumont, sous les cris de Jean-Dam'. L'équipe se congratule. Sentir le souffle chaud de l'ennemi, ça soude. Je tiens mon moment fédérateur, qu'on renomme la « bataille de Botzaris ». Seul Bruno est taiseux, renfrogné. Il pense que c'est une mise en scène, une diversion, que l'essentiel se joue ailleurs. Il pense que quelque part à Paris, l'Afghan, sa nouvelle Némésis, tire les vraies ficelles. Avant de partir à mon déjeuner, je l'écoute, par acquit de conscience. Il tourne en boucle sur ce type, j'ai atteint le stade où ça m'irrite. Je pense qu'il délire, il le sent, il rouspète. Il n'aime pas qu'on le prenne de haut, Bruno. Je le laisse sur un :

— Bon boulot, Bruno. Reparlons-en au calme…

LES SANGLOTS LONGS DES VIOLONS DE L'AUTOMNE

Entre Franz et Trevor, le conflit, s'il reste larvé, est de plus en plus palpable. Franz a un pactole en jeu et doit faire profil bas, mais la présentation du Nuclear, le nouveau modèle de la marque prévu pour l'année prochaine, lui a laissé un goût amer. Il trouve le Nuclear « répugnant dans sa conception, sans aucune vision esthétique, et avec des dimensions inadaptées au marché européen, loin du postulat d'origine de Wunderbike ». Lors d'une soirée au BoboKitchen, il m'avait confié qu'il ne dormait plus, qu'il s'était remis à fumer. Il en veut à Trevor, pour tout et pour rien, surtout d'imposer sa vision. Je suis peiné de voir l'esprit conquérant de Trevor grignoter l'idéalisme de Franz. Mais j'essaie de m'en tenir à distance, il faut choisir ses combats, comme disait Roberto, mon ancien boss.

Quant à nous, sur le terrain, loin des guerres d'atmosphère des egos de chefs, on progresse vers l'objectif fixé par Trevor. Pas un jour sans un hic, un truc qui dérape.

De nuits à rallonge en rafistolages pressés, notre bonne volonté suffit pour l'instant à régler la plupart des soucis. Pour autant, on ne se risque pas à parler du futur. À chaque jour suffit sa peine.

Je prends progressivement la mesure de mon rôle. Les petites claques se succèdent. Par exemple, lorsque je dois prendre la défense du chef mécanicien qui roulait un peu trop les « r » et dont la tête ne revenait pas à Trevor. Pour le reste, on optimise, en suivant la méthodologie *lean six sigma*, à laquelle je fais mine de comprendre quelque chose. Je sens aussi le respect de mes équipes à mon égard qui grandit, et c'est très gratifiant. Un truc acquis dans la sueur et les cernes, comme souvent. Moi, j'essaie juste d'être simple, honnête, comme me l'a appris Papouchka, c'est loin d'être trivial.

J'en profite pour découvrir la vie d'entrepôt à Bobigny. Bobigny, c'est le genre de ville qu'on ne choisit pas, mais où toute une vie se trame. L'entrepôt, oblong comme un tube digestif, est coincé entre un boulanger industriel, un imprimeur et des barres d'immeubles à loyers modérés. La journée, j'entends le bruit du ballon qui cogne sur le large portail de métal rouge, et puis les sifflements de la mauvaise herbe en survêtement, oublieuse du bahut, qui se chamaille dans la rue. En bas, sous ma fenêtre, je sens les effluves des mécanos en pause qui fument tous trop. Ils se raclent la gorge pour cracher au sol des jets de glaires immondes à côté du cendrier-poubelle, toujours rempli. En retournant travailler, ils manquent de se faire éperonner sur les cadavres rouillés qu'on entasse dans la petite cour, au milieu des herbes folles et d'une benne à ordures pleine de chambres à air. On a emménagé vite, on ne s'est jamais remis du chaos des premiers temps.

Je passe souvent des heures, quand je ne réponds pas à une sollicitation chiffrée de Trevor ou de Pernille, à regarder mes gars : les mécanos, les conducteurs de camion. Les Medhi, les Omar, les Yassine, les Olivier, ces blacks blancs beurs héroïques de mon quotidien d'entrepôt. Je pense parfois, peut-être que je me trompe, que personne ne les a poussés, ni l'État ni leurs parents. Ils n'ont pas eu Papouchka pour leur dire que l'école et le respect, il n'y a que ça qui compte. Personne, en 3e C, pour leur dire de préférer Pythagore au chichon.

Papouchka, lui, je crois qu'il pleurerait des larmes de sang s'il voyait ces âmes en peine privées de l'espoir du collectif. Qu'il aurait poussé des gueulantes avec des mots d'un autre siècle contre ce grand capital version 2.0, s'il avait vu ces intérimaires, ces freelances, ces entrepreneurs de la lose qui n'auront jamais le job de Jean-Dam' ou le mien. Il aurait dit que sans la possibilité de se serrer les coudes, l'usine ou l'entrepôt, c'est « le début de la survie et la fin de l'espoir ».

En attendant, ils ont de quoi bouffer, s'acheter le dernier iPhone. C'est pas la panacée, y a pas beaucoup de lumière au bout du tunnel, mais c'est toujours mieux que le voisin. C'est peut-être maigre, mais c'est là, ça donne une raison de se lever le matin.

Finalement, début novembre, avec plus d'un mois de retard, on atteint l'objectif des dix mille, passant du statut d'acteur confidentiel du marché à celui de leader incontournable. Cela ne manque pas d'attirer l'intérêt grandissant de la classe politique parisienne, à commencer par la maire, Mme Diawara. D'abord circonspecte face au raz-de-marée que représente cette dizaine de milliers de vélos colorés mal garés sur la chaussée, elle comprend rapidement qu'ils ont le potentiel de devenir un enjeu politique. Un moyen d'affirmer son autorité et en même temps de satisfaire son électorat jeune, urbain, de bouter les voitures hors les murs. Elle commence à parler de lancer un appel d'offres dans la presse. Le genre de truc qui pourrait aller jusqu'à nous faire plier boutique.

À la mi-décembre, nous franchissons un cap important sur le plan du nombre de trajets : on dépasse le million de locations mensuelles. La rentabilité n'est pas atteinte, mais un chemin se dessine, à moyen terme. Ça semble suffire à Trevor. Il me dit qu'arriver trop vite à la rentabilité constitue, à notre époque, un tue-l'amour pour lever plus de fonds. Qu'il vaut mieux perdre de l'argent avec panache que d'en gagner sans enthousiasme. Alors, satisfait, soucieux du collectif, je décide d'organiser une fête de fin d'année pour récompenser les équipes. Elle aurait lieu dans notre entrepôt de la Maison de la Radio, en dessous du Coco Club, par souci d'économie. Ainsi, Trevor dira peut-être oui au budget champagne. Je demanderai à Bruno de jouer au videur, pour qu'on reste entre nous. Je ne veux surtout pas d'intrusion tierce, ni faire les gros titres alors qu'on savoure notre succès.

GYMNOPÉDIES AFGHANES

La veille de la soirée, je repasse à l'entrepôt pour récupérer mon téléphone, oublié l'après-midi. Il était resté à l'étage, au niveau du poste de supervision, tout de verre, qui domine l'ensemble de la ligne de mécanique, en contrebas. Quand j'arrive, il doit être à peu près 23 heures. L'entrepôt sommeille, pas de shift de nuit ce soir, mes pas résonnent. Je ressens un apaisement profond en le voyant si bien rangé, avec tout à sa place. Je monte l'escalier. Je crois entendre de la musique. Une pièce illumine le vestibule du premier étage. La Gymnopédie numéro 1 d'Erik Satie résonne. Les notes apaisées filtrent de la verrière de type atelier à travers laquelle je distingue Bruno, de dos, son crâne rasé habituel. Il est assis en tailleur, au sol, sur un tapis gris de gymnastique. Il a le regard figé vers l'écran de contrôle, une carte de Paris avec trois types de points, chacun représentant la localisation GPS d'un vélo : les points roses, en location, les points violets, en manque de batterie ou en attente de réparation sur le terrain, et les points verts, disponibles pour les utilisateurs. Cette carte, c'est notre outil de travail quotidien.

Bruno ne m'entend pas tout de suite arriver. Je peux le contempler un peu, et il fait de la peine. À la vue de cet ancien flic, devenu paranoïaque maladif, constamment sous emprise de son amygdale, l'empathie surgit. Pourtant, faudrait pas. Bruno, c'est un caillou dans ma chaussure. Il passe ses journées à nous préparer au grand soir, à former mes équipes à des techniques de combat asiatiques. À nous parler en langage codé, comme si une taupe se tapissait parmi nous. Il a le zèle pénible, Bruno. Récemment, il a fait une clé de bras à une députée communiste à l'entrepôt, par excès de précautions. Elle venait juste se présenter. L'équipe se marre encore. J'ai même dû aller m'excuser au siège du Parti. À la fin, j'ai dû intervenir. Lui dire de se détendre, d'arrêter de se croire en territoire conquis. Dieu seul sait ce qu'il a subi à la cité Picasso ou en taule, je ne veux pas savoir.

Après un bref instant, je lui manifeste ma présence par un raclement de gorge. Il se retourne vers moi, sans paraître surpris. Il m'a sûrement vu arriver grâce aux caméras de surveillance qu'il a installées la veille. Il s'adresse à moi, posément. S'ouvre un peu sur la musique classique, la détente que ça lui procure, comment il essaie de méditer, sans vraiment y parvenir. Il embraye sur son père, un pianiste, un vrai idéaliste. Le soir, il semble émettre sur une fréquence plus intimiste, Bruno. Il me dit que je lui fais penser à son père, un naïf. Un type qui avait foi en l'homme. C'est possible, et alors, c'est mal ? Je m'offusque mollement de ses considérations non sollicitées. Il me dit que son père en est mort, buté par des caïds. Je suis silencieux. Il ne me laisse pas le temps de trouver les mots du réconfort, et pointe son doigt vers l'écran. Il semble vouloir me dire quelque chose sur notre activité. Je me prépare à entendre une énième théorie du complot, à la désamorcer. Ensuite, il m'explique que tous les soirs il est là, à fixer l'écran. Qu'il voit des points disparaître la nuit, par cohortes, à La Chapelle ou à Gennevilliers ! Il me dit qu'en somme, tout se barre en couille. Il me regarde fixement, pénétré, obsessionnel, guettant ma réaction. Elle est molle, incrédule, questionnante, il est insatisfait. Il éructe désormais :

— On se fait siphonner notre parc de bécanes, ce cirque dure depuis je ne sais quand ! Je suis sûr que c'est ce bel enculé d'Afghan qui te la met à l'envers. Le Gang des Bicyclettes n'est jamais aussi calme, ils doivent préparer un gros coup de pute.

Il me fixe toujours. Sa pupille, tout entière au combat, m'impressionne. Il me cloue aux parois vitrées de l'intensité de ses yeux noirs. Et il enchaîne :

— Tu as deux problèmes, Julien ! Petit un : les migrants et les camés de La Chapelle qui privatisent nos bécanes sur la colline du crack. Petit deux : ceux qui filent à Gennevilliers, et qu'on ne revoit plus jamais.

Il m'explique que les crackeux de la colline utilisent les Wunderbike comme porte manteau ou sèche-serviette, parfois ils y cachent un peu de beuh. Il s'amuse de leur créativité, à ces cons-là, leur pardonne presque. De toute façon, la colline, en volume, c'est pas grand-chose, ça va chercher dans les cinquante vélos. Et puis on sait où ils sont, on peut les récupérer. Il me les montre sur la carte, une grappe de points violets au niveau de La Chapelle. Non, le vrai souci c'est le vortex de Gennevilliers. Là-bas, ils enlèvent les puces GPS et les jettent dans le port, on ne peut plus localiser les vélos. Je n'y crois pas, je lui demande comment il peut le prouver. Il me dit qu'il a payé un plongeur pour vérifier, hier, et qu'il est positif, encore. Dix vélos par jour sont volés au bas mot, soit trois cents par mois. Depuis un mois et demi, on en a perdu cinq cents. À ce rythme, dans un an, deux tout au plus, kaput Wunderbike. Quand il me dit ça, l'image d'un Trevor me pourchassant avec un pic à viande surgit dans mon esprit. La conversation se poursuit, je reste dubitatif. Il me sert des tartines de ses connaissances sur l'Afghan, ses réseaux. Officiellement, il est grossiste en baskets à Gennevilliers. Officieusement, on sait qu'il trempe dans pas mal de magouilles. Bref, il faut agir, et vite.

Je décide de ne pas céder tout de suite à la peur. Tempérer les ardeurs des gars comme Bruno, c'est mon rôle en tant que directeur général. La déformation des faits par son prisme obsessionnel m'oblige souvent à trier le vrai du faux. Je dois vérifier, une fois de plus, en parler à mon second, Jean-Damien, avant de risquer une action prématurée. Bruno le sent, toute sa personnalité réprouve ma volonté de prise de recul. Mais que faire, il est pas du genre à aller contre un ordre.

Mon téléphone en main, alors que je m'apprête à le saluer, je vois une grappe de points qui disparaît soudainement de l'écran de contrôle, au niveau de Gennevilliers. Merde, alors ! Pile le lieu qu'il vient de mentionner. Lui les a vus aussi, il lit la perplexité sur mon visage. Ensuite, il se marre d'un rire sardonique et je finis par lâcher :

— Il est tard, Bruno, on tirera ça au clair demain.

Quand je quitte Bruno, je l'entends enclencher *Eye of the Tiger* sur l'enceinte. Il commence des mouvements, je crois, de taï-chi. Il maîtrise sa gymnastique. Sur la musique martiale, il déploie tout le calme de sa puissance, je ne l'avais jamais vu comme ça. En l'observant, un sentiment étrange émerge doucement en moi. Et si je me trompais sur Bruno ? Et si Bruno, poulet déchu de la cité Picasso, avec tout le comique tragique de son personnage, pouvait avoir raison ? À cet instant, je doute. Il va peut-être falloir se résoudre à l'écouter, Bruno. Mais d'ici là, au dodo, Trevor va bientôt appeler.

BRUNO

Je suis Bruno.

J'ai pas grand-chose à dire. La causette c'est pas mon fort. J'suis plutôt du genre action, réaction. Tourne ta langue dans ta bouche, tant que tu ne gardes pas tes poings dans tes poches. Y'a toujours un vilain qui traîne.

Gagny, c'était pas jojo. Des allées de pavillons ternes et pluvieux, du crépi bas de gamme pour seul horizon. Une odeur de merguez le week-end près du stade de foot. Y'avait que mon père comme rayon de soleil. Je me souviens de sa veste en tweed élimée, de ses doigts effilés dansant sur les touches jaunies de son piano pourri. Des symphonies du soir : Haendel, Vivaldi, Bach et Satie, son préféré. On savait comment avait été sa journée au taf selon le morceau qu'il jouait.

La sonate de Bruno, composée pour mes 6 ans, elle me bute encore. Je connais chaque note. Ça me fout la chair de poule. Mais tu me feras pas chialer, non.

Je l'aimais, mon père. Qu'est-ce qu'il y a de plus à dire ?

Quel naïf, mon père ! Quel con !

Les types du centre de réinsertion, il les invitait à la maison. Par noblesse du cœur, il avait l'instinct pur. Alors, le soir ils venaient pour un concert, pour apprendre à jouer du piano. Ils découvraient qu'ils pouvaient ouvrir la fenêtre d'une pièce qu'ils croyaient sombre. Mon père insufflait de la perspective à leur vie mal goupillée. Il avait le cœur gros comme une symphonie de Beethoven, mon père.

Et moi, dans mon pyjama gris en coton nid d'abeille, tout juste sorti du bain, les mains encore fripées, la mèche blonde bien peignée, j'avais 8 ans tout au plus, je le regardais avec les plus grands yeux du monde. Il jouait bien, c'était mon papa.

Et puis ils l'ont buté. Devant mes yeux, sans me calculer. Pour sa collection de vinyles, peut-être sa montre en or plaqué. Pour son larfeuille et un tableau dont on disait dans le quartier qu'il devait valoir de la thune. « Les caïds mélomanes », c'est comme ça que la presse les a appelés.

Ma mère a remplacé mon père par du rhum blanc, et puis toutes sortes de gnôles. Et puis une pluie de gnons est tombée sur ma vie. Elle m'a cogné si fort, le tragique donne de la force, jusqu'à mon placement en famille d'accueil. Elle en a chié, maman, quand elle a vu partir son bébé rougi par les coups, quand elle a compris ce qu'elle avait fait. Elle en a vrillé de tristesse, je crois.

Une vocation, on ne sait pas toujours quand ça naît. Moi je m'en souviens. Ça s'est fait en deux temps.

D'abord, le 1er mai 1975, devant mon papa étranglé, de la colère en moi pour toute une vie. Je voulais tous les attraper, les caïds, mélomanes ou non. Foutre en taule les bâtards qui coupent la musique des autres, qui tuent les papas et font picoler les mamans. Je voulais enfermer leur haine dans une cage. Pour survivre.

Et puis le 3 juin 1977. Mon beau-père, il ne mérite même pas qu'on parle de lui. Y a qu'un sous-homme pour faire un truc pareil. Je crache sur sa tombe, où qu'elle soit.

C'est la cité Picasso, après le concours, qui m'a sorti du trou. Elle m'a redonné un sens. Le sens de mon travail, de mon engagement. Je pouvais retourner à Gagny la tête haute. Je m'y suis cramé, aussi. J'ai merdé, surtout. Avec ce caïd qui ne savait pas ranger sa queue. Je la lui aurais bien coupée, à ce connard.

Que veux-tu ? J'ai la fougue de mon chagrin. J'en fais un peu trop. J'y mets mon énergie. On ne se fait pas justice soi-même, qu'ils disent. On voit bien qu'il ne leur est jamais rien arrivé de sérieux.

Aujourd'hui, je peux plus être flic. On file pas l'insigne à un ex-taulard. Mais il faut bien bouffer, alors j'espère que je vais me calmer chez Wunderbike, ne pas me faire rattraper par mes vieux démons. De toute façon, je n'ai pas le choix. Au moindre pépin, je replonge. La juge a été très claire avec moi.

Je suis un flic non violent. Un idéaliste. Un pacifiste. Le premier flic mélomane. Je n'ai jamais voulu de cette vie.

LÉNA SUR LA BUTTE

À l'entrée du local, nous avons déployé un tapis rouge. Nos voisins de palier, les exubérants triplés Ben Bilouche (Charles-Simon, Louis-Simon et Marc-Simon) m'ont encadré dans les jours qui ont précédé la préparation de la fête. Ils m'ont prêté, en toute sobriété : le fameux tapis rouge, quelques blazers brillants, une boule à facettes et des seaux à champagne. Remplis, en bonus, de quelques magnums de vodka luxueuse. En les déposant, ils me promettent de passer plus tard dans la nuit avec « la surprise Ben Bilouche ». Je crains la surprise, les trois frères étant réputés imprévisibles, même si ce sont des animateurs de soirée hors pair. Des talents utilisés dans les bar-mitsvah et mariages de l'Ouest parisien, puis peaufinés, et pour ainsi dire internationalisés, dans des hôtels clubs de Djerba, où ils ont officié pendant plusieurs saisons avant de revenir à Paris ouvrir leur affaire, lassés qu'ils étaient du cercle vicieux soirée-MST-soirée-MST.

Autour de 20 heures, tout est prêt pour la Wunder-party, comme nous l'avons rebaptisée. Mon équipe arrive progressivement, chacun avec un accompagnant extérieur. Au total, on attend une trentaine de personnes, peut-être quarante. Franz nous gratifie de sa présence de dernière minute, mais il ne semble pas dans son assiette. Trevor a décliné. À force d'échanges sur le budget, il a fini par désapprouver le principe même de cette soirée. « On ne fête pas une bataille tant qu'on n'a pas gagné la guerre », m'a-t-il dit. Accessoirement, le San Francisco-Paris en business coûtait un bras.

Selon la volonté de notre Wunder-président, la soirée doit commencer par un Wundertalk, un rapide discours unilatéral, sans questions-réponses, détaillant la ligne du parti, et dont chaque mot a été relu, biffé, réécrit par Trevor en personne. Un processus qui m'a tenu éveillé plusieurs nuits durant, écornant un peu plus mon appréciation de Trevor. S'il n'y avait pas eu l'équipe, Franz et le projet, je lui aurais envoyé son discours à la gueule et je serais retourné chez Paul et Gaïa.

Jean-Damien est chargé par Trevor, en toute discrétion, de m'enregistrer et de lui envoyer la vidéo du discours. Trevor applique comme personne la maxime managériale : « La confiance n'exclut pas le contrôle. » Jean-Damien, qui semble ce soir incontournable dans la stratégie de contrôle à distance par la (vraie) direction, s'acquitte aussi de la charge de distribuer à chaque invité un prospectus qui rappelle les valeurs de Wunderbike. Elles sont au nombre de six, écrites par Trevor lui-même à sa prise de fonction, à savoir :

1. Partir en guerre.
2. Bousculer le statu quo.
3. Ne jamais capituler.
4. Ne pas demander la permission.
5. Bomber le torse en toutes circonstances. (Plus énigmatique.)
6. Dénoncer la médiocrité, y compris la sienne.

La traduction en français ne leur rend pas honneur. On lit aussi dans le prospectus un laïus sur le principe de « l'engueulade heureuse », ou comment se mettre sur la gueule de manière fructueuse. Tout un programme. Je ne me sens pas très à l'aise avec ces valeurs, on dirait qu'un ado s'interrogeant sur sa virilité les a écrites. Le genre de type au fort besoin de réassurance, qui agresse les autres pour se prouver qu'il est un vrai bonhomme. Je ne suis pas le seul à ne pas apprécier. La presse, qui suit nos pérégrinations, pointe régulièrement du doigt leur bellicisme désuet. Je préfère les précédentes valeurs, quand Franz siégeait à la tête de l'entreprise. Mais l'époque bisounours, tee-shirt rose ou chemise à fleurs semble révolue chez Wunderbike. D'ailleurs, en parlant de chemise à fleurs, Franz, en roue libre ce soir, en arbore une splendide, avec un camaïeu de vert. Ça ne l'empêche pas de bomber le torse, à sa manière. Tel un cygne majestueux, loin des antipathies érigées en préceptes.

Une fois les formalités corporate effectuées, nous envoyons la sauce. Jean-Damien officie aux platines. Il se révèle moins timide que son statut de scout ne le laisse penser. Plus déluré, aussi, que pendant la distribution de flyers. Par un mécanisme d'appropriation culturelle largement documenté, il a développé un tropisme pour le rap, qu'il a écouté en boucle tout l'automne avec les mécanos lors du shift de nuit. Il nous en fait profiter ce soir. Il s'encanaille, notre blond Jean-Damien.

Ainsi, nous profitons collectivement de ces mélodies banlieusardes fleuries. Pour la majeure partie d'entre nous, par manque d'acclimatation, ce rap récent, aux références félines plutôt brutes, pour celles que nous comprenons, a tout l'air d'une langue étrangère. Au climax de la séquence, alors que l'alcoolémie générale ne le justifie pas, Jean-Damien passe du PNL. Le choix est osé, surtout pour une soirée corporate, aussi baroque soit-elle. Finalement, j'interviens auprès de Jean-Dam' pour remettre la bande-son sur des rails acceptables (comprendre : Dalida ou Michel Sardou, *Les lacs du Connemara*). Au changement de musique, j'entends quelques huées, et puis la soirée reprend vite son cours.

Deux cents batteries en recharge dans la pièce à côté surchauffent le local. Trevor a insisté pour qu'aucune rupture de charge ne se produise pendant nos agapes. Du cagibi à batteries, en bisbille avec les dernières normes ISO, émane une vapeur qui nous brouille la vue. Et avec elle, vient la perspective, en fin de soirée, de mirifiques mirages psychédéliques. Les kebabs veggie, préparés par mon copain des Délices d'Ankara, hument fort l'ail. Les loukoums dégoulinent. La bière est tiède et les convives, particulièrement dévêtus pour un mois de décembre, se rapprochent peu à peu. Les épidermes humides, magnétisés par l'éthanol, lubrifiés par l'atmosphère étouffante, relâchent la pression des derniers mois. L'horloge n'affiche pourtant que 21 h 10. Dans un coin, Franz se roule un pétard. Il n'a plus l'âge de se cacher, semble-t-il. Plus l'envie, non plus. À côté, les data analysts se trémoussent dans un déhanché manquant d'orthodoxie. Jean-Damien roule des pelles à une minette inconnue au bataillon. En somme, tout le monde fête joyeusement la relâche. Seul Bruno manque à l'appel, ça me turlupine. Après vérification, ses révélations de la veille sur l'Afghan sont avérées. J'ai peur qu'il ait déjà explosé comme une cocotte-minute, pendant que tout Wunderbike s'enjaille de nos succès. Un ancien flic convalescent, tendance bien parano, qui lancerait une expédition punitive en solo sur la colline du crack pour aller casser du camé, ça le fait pas pour l'image de la boîte. Je me calme en avalant un shot de vodka luxueuse.

Bruno finit par pousser la porte du local. Au passage, je remarque qu'une brune longiligne, aux yeux verts, marche derrière lui sur le tapis rouge. Elle attire mon attention autant que je suis soulagé de voir arriver notre Bruno. Derrière, les trois frères Ben Bilouche, dodus et rouquins, déguisés en costume de père Noël, les suivent avec entrain. Marc-Simon, le plus modeste de taille des trois, mais pas le moins virevolté, porte par la sangle un petit sac jaune moutarde. Il le tient précieusement contre sa poitrine. Je me dirige vers les frangins pour les saluer. Marc-Simon me hurle, goguenard, que le sac contient la surprise. Qu'il va m'en mettre plein les mirettes, que ça va ambiancer ma soirée moribonde ! Je crains le pire, mais Jean-Damien détourne mon attention en balançant du Eddy de Pretto, *La fête de trop*, sur l'enceinte centrale. Les paroles mentionnant des langues glissées dans « des bouches saliveuses, dans de tout petits angles où l'on voit qu'les muqueuses » résonnent comme une mise en abyme.

De temps à autre, je jette un œil furtif en direction de la magnifique jeune fille. Je crois apercevoir de fines taches de rousseur sur son nez, mais c'est difficile à confirmer dans la pénombre et les effluves. La vérité, c'est que je n'ose pas m'en approcher. À force de la regarder, je perds prise un instant avec le réel, tout affairé à projeter en pensée ma vie avec elle. Je cristallise, à la Stendhal. Peut-être que je vois la foudre, je ne sais pas, c'est pas clair, c'est peut-être juste l'asticot Ben Bilouche qui trifouille la boule à facettes. C'est fort comme un shot de vodka, la vue de cette fille. Puis, rapidement, trop vite assurément, le romantisme cède la place au prosaïsme. Je nous imagine nous adonner avec fougue à tout un tas d'acrobaties. J'ai décidément passé trop de temps sur internet à l'adolescence, je me le dis à chaque fois. À ma décharge, l'ambiance de la soirée est plus propice au songe désinhibé, sponsorisé par Marc Dorcel, qu'à la romance galante. Mais je sais me tenir. Et, par miracle, aux dernières nouvelles, le fantasme innocent est encore permis. Au même moment, Jean-Damien, la bouche désormais libre, passe le tube *Balance ton quoi* d'Angèle sur l'enceinte, ce qui me rappelle, de manière opportune, à mes hauts standards moraux.

En me réveillant de ces rêveries de quelques secondes, suffisamment pour que Marc-Simon ait rerouté avec fougue la soirée vers sa destinée frénétique, je fais le constat, dramatique et sans appel, de ma perte de contrôle. Le choc est brutal, la soirée m'échappe. Je sais pourtant que ma position chez Wunderbike me confère le rôle de principale autorité des alentours, responsable des troupes et gardien de la décence. Il me faut agir. Mais mon équipe n'a pas l'air trop inquiète. Quant aux frangins Ben Bilouche, à ce stade, ils ont choisi la voie de la transgression. Ils sont affairés à distribuer des pilules rose bonbon gravées d'un vélo à tous les invités de la fête. Les pilules, bel hommage à la réussite de Wunderbike à Paris, proviennent du « sac à Molly », comme le gueule un Marc-Simon hilare et vénéneux, qui ressemble de plus en plus à un Didier Bourdon sous substance dans *Les Trois Frères*, en roux. Il exhorte désormais l'assemblée à tester ses pilules envoûtantes :

— Qui veut de la MD ?! Faites l'amour, pas la guerre ! Bites et vulves de tous pays, unissez-vous ! Et que ça saute !

Le désastre est en marche. Bruno, sûrement par habitude, semble remonter dans son esprit la chaîne d'approvisionnement des pilules jusqu'à la violence de la cité Picasso, avec un dépit à peine contenu. Il se demande pourquoi il est là, il a passé l'âge, il me fusille du regard. Franz retrouve le sourire, c'est un peu de la canaillerie de sa jeunesse de Berlin-Est après la chute du Mur que les Ben Bilouche apportent dans leur sac. Jean-Damien, sous l'effet express des pilules, tourne toujours plus rapidement sa langue dans des cavités réprouvées par l'Église. Celles d'un data analyst, en l'occurrence. Je suis sans voix devant le succès de l'affaire, qui démontre, s'il en était encore besoin, le doigté commercial des frères Ben Bilouche. Je dois agir. Ou fuir. Au même moment, Pernille fait aussi son apparition dans le local. Elle a sa tronche des mauvais jours, le pas furibard, et je ne sais plus si elle représente l'actionnaire ou une ex échaudée.

Quoi qu'il en soit, fuir apparaît rapidement comme la meilleure des deux options. D'autant que Pernille ne m'a pas encore aperçu. Quand Trevor me demandera pourquoi de la drogue a circulé à la soirée, je pourrai toujours me défausser sur Franz. Trevor doit tolérer la cocaïne, comme le café, par exigence de productivité. Mais la drogue de l'amour, non, très peu pour lui, il ne comprendrait pas. Je décide de partir, mais avant, je veux tenter un dernier coup de poker. Je ne suis pas joueur, sauf quand l'enjeu le justifie. Alors je demande à Jean-Dam' d'aller accueillir Pernille et de la contenir à l'entrée. Puis, l'alcool et son pouvoir désinhibant aidant, je me fraie finalement un chemin parmi les goulots puants vers la brune remarquée plus tôt. Je suis ses yeux félins comme un phare dans la nuit.

En arrivant à son niveau, je confirme la présence d'infimes taches de rousseur sur ses pommettes. Elle semble à son aise dans la moiteur de ce bouge, témoignant d'un contrôle enviable de ses pores, quand les miens recrachent dans un ruissellement visible toutes les toxines imaginables. Puis je me présente, avec une légère ironie, comme l'hôte de cette soirée et grand prince de Wunderbike. Elle me répond qu'elle s'appelle Léna, qu'elle est entrée parce qu'il y avait de la lumière. Je me dis « Merde, Bruno ! ça sert à quoi d'avoir demandé à filtrer les entrées ». Constatant avec dépit l'évaporation de mes ordres, j'explique à Léna, faisant passer ma charge avant mes projets badins et au prix d'un effort colossal, que j'en suis désolé, mais qu'il faut que je l'escorte vers la sortie.

— Escortez-moi, grand chef ! me répond-elle, taquine, comme une invitation à réactiver mes plans initiaux.

Je lui souris, j'explique qu'il faut tout faire tout seul ici. Elle rit et une conversation s'entame. À plusieurs reprises, je dois me cacher derrière un poteau ou dans le vestiaire pour éviter Pernille, qui furète un peu à ma recherche. Chaque fois, Léna me suit, amusée, et quand je lui raconte toute l'histoire, elle se marre. Je me demande ce qu'elle se dit. La frontière est ténue entre le womanizer pourchassé par une ex hystérique et la lâcheté pure et simple. Au bout d'un moment, après quelques verres et une joyeuse partie de cache-cache, elle finit par lâcher :

— Et si on partait ailleurs ? Puisque tu es recherché, mieux vaut carrément filer en douce, non ?

Et en effet, c'est le plus raisonnable, par goût du badinage et pour des questions d'assurance. Alors, je le dis à Bruno, qui consent, après une protestation molle, à rester pour surveiller les énergumènes et leurs victimes potentielles. Léna s'en remet à moi pour le choix de la prochaine étape, juste pas chez moi, précise-t-elle, elle veut continuer la soirée. Ça se passe très vite, je ne comprends pas tout, mais j'aime son style.

Pris de court, je lui vends, en balbutiant, un endroit calme, sans les Ben Bilouche, avec une vue grandiose sur Paris, où on pourra se poser pour discuter. Pendant que je me dépatouille, je suis du genre émotif, elle me contemple d'un large sourire, un peu provocateur. Ensuite, elle valide ma proposition, en y ajoutant une condition, frontale :

— Ça me va ! Seulement si on prend de quoi boire un coup. Je fais rarement mes premiers rendez-vous à sec.

À ces paroles, l'afflux sanguin vers mon cerveau ralentit, inexorablement. L'autonomie quasi totale de certains membres du corps est parfois affligeante. Je jubile, surtout. J'étais loin d'imaginer il y a dix minutes la tournure sympathique des événements. Je me délecte en pensant à l'univers des possibles.

Léna me tourne le dos pour sortir et je sens distinctement son parfum acidulé. Elle porte un perfecto noir, sur un pantalon de toile couleur camel, ample sur les chevilles, qui tombe sur des baskets blanches légèrement compensées. Je m'autorise, considérant que l'attente a assez duré, à poser les yeux sur ses fesses altières et rebondies. J'ai, après tout, commencé par apprécier sa repartie avant de jauger l'état de ses chairs. Une attitude qui me semble tout à fait respectueuse et en ligne avec les attentes de l'époque sur le comportement d'un homme :

conscient de ses penchants, et travaillant à les sublimer. Flagellant ses instincts sans toutefois parvenir à tout à fait contenir les petits coups d'œil, pulsions bénignes, de-ci de-là.

Je charge Bruno de surveiller les asticots Ben Bilouche ainsi que Jean-Damien, qui oublie la Sainte-Trinité à mesure que le local se réchauffe. Avec Léna, nous prenons deux Wunderbike et une bouteille de vodka luxueuse, puis partons en direction du nord-est vers une destination que j'espère inconnue d'elle. Le trajet à vélo dure trois quarts d'heure, ce qui est long. J'avais, par manque d'esprit pratique, sous-estimé le potentiel tue-l'amour d'un tel périple.

Arrivés en haut de la butte Bergeyre, assis sur le banc de Vernon Subutex, nous convenons que le lieu vaut le détour et reprenons quelques shots de vodka. Nous discutons en admirant la vue sur Montmartre, qui est parfaitement instagrammable, mais je n'en fais rien. J'ignore encore l'âge de Léna, et je ne souhaite pas prendre le risque de choisir un réseau social has been ou au contraire trop jeune. Au vu de mes prétentions, quelles qu'elles soient, un choix entre TikTok, Snapchat ou Insta pourrait me positionner dans la mauvaise catégorie d'âge, créant un handicap pour la suite. Je choisis la prudence. Nos pérégrinations verbales, parfois factuelles, contribuent le plus souvent à augmenter la tension sexuelle qui règne (en tout cas de mon côté). Nous avons indéniablement emporté avec nous un peu de la chaleur de l'entrepôt.

Sur les coups de 2 h 30 du matin, une colonie de mini-papillons coquins a envahi mon bas-ventre, décidée à y rester. À ce stade, je peux confirmer que Léna est pleine d'humour, indépendante, cultivée, piquante et, toujours, magnifique. Elle transpire la confiance en elle. Sans me désarçonner tout à fait, ça m'hypnotise.

La conversation se poursuit. Je retrouve avec elle la joie de la joute intellectuelle perdue avec mes amis, aux convictions désormais ensuquées par les kilo-euros. Elle me parle de ses études de sociologie et de ses engagements. Je comprends que c'est une radicale, du genre pancartes et slogans tous les samedis, sans plus de précisions sur son périmètre d'action. Je la pressens sensible aux idées d'une gauche qui ne gouverne pas, mais ça ne me dérange pas, j'aime bien les radicaux. Je porte en moi le souvenir nostalgique de mon grand-père aux déjeuners du dimanche, jetant des lampées de mauvais beaujolais sur l'embrasement de ses convictions. Les gens en colère, c'est ma madeleine de Proust. Rien que de penser à lui, je me sens tout retourné. Je lui en parle d'ailleurs, de Papouchka, et elle me questionne. Sans crier gare, me voilà à lui raconter ma vie. Essorex, Golden Temple et puis ma période radis, avec Gaïa et Paul. Avec elle, je ne ressens pas le besoin de me montrer plus beau que je ne le suis, je laisse mes fragilités s'afficher, sans me sentir jugé. Et toujours, face à moi, je retrouve son regard pétillant, légèrement humide, comme un cocktail estival.

Puis, d'un coup, sans sommation, sans se soucier le moins du monde de mon consentement ni du statut de mes interrogations, le rouge mordant de ses lèvres se saisit des miennes. Ça dure un instant, juste le temps de figer quelques arômes. Ensuite, on reprend notre souffle.

— T'as l'air d'être un type sympa, Julien Dubois, pas trop caricatural du trentenaire à succès. Mais ne va pas te faire d'idées, c'est surtout parce que t'es mignon, dit-elle, dans un éclat de rire.

Un peu plus tard, alors que je commence à fatiguer et que je veux rentrer, je lui propose pourtant de venir chez moi, avec un certain entrain. Conscient que ma verge, un peu groggy par la boisson, ne me mènera sans doute pas loin, je pense à cet instant que c'est mon rôle de l'inviter à monter. On doute, je le croyais, du caractère des hommes (quand ce n'est pas de leur orientation) qui ne démontrent pas assertivité et détermination quant aux affaires du sexe. Un appétit sexuel conventionnel et immédiat, en quelque sorte, se doit d'être affiché. Ses éclats de rire, et son refus net, passé l'humiliation première, mettent un terme à mes croyances, avec le soulagement de celui qui courait au casse-pipe et s'en extirpe in extremis.

— J'ai passé un bon moment, prends mon numéro à la place, et rappelle-moi quand ça te dit. Mets-moi à Léna, Léna Malinovski, avec un i.

Alors elle allume une cigarette roulée mentholée et je la dépose à la borne de taxi de la place du Colonel-Fabien, sous l'œil bienveillant de Georges Marchais et d'autres vieilleries locales. Planant, je file dormir à la station de recharge Wunderbike à proximité. Je ne suis pas certain d'avoir bien compris comment tout cela est arrivé, mais je reviens de trop loin pour ne pas croire à un rééquilibrage du destin en ma faveur. Je ne parviens pas à trouver le sommeil : Léna persiste dans ma rétine, et dans ma bouche comme un bonbon à la fraise.

Ce n'est qu'à l'occasion d'une séance d'onanisme salvatrice impliquant, sans gloire et comme on pouvait s'y attendre, un pantalon camel, que je réussis à trouver le sommeil. Je ne m'en aperçois pas tout de suite, mais le caractère souillon, sans retenue, de ce largage intempestif de désir va incruster le canapé, laissant quelques taches que je découvrirai bien plus tard, la honte se mêlant alors à une certaine nostalgie. Il faut croire que le protocole ouaté, pourtant strict, issu d'une pratique soutenue dans de petites chambres d'hôtel exiguës, jusqu'à l'irritation parfois, lors de mes déplacements professionnels, n'avait pas tenu face au chamboulement des sens, au tsunami hormonal, que ma rencontre avec Léna avait occasionné.

Au moment où je me couche, mon téléphone, en silencieux, sature quant à lui de messages. On n'est décidément jamais tranquille. Et je pense à Papouchka qui aurait bien aimé cette petite Léna, qui a du caractère et les idées au bon endroit. Mais il est probablement un peu tôt pour se projeter.

BOUDIN BURGER

Ce matin de lendemain de bringue, je souffre le martyre. Le sang pulse douloureusement contre la paroi de mon crâne, comme si on me trépanait sans anesthésie. J'ai la sensation que ma boîte crânienne héberge un gros fruit confit qui aurait macéré toute la nuit dans un mélange de rhum et de vodka. Ce n'est que grâce à l'intervention hostile du soleil puis de grandes goulées d'eau du robinet que je parviens à me tirer du canapé blanchi. En me levant, j'éprouve une sensation étrange. Comme si je quittais une vieille connaissance, avec qui j'aurais vécu des aventures mémorables.

Ma montre, l'entrée de gamme d'un bijoutier suisse, affiche 10 h 17, c'est tard pour un jour de semaine. Mon foie sature des agapes de la veille, comme mon téléphone.

Autour, les techniciens s'activent avec un sérieux fantoche, trahissant le peu de soin apporté à leur recrutement (essentiellement par manque de temps, couplé à des objectifs de croissance ambitieux). On se croirait au royaume du je-m'en-foutisme rémunéré. C'est sans surprise : Trevor a été clair avec nous sur la possibilité de tous les remplacer et donc sur la nécessité absolue de ne pas leur offrir de contrats trop engageants. De privilégier les contrats courts : CDD, autoentrepreneurs ou intérimaires. Le genre d'accords dont on pourrait facilement se défaire si ça tournait de travers. Je l'ai déploré, mais je ne peux pas tout faire. À ce sujet, lors d'un rare moment de confidence, Trevor s'est ouvert à moi à propos d'un rêve, ou plutôt d'un cauchemar récurrent chez lui : celui d'un inspecteur du travail français qui viendrait mettre le nez dans l'activité de Wunderbike. L'anecdote m'est restée en mémoire et j'y repense parfois avec une pointe de chauvinisme. L'idée qu'un fonctionnaire français, et le Code du travail dont il est l'émanation, puissent empêcher de dormir un mogul de la Silicon Valley me réjouit quant à la vivacité et au rayonnement mondial du *soft power* tricolore.

Alors, en cette matinée, que je perçois brumeuse en dépit du soleil éclatant, ils charrient des pièces détachées, des batteries et leurs collègues avec une désinvolture incontestable. Ils accumulent les conneries, les inattentions coupables de celui qu'en a rien à cirer. Ils lâchent des batteries fragiles de leur nonchalance, oublient leurs gants, mélangent les branchements. Il faudra que je pense à passer plus souvent à Colonel-Fabien, avant qu'ils ne fassent péter tout le bloc. Je suis d'autant plus remonté que je me trouve à côté d'eux. Le minimum de la conscience professionnelle, il me semble, c'est de se tenir à carreau quand le chef passe. Peut-être que je suis une distraction. En tout cas, ils me regardent, interloqués. Je ne viens pas souvent, c'est vrai, et encore moins froissé comme un vieux papier, une gueule d'outre-tombe, émergeant du canapé commun.

Instinctivement, et alors que tout en moi est fébrile à cet instant, je choisis l'offensive verbale, selon l'idée répandue que l'on se fait d'un patron. Je mobilise mes maigres ressources énergétiques pour mimer la posture et l'aplomb du contremaître, et je distribue ci et là les bons et surtout des mauvais points aux brebis galeuses que j'identifie. Il y a sûrement un peu d'arbitraire dans le dévers de mes gueulantes, mais je tiens ma ligne avec fermeté et politesse. Ça entretient le respect.

Alors que je pense remplir mon rôle avec dextérité en maniant, marque de mon ignorance, les négations et les impératifs avec assertivité, je sens poindre, à mesure que je muscle mon propos, une forme de mutinerie. Un gaillard trapu, du genre à prendre les devants dans un groupe, sort de la meute et me lance :

— Hey boss, vous avez lu *Le Parisien* ce matin ? La prochaine fois, invitez-nous. Faut faire croquer !

Tous les mécaniciens m'entourent. Je me sens comme un baba au rhum, ou plutôt à la vodka luxueuse, une cohorte de mouches posées sur moi. Sentant l'atmosphère propice à la boutade, un deuxième mécano renchérit, les mains pleines de graisse de vélo : il veut se faire chic, lui aussi, pour aller teufer dans les beaux quartiers. L'hilarité générale qui suit ces deux interventions me plonge dans l'ambivalence. La probabilité est non nulle qu'ils se foutent de ma gueule. Pendant un instant, la satisfaction de voir un groupe soudé et gai, riant de bon cœur devant la hardiesse d'un bon mot, l'emporte sur la lèse-majesté. Mais, rapidement, j'ai la sensation de ne pas être tout à fait au jus de ce qui se trame. C'est désagréable. Mais, bon sang, de quoi parlent-ils ?

Je leur pose la question, déplorable de candeur ébouriffée. Ils croient que je bluffe. J'ajoute un geste bref de la main, et le groupe comprend que je suis dans le noir, qu'il faut me mettre au diapason, et fissa. Ils me regardent comme peinés. Puis le costaud effronté de tout à l'heure s'approche de moi, me tend son téléphone. Il mentionne une vidéo qui tourne. Celle de mes potes bien barrés du 16ᵉ déguisés en père Noël, et les hurlements qu'elle contient. Je la regarde. Et je ne réponds pas tout de suite. J'accuse le coup, je suis consterné. Et de manière plus prosaïque, je souffre d'une indéniable sécheresse buccale. Ensuite, coup de grâce, un des mécaniciens de derrière, un niveau deux, les petits génies polyvalents, me tend un exemplaire du journal *Le Parisien* daté d'aujourd'hui.

L'absence de nouvelles majeures ce jour-là a, ironie du sort, propulsé Wunderbike en première page. On peut lire, au-dessus d'une photo d'un de nos vélos roses, un titre un peu racoleur :

Kilomètres sous ecstasy : Wunderbike fête sa réussite dans le faste et le bruit

Hier soir, la société de vélos partagés a fêté, à grands frais et dans la débauche, ses premiers succès dans la Ville lumière pour l'atteinte de son million de trajets mensuel. En l'absence de l'essentiel de ses techniciens, pourtant au cœur de la réussite de cette jeune pousse, la fête, organisée dans le chic 16e arrondissement, sur invitation, sentait bon l'entre-soi de la jeunesse dorée des start-up mondiales.

Je suis médusé à la lecture de l'article entier. Tout y est : les invités, le menu, la musique, jusqu'aux tribulations des frères Ben Bilouche et leurs cadeaux psychotropes.

Le journaliste, un certain Michel Furet, note, non sans style, que le choix du lieu et les invités triés sur le volet (« *d'une homogénéité génétique peu représentative du Paris de 2019* ») reflètent bien « *un service de mobilité urbaine qui se veut inclusif sur le papier, en desservant l'intégralité de la capitale, mais échoue à l'être pleinement au vu de ses tarifs élevés* ». Dans un déni de lecture, ou peut-être dans la précipitation, je passe outre la formulation « *d'apartheid festif* », utilisée pour décrire la soirée. C'est outrancier, presque malhonnête. Mon estime pour le journalisme en prendrait presque un coup, à moins qu'il ne faille procéder à une remise en question plus complète. Plus loin, on peut lire : « *Le sérieux de la démarche, prétendument écologique, est discutable lorsque l'on voit les stocks de batteries abandonnées, non recyclées dans les entrepôts. La quantité de pièces détachées de plastique utilisées. Ou encore les blagues récurrentes sur les trésors que l'on trouve au fond de la Seine, par des employés Wunderbike eux-mêmes. Ces derniers ne semblent d'ailleurs pas s'offusquer de ce* cost of doing business, *arguant qu'on ne fait pas d'omelette sans casser des œufs.* » L'article conclut : « *Mais que fait donc Mme Diawara, à laisser une société étrangère, aux mœurs douteuses, s'implanter à Paris, investir l'espace public, avec ses vélos garés partout, sans réagir ?* »

Fort heureusement, aucun nom n'est mentionné dans l'article, ce qui me soulage. J'ai un vague souvenir d'avoir moi-même prononcé dans mon Wundertalk quelque chose sur une omelette et des œufs, à moins que ce ne soit sur l'œuf et la poule. Le nom de l'auteur, Michel Furet, ressemble à un nom d'emprunt, ce que me confirme une recherche Google rapide. *Le Parisien* mentionne une enquête au long cours, menée par le même Michel Furet, et dont le magazine *Society*, attiré par ces nouvelles mobilités qui déferlent sur la capitale, a acheté les droits. Saperlipopette, aurait dit mon grand-père.

Ça sent pas bon, cette affaire. Seul au milieu de mes mécanos compatissants, je me dis que je vais devoir gérer cette merde, ça ne fait aucun doute. Il faudra contre-attaquer, se faire inviter dans une émission grand public, ou peut-être faire un communiqué. Faire de la pédagogie, éduquer, expliquer notre modèle. Peut-être qu'il en va de mon maintien à mon poste et, plus largement, et c'est l'essentiel, de l'acceptation de nos vélos par les Parisiens. La réussite de Wunderbike m'importe plus que mon propre sort, à cet instant.

En attendant, je suis trop faible pour réagir et j'ai faim. L'heure du déjeuner approche et mon corps meurtri, convalescent, réclame un burger et des frites, solution éprouvée maintes fois pour rétablir l'équilibre acido-basique de ma flore intestinale. Il n'est pas question cette fois d'un burger veggie. Le steak de soja ou de patate douce a ses limites. Certaines situations, et c'est le cas d'un lendemain de biture, me rappellent à ma nature protéinée, carnivore, presque prédatrice. Un cri du corps sans contrôle possible. Et néanmoins, c'est tragique, incompatible avec la préservation de l'environnement, comme Paul me l'avait expliqué, du fait des flatulences bovines qui contribuaient à hypothéquer notre futur à tous. Tant pis pour cette fois, je pars donc en quête d'un burger de bœuf, sans savoir tout à fait où le trouver. En effet, la Mairie, par zèle réglementaire, a rendu majoritaire le burger veggie, à la suite de l'instauration d'une

TVA climatique particulièrement féroce sur les mets à la viande. Cette dernière sert à financer des initiatives locales. Ici, des cantines et des fermes urbaines, ou encore les pots de miel des « ruches cocos » (en référence à leur localisation sur le toit de l'ancien siège du Parti), que la mairie du 19e envoie chaque année aux retraités du quartier, souvent d'anciens électeurs de Georges Marchais, qui voient dans ce geste une juste rétribution de leurs combats de jeunesse. Comme quoi, la révolution, ça mène à tout.

En rallumant mon téléphone, une myriade de notifications colorées, intempestives et bruyantes me sautent au visage, comprimant ma poitrine. Autant de petits uppercuts me punissant de m'être affranchi de toute contrainte temporelle et digitale l'espace d'une matinée, bravade prométhéenne interdite à l'ère des smartphones. On trouve de tout dans mes messages. Des sollicitations mercantiles de second rang : les jours fous d'un magasin d'électroménager, les promotions de Noël d'une marque de slips chauffants, moins 50 % sur les vins liquoreux… mais aussi les messages de Trevor, à intervalles si réguliers qu'il ne faut pas beaucoup d'imagination pour les comparer au supplice de la goutte d'eau.

Je trouve aussi, c'est plus intrigant, deux messages vocaux et une photo envoyée par Jean-Damien. Sur la photo, on reconnaît Bruno, un des frères Ben Bilouche et Franz, sacré équipage, dans ce qui ressemble à une virée en extérieur. La photo a été envoyée très tard dans la nuit, vers 3 h 30 du matin. D'un coup, je reconstitue les pièces du puzzle, au prix d'une débauche énergétique inconsciente vu mon état. Puis mon sang ne fait qu'un tour. Putain, les cons, ils y sont allés ! Ils sont allés à la colline. C'est sûr.

Sur le premier message vocal, j'entends la voix de Léna, tôt ce matin, demandant à me revoir prochainement. Elle a apprécié le moment passé ensemble. Le frisson chaleureux qui me traverse est aussitôt interrompu par le message suivant, qui s'enclenche. On y entend la voix à l'identité en mutation, fluette puis rauque, gutturale et trébuchante, reconnaissable parmi cent, de la maire Diawara. Elle a lu avec intérêt l'article de M. Furet et nous convoque à l'hôtel de ville, « avant les fêtes de fin d'année, pour une discussion franche sur vos méthodes ». J'ai jusque-là toujours échangé avec son directeur de cabinet, un homme d'une discrétion ectoplasmique, mais au pouvoir filtrant redoutablement efficace pour sa patronne. L'appel en direct de la maire signifie un changement notable dans le degré d'importance qu'elle accorde à Wunderbike. Ce n'est pas bon signe. Je remets mon téléphone dans ma poche. Je suis tendu. Pas le genre de tension qu'on aime, un jour de convalescence.

Je trouve enfin ce qui se rapproche le plus d'un burger à la viande dans un restaurant créole de l'avenue Mathurin-Moreau, le Boudin Burger : boudin noir, onion rings, haricots et crudités sauce chien. Je m'assieds pour le déguster, avec une ginger-beer, en pensant à mon entrevue prochaine avec la maire. Là, j'aperçois, dans l'alignement de la porte, une poignée de vélos Wunderbike, pneus crevés, déjantés, certains sans guidon, qui jonchent le sol. On peut lire sur le bitume un marquage vert encore frais : « Mobilité coloniale : la planète a les batteries vides ». Encore un coup de Révolution Décroissance, dont il faudra s'occuper à un moment. Les étrons arrivent en escadrille, ce matin. Je tourne la tête, décidant de les ignorer pour cette fois. Je me dis qu'on n'est vraiment jamais tranquille, mais on verra plus tard. J'ignore à cet instant que la procrastination à régler les affres du quotidien hypothèque le plus souvent la tranquillité du futur. Si on les néglige trop longtemps, les petites merdes finissent en général par péter à la tronche.

Mais, désireux d'oubli, je me concentre sur le rétablissement de mes fonctions vitales par l'entremise menacée, réglementée, de la graisse animale. La culpabilité à l'ère du véganisme, sanguinolente, est délicieuse, juste ce qu'il faut d'épices.

Plus tard dans la journée, j'apprends qu'en fin de soirée, un Bruno hors de contrôle, déchaîné sous l'effet vicieux d'une des pilules roses, a convaincu un bataillon aviné « de marcher sur l'ennemi en haut de la montagne aux galettes, pour y récupérer nos montures ». Comprendre : colline du crack, porte de la Chapelle, récupérer les vélos. Il a ingéré une pilule à son insu à la suite d'un complot ourdi par Jean-Damien, l'un des frères Ben Bilouche et un Franz qui a gardé de sa jeunesse berlinoise alternative une aversion pour tout ce qui touche aux forces de l'ordre. La bande avait ainsi filé dans la nuit, à bord de la Maserati des Ben Bilouche et de l'utilitaire Wunderbike, à la rencontre des habitants de la colline, pour en découdre, récoltant quelques gnons et une morsure au passage.

Lors de l'incartade malheureuse, ils ont au moins compris ce qui se trame sur la colline : nos bécanes, les toxicos les utilisent à des fins pratiques (déplacements, séchage du linge, entre autres) et puis, une fois leurs besoins satisfaits, ils les vendent au plus offrant. L'incartade malheureuse aura au moins permis à plusieurs témoins crédibles de confirmer les allégations de Bruno. Quant à ce dernier, il est désormais convaincu qu'ils détournent eux aussi une dizaine de vélos par jour dans le vortex de Paris Nord, entre porte de la Chapelle et porte de Pantin. Ils ôtent les puces GPS pour qu'on ne puisse plus les pister et les revendent à un acheteur mystère. Selon Bruno, ils trempent sûrement dans le commerce avec l'Afghan. De la carambouille au vélo, en veux-tu en voilà. Au prix du marché de 20 € le vélo volé, soit une ou deux galettes de crack, le système est ingénieux, « scalable » dirait Trevor. Alors, pas étonnant que récupérer nos vélos suscite leur animosité. C'est comme leur ôter la pipe à galette de la bouche. C'était un moyen de survie, sûrement parmi les moins moches.

Entre le port de Gennevilliers et La Chapelle, je sens que mes opérations sont comme une canalisation percée. La propriété privée, c'est très surfait, quand personne ne la défend. Il faudra revenir et tirer la situation au clair. On ne peut pas continuer à naïvement se faire siphonner notre parc de vélos. Trevor n'accepterait pas la situation et donc, par ruissellement de la volonté patronale, je ne l'accepterai pas.

LA REINE DIAWARA

Devant l'hôtel de ville, j'attends mon rendez-vous de 11 heures avec la maire Diawara. Je reviens du studio de BFM Business où j'ai défendu Wunderbike et son impact positif, en réponse aux accusations du *Parisien*. J'ai eu un peu le trac, mais les retours de mon agence de relations publiques sont bons : « Avec ça, tu vas imprimer dans l'opinion, surtout les *key opinion leaders.* » Alors je tapote sur mon téléphone en comptant les cœurs qui pleuvent sur les réseaux sociaux, et en répondant aux haters. Je reçois même un message de Paul : « T'es un vrai communicant, cousin ! Tu me ferais presque croire à l'entourloupe. » Je ne sais pas bien comment le prendre, je ne comprends toujours pas ses réticences. Je reçois aussi les félicitations de Léna, que je rappelle dans l'instant. Je lui propose un dîner à la maison une fois les fêtes passées. Pas avant, car Trevor s'est invité à la dernière minute, tel un cadeau de Noël empoisonné, pour « revoir les performances de la filiale française ». Elle accepte avec une spontanéité peu farouche, ajoutant simplement une requête : elle est végétarienne. Là, l'image mentale de la dévoration prochaine de ses tétons surgit et je me trouve à deux doigts de répondre que je suis, pour ma part, carnivore. Au lieu de quoi je propose, on n'est jamais trop sûr, de lui concocter ma recette ancestrale de risotto aux champignons. Je raccroche, béat, satisfait par la perspective, toutefois jamais garantie, d'un rapprochement charnel à court-moyen terme.

Mais Bruno me fait atterrir. Il se trouve dans un état d'excitation extrême. Tel un hystérique ayant trouvé la preuve irréfutable de ses névroses. Les événements de jeudi soir ont mis le feu aux poudres de son psychisme, son amygdale est déchaînée, exacerbée, prête à en découdre, et il m'écrit : « Je te l'avais dit : le Gang des Bicyclettes et maintenant, la colline ! Il faudrait être con pour croire que ça va s'arrêter !!!! » ou « Retrouvons-nous à 11 h 30 à La Chapelle pour en finir !!! ». Le garçon semble survolté, il a la ponctuation qui s'emballe, le respect en déroute. Quant à moi, je n'ai pas l'intention d'agir aujourd'hui. Pas maintenant, pas sans plan. En tout cas, pas selon les préconisations immédiatement belliqueuses de Bruno. Je ne nie pas l'urgence, mais j'y ai réfléchi, je ne veux pas lancer des guerres à l'aveugle. Je manque encore d'exposition directe aux faits sur le terrain, je veux savoir contre qui je me bats et avoir une confirmation arithmétique. Je veux un listing précis des vélos qui ont disparu, et de leur localisation. Ils ne peuvent pas en avoir volé tant que ça, nos amis camés, ce n'est quand même pas le crime organisé. Les conjectures de Bruno, c'est trop maigre. Par ailleurs, Jean-Damien, en gestionnaire prudent, s'est montré rassurant sur l'ampleur du problème, ça me va bien pour l'instant. Je reçois un dernier message : « Tu ne me réponds pas, couille molle ? », avant de refermer, furieux, mon téléphone et le flux de mes pensées. Les deux, par expérience, ne s'interrompent jamais, à moins qu'on ne les y contraigne. Je m'exécute, mon rendez-vous approche et je dois me concentrer. Je souffle, c'est parfois dur d'être le patron, surtout celui de Bruno. Je vais devoir le recadrer.

Je sais finalement peu de choses sur Mme Diawara si ce n'est l'essentiel : sa transition de genre récente, un an avant son élection, avait fait couler quantité d'encre. Quotidiens, magazines politiques, tabloïds, tout le monde s'y était mis. Y compris le *New York Times*, qui y avait vu la preuve d'un renouveau français. Mme Diawara, en somme, c'était mieux que Marianne ou la statue de la Liberté.

Anciennement Paul Saint-Josse, apparatchik socialiste, paisible et inoffensif, inflaté aux notes de frais sénatoriales, elle s'appelait désormais Pauline Diawara. Diawara, du nom de Marie Diawara, sa seconde épouse, de vingt ans sa cadette. Marie, collectionneuse d'art africain, ancienne élève de l'École alsacienne, lesbienne revendiquée, dont les parents, normaliens et descendants d'immigrés sénégalais, ont longtemps gravité dans les cercles de la gauche parfois dite caviar.

Certains ont vu dans son mariage et dans sa transition un opportunisme politique, au moment de terminer sa carrière. Son couple mixte, son progressisme social allant jusqu'à sa propre transition, et ses positions écolos de longue date : il n'en fallait pas moins pour convaincre des Parisiens désireux de radicalité. C'est ainsi que Pauline Diawara, ovni politique, avait remporté la bataille de Paris haut la main face à la maire sortante, pourtant du même parti, mais empêchée, essentiellement par elle-même.

La campagne fut spécialement abjecte : fratricide, ou sororicide, pour être plus exact. Le point culminant de l'horreur avait été une vague de dénigrement systématique de Pauline Diawara.

Ses opposants interrogeaient la « complétude » de sa transition, à grands coups de photos zoomées sur sa braguette et d'animation sur les réseaux sociaux, visant à illustrer la réminiscence physique de sa virilité. Les experts avaient beau expliquer sur tous les plateaux télévisuels que ça ne changeait rien à l'affaire, que chaque transition était unique, l'électeur moyen, souvent binaire, parfois tendance transphobe, mais toujours voyeuriste, se réjouissait du débat sur ce qu'il était convenu d'appeler « la bosse de Saint-Josse ».

L'expression, cocasse, avait été trouvée par le candidat du parti « Occident et Patriarcat », ultra-minoritaire à Paris, et dont l'obsession phallique, visible partout dans son programme, avait trouvé un exutoire médiatique dans le slip de la candidate adverse.

Cette polémique, d'apparence triviale, posait au moins deux questions : celle de l'authenticité de la démarche de Pauline Diawara, de son honnêteté face aux électeurs, et celle, plus populaire que juridique, de la reconnaissance de la transidentité sans opération des parties génitales.

Pour gagner, Mme Diawara avait quand même dû mettre fin à la polémique lors d'une émission sur sa chaîne TikTok intitulée, non sans humour, « Déshabille-toi Diawara ! ». Elle y avait expliqué, avec une pudeur empreinte d'intensité, avoir toujours ressenti son identité féminine, mais s'être autorisée à la vivre lors de sa rencontre avec Marie. Cette rencontre coïncidait avec le départ des enfants de son premier mariage de la maison.

À la suite de cette interview, son statut d'icône progressiste, son authenticité, et aussi, car ça compte en politique, la réussite esthétique de sa féminisation du visage, avaient rendu inéluctable son accession au poste d'édile de la capitale. Elle avait ensuite poursuivi une politique offensive en matière de défense des minorités et de transition écologique, comme on pouvait s'y attendre. Les Parisiens appréciaient généralement sa vision. Seuls restaient, fidèles au poste, quelques patriarches éructants pour la considérer comme le diable. Mais ces vieux gosiers lipidiques hors du temps, hors-sol surtout, affaiblis par le diabète et menacés d'extinction, ne ralliaient pas les foules.

À 10 h 55, je présente ma pièce d'identité sous le portique de détection du métal de la mairie. On me conduit dans la salle d'attente où je discute un instant avec le directeur de cabinet, que je connais de l'école. Il me salue et me dit d'emblée, l'air inquiet, que la maire est remontée. Qu'elle sait pour l'incident de la colline du crack, et qu'elle va me passer un savon. Je sens déjà son souffle chaud dans mon cou. Il continue, me dit franco qu'elle ne nous aime pas, qu'on ne respecte pas les règles, qu'elle préfère les sociétés locales. Et puis on concurrence les services de la ville, tout en congestionnant les trottoirs. Le pot aux roses, c'est l'actionnariat étranger, Spitzberg Capital. Ça, décidément, ça ne passe pas. Leurs pratiques sociales quasi démoniaques sur son territoire, sous couvert de transition verte, elle refuse. Ensuite, il me laisse, je patiente environ une heure trente dans une salle en parquet point de Hongrie de trois mètres de haut. Me faire poireauter, c'est la prérogative implicite de Pauline Diawara. Elle l'utilise franchement, ce qui marque efficacement la hiérarchie entre nous.

Quand finalement je rentre dans le vaste bureau de la maire, j'adopte donc l'humilité de façade attendue d'un serviteur de l'intérêt privé qui se présente sous les ors désuets de la puissance publique. Je courbe la tête et je me présente poliment. Je porte un jean bleu foncé, une veste de costume en flanelle élimée sur une chemise bleue sans initiales. J'ai ressorti une paire de Chelsea boots fatiguées, rapidement cirées avant la réunion. Je ne veux pas envoyer de signaux d'opulence. Je suis un opérationnel, au turbin sur le terrain avec mes gars, pour offrir les meilleurs vélos aux Parisiens. Je ne suis plus un financier étranger ni un startuper en orbite. Il faut que ça se voie dans ma dégaine.

Pauline Diawara se tient debout, face à la fenêtre, à contempler la place depuis son bureau d'angle. Quand elle se tourne vers moi, je constate à quel point sa transformation physique est une réussite, selon des critères d'une subjectivité affligeante (largement partagée par les médias, à ma décharge). Elle porte des escarpins noirs de working girl et une combinaison bordeaux qui dessine une taille en H, héritage vraisemblable de son passé sur l'autre rive. L'intensité avec laquelle elle me compresse les doigts et sa manière de se mouvoir, qu'on peut qualifier de « work in progress », le rappellent aussi. À moins que ce ne soit son passé de député·e des Hauts-de-France.

À ma surprise, les premiers instants sont d'ailleurs cordiaux, presque complices, complaisants. Elle sait y faire pour séduire, désarmer. Elle s'excuse de son retard, s'enquiert de mon mode de transport pour venir, me propose un café. Elle m'invite à m'approcher de la fenêtre pour regarder la place et les vendeurs de marrons qui gigotent dans le froid polaire.

Pauline, c'est ainsi qu'elle souhaite que je l'appelle, a la soixantaine heureuse et, à dire vrai, je suis même surpris par l'effet qu'elle a sur moi.

Je m'assieds, en confiance. Puis je lui tends une carte de visite rose qu'elle balance dans un coin de son bureau. De toute façon, elle a déjà mon numéro. « À quoi ça sert ces petits morceaux de carton, à part gâcher du papier et de l'encre ? » Premier faux pas. Je me raidis. Son visage s'est fermé, il est plus grave. Disparue, la femme joviale des premiers instants, j'ai en face de moi une institutrice franchement sèche. Ferme, intransigeante. Je sens l'heure de la réprimande approcher.

Elle veut aller droit au but. Elle reste debout, me fixe du regard. Je suis un sujet de préoccupation majeur pour elle, et mes concurrents aussi, bien sûr. L'opinion publique la somme de réagir. Elle me dit vouloir éviter la chienlit, qu'il faut respecter les règles de base du vivre-ensemble. On ne peut pas jouer les cowboys au triangle de La Chapelle. Elle est garante de ses administrés, la zone est sous sa surveillance, c'est inacceptable. Elle a les deux poings sur son bureau. Elle dit peu de mots, ça ne laisse aucun doute sur son intention. Impossible de s'accrocher à une hésitation, un peut-être, la bête est assertive. Non, c'est non, monsieur Dubois !

Je dois sortir de ma réserve, au risque de me faire écraser. Je prends une inspiration et je pense fort à Trevor. Qu'aurait-il fait en face d'elle ? Je décide de contre-attaquer, ça reste la meilleure des défenses. Je lui parle de l'insécurité dans sa ville, des incivilités ordinaires, du vandalisme. Je lui dis aussi que pour réaliser son plan vélo, elle a besoin de nous. À sa réaction, je me rends vite compte que j'ai commis une faute de carre. L'intention était louable, mais la réalisation a pêché. Elle me coupe sèchement.

— Baissez d'un ton, jeune homme. Ne soyez pas, s'il vous plaît, la caricature des gens comme vous. Je la connais, votre condescendance. Mais ici, c'est moi qui commande, je n'ai de leçons à recevoir de personne.

— Veuillez m'excuser, madame la maire, je souhaitais simplement…

— Et puis appelez-moi Pauline, ça suffit, à la fin !

Elle se radoucit, et je me dis qu'il fallait en arriver à ce climax pour aborder la vraie discussion. Les quinze premières minutes ont servi à se renifler mutuellement, à voir ce que l'autre a dans le ventre.

— Pauline, si vous préférez. Des dizaines de nos vélos disparaissent chaque jour. Il y a un marché du recel organisé qui se monte. Nous avons de fortes raisons de penser que son centre névralgique est à porte de

La Chapelle, sur cette colline, et à Gennevilliers. Nous ne pouvons pas rester les bras croisés, comprenez bien.

— Gennevilliers, ce n'est pas chez moi. Ça doit être aux cocos ça, enfin ce qu'il en reste ! Mais bon, je connais le maire. Je connais tous mes voisins.

Elle propose qu'on lui envoie le listing des vélos disparus qu'on a remis à la police. Elle fera pression comme elle peut auprès de son ami le commissaire divisionnaire. En revanche, si on recommence nos conneries, elle nous fait fermer boutique. Point à la ligne. Elle me demande d'accuser réception. Oui, madame Diawara, enfin oui Pauline, c'est très clair.

— En plus, on m'a décrit les types qui sont venus sur la colline. De véritables barjos, des outres à vin ! C'est ainsi que vous travaillez chez Wunderbike ? Je questionne sérieusement vos mœurs, cher monsieur !

La maire me tend un document, une feuille A4. Le temps n'est pas encore venu de réglementer l'activité, dit-elle. Elle parle plutôt de nous soumettre à une sorte de gentleman agreement. Elle veut voir si on sait se tenir, séparer le bon grain de l'ivraie, faire le tri parmi les douze sociétés prétendantes. À la fin, elle reconnaît à demi-mot que l'on tire dans le même sens, celui d'une mobilité plus verte pour Paris. En revanche, elle veut se montrer très ferme : sa ville ne sera pas le terrain de bataille du capitalisme mondial en surchauffe.

— Si une guerre des gangs éclatait sous votre porte, que feriez-vous ? Je ne suis pas l'édile du laisser-faire.

Et puis, ajoute-t-elle, les vélos dans la Seine, il faut que ça cesse immédiatement. Ainsi que les entrepôts de charge de batteries au lithium, à côté des écoles. Le document qui récapitule ses demandes tient sur une page recto, à en-tête de la ville de Paris :

« CHARTE DE BONNE CONDUITE DES OPÉRATEURS DE VÉLOS PARTAGÉS À PARIS

1. [Stationnement] Interdiction de stationner sur les trottoirs sous peine d'enlèvement et d'une amende de 50 € ;
2. [Sécurité] Obligation du port du casque et des gants par les utilisateurs, sous peine d'une amende forfaitaire de 35 € ;
3. [Justice sociale] Obligation de service de manière équitable sur le territoire parisien en proportion de la population de chaque arrondissement ; ce point sera contrôlé par la mairie à travers le partage de l'état du parc de véhicules en temps réel ;
4. [Justice sociale] Obligation, dans la mesure du possible, pour les opérateurs de vélos partagés, de proposer des contrats CDI à tous leurs employés ;

5. [Justice sociale] Contribution, à hauteur de 15 % des revenus générés, à un fonds de solidarité « mobilités douces » ;
6. [Justice sociale] Réduction de 50 % des tarifs pratiqués pour les catégories de personnes discriminées (voir délibération du Conseil de Paris du 15 mai 2019) ;
7. [Environnement] Obligation du recyclage des batteries selon les dernières normes en vigueur (délibération en cours au Conseil de Paris) ;
8. [Environnement] Soumission à un audit trimestriel de l'impact environnement des activités de la société ;
9. [Environnement] Gratuité intégrale du service les jours de pic de pollution à Paris (source : indice Airparif) ;

Fait à Paris, le 24 décembre 2019

Le maire de Paris, Mme Pauline Diawara

Pour Wunderbike, M. Julien Dubois »

Je suis médusé en parcourant le document. Ma poitrine se serre d'angoisse. Aucun des neuf points n'est trivial. La mairie possède un an d'avance par rapport à nos plans. Personne chez Wunderbike, à commencer par Trevor ou Franz, n'a anticipé une réaction aussi rapide. Elle aperçoit ma mine défaite et sourit, fière de son effet. Elle est désormais assise, jambes croisées, le fauteuil légèrement incliné. Elle savoure le moment. Elle ajoute qu'elle souhaite que la Charte soit signée dans les prochains jours, avant la fin de l'année. Ou aujourd'hui, ce serait idéal, histoire de partir en congé l'esprit tranquille. Puis elle se redresse, et décoche un avertissement très clair : si on ne signe pas la Charte, elle envisage de sortir l'artillerie lourde du mécanisme contraignant. La mairie dispose d'une armada d'avocats en droit public, elle répète lourdement qu'elle peut nous faire rentrer chez nous.

— Si on s'y met sérieusement, ça prendra un peu de temps au début, mais je pense que dans un an vous serez partis de Paris. Alors, si vous pouviez vous autoréguler et qu'on évite l'escalade des longues procédures, ce serait mieux. Qu'en pensez-vous ?

Je lui explique que nous n'avons pas les moyens techniques de mettre en place ses demandes et que notre équilibre financier est précaire. Il ne faudrait pas que la régulation vienne tuer dans l'œuf une innovation naissante. Sur le sujet du stationnement, par exemple, la précision des puces GPS n'est que de 15 mètres. Comment, dans ces conditions, vérifier qu'un vélo roule sur la route et pas sur le trottoir ? En guise de réponse, elle cite Trevor lors d'une conférence à San Francisco qui parle d'hélicoptères urbains et de vélos qui se garent tout seuls.

— Vu vos valorisations démentes, je pense que vous en avez sous la pédale, sans mauvais jeu de mots. Et elle ajoute : nous n'avions pas besoin de vous. Nous avions des vélos avant, nous en aurons après. Si vous voulez laisser une trace, essayez d'innover vraiment. Sinon, vous n'aurez fait que contribuer à détruire un énième service public. La mise en concurrence ça marche pour certaines choses, mais pas pour tout.

La suite est tendue, Pauline Diawara démontre sa réputation de coriace. Je consens à revenir vers elle, au plus tard en début d'année, au sujet de la signature de la Charte par Wunderbike. Je devrais d'ici là négocier avec Trevor, lors de sa venue à Paris, les moyens techniques et humains que nous pourrions mettre en œuvre.

En sortant de l'entrevue, je suis un peu groggy. Le discours de Pauline Diawara sur le service public et la contribution, peut-être négative, de Wunderbike m'ont rappelé de mauvais souvenirs. Je pense à Essorex, à la dose de concurrence de cheval qu'on lui a administrée, et à la fin d'une époque. Alors, espérant naïvement obtenir son soutien, j'appelle Paul pour lui dire que j'ai enfin rencontré la maire de Paris. Il ne semble pas étonné des contours de notre conversation et des menaces proférées par la maire. Il m'aurait dit pareil, insiste-t-il.

Il me fatigue, à la fin, lui aussi. C'est sûr qu'en ne tentant jamais rien, on ne risque pas d'agir de travers. En fin de conversation, il m'invite à venir lui rendre visite bientôt, à ne pas faire le mort, comme d'habitude. Gaïa me demande, dit-il, et c'est bientôt son anniversaire. Alors je lui dis, agacé :

— Je lui fais envoyer une peluche. Pour ce qui est de passer, on verra. Je n'ai pas trop le temps, en ce moment.

— Tu recommences, Julien, me dit-il, tu recommences.

PAULINE D ?

Je suis Pauline Diawara. Lui, c'est Paul Saint-Josse.

Paul Saint-Josse, c'est un vieil ami perdu de vue depuis des années. Un ami d'enfance. J'éprouve une immense affection pour lui, mais je ne lui parle plus. On ne partage plus grand-chose.

Avec lui, j'ai vécu de belles années. Étudiant en sciences politiques, tout droit venu du Nord, il était obsédé à l'idée de quitter mes parents médecins. Il voulait écrire ma vie, Paul, larguant des doigts d'honneur à tout ce qui ressemblait à un notable. Il était décidé. J'étais décidée à ne jamais revenir à Saint-Amand-les-Eaux. Le ciel y était bas et l'hostie du dimanche y goûtait le rance.

Et puis le trotskisme, quel espoir. Quelle marmite bouillonnante ! Et Mitterrand, l'inattendu, le flamboyant, l'élégant. Le grand soir. En 81, on y a cru !

À Paris, quelle fête ! À cette époque, la bohème hantait le Quartier latin. Le jeudi soir, j'aimais me déguiser avec certains copains du parti. On allait dans ce club de drag queen, un des derniers bastions de folie du 6e. On y était libre. Au petit matin, on se débarbouillait en vitesse, et on partait rue de Solférino pour le bureau national, des ampoules aux pieds. Ce furent mes premières rencontres avec Pauline. Entre deux meetings politiques, sans tout à fait y prendre garde.

Député des Hauts-de-France, une famille de cinq beaux enfants, une réussite. Plus de détours par le Quartier latin, Pauline au placard. Quelques essais avec des hommes, sans lendemain. Un manque, aussi. Un gigantesque vide, abyssal.

Puis Paul a rencontré Marie. J'ai rencontré Marie. Marie dansait, lors d'une fête dans le Luberon. Pimpante, juvénile, éclatante, en rythme, entourée des cadors du Parti socialiste, sur de la musique tzigane. Dévorant la lumière, attirant les regards.

Des retours à Paris plus fréquents. Une amitié étrange, platonique, complexe, entre un sexagénaire et une jeune adulte. Une vie d'artiste avec Marie, des substances, des rencontres qui désinhibent. Des porte-jarretelles portés à l'Assemblée. Le désir qui grandit, qui n'a jamais cessé de grandir, en arrière-plan. Le regard bienveillant de Marie.

Pauline pointait le bout de ses seins. Petit à petit. Marie qui aime Pauline, Pauline qui aime Marie.

Mes enfants qui partent de la maison, plus besoin de masque. *Coming in, coming out.*

La joie de la décision, le divorce, l'annonce. La pudeur bafouée de l'homme public. Renaissance violente.

Une fois la puissance retrouvée, la victoire lors de la bataille de Paris. Se dresser contre tout ce qui ne tourne pas rond, vouloir changer le monde.

Avant qu'il ne soit trop tard, avant qu'on ait tous coulé sous les eaux du pôle Nord. Avant que la haine ne l'ait emporté sur la compassion. Avant qu'on ne se parle plus qu'en push notifications.

C'était finalement une aubaine. En quittant les habits de Paul Saint-Josse, j'ai pu devenir Pauline Diawara. Plus radicale, plus décidée. Écologie, féminisme, inclusion. On arrête le délire en marche. À bas les compromis mous qui nous aliènent. À bas le statu quo délétère qui tue l'espoir.

Le roi est mort, vive la reine ! Quel homme politique a le droit d'avoir une seconde vie ?

Ah, et vous vous demandez, comme tout le monde, si j'ai encore ma verge ? Alors je vous le demande à mon tour : en quoi ça vous regarde ?

UN VERRE DE GIVRY, ET AU LIT

À côté d'un article anxiogène sur les anomalies de température cette année « +2,1 °C par rapport à l'ère préindustrielle » et sur « la sixième extinction de masse », on pouvait lire : « *Mme Diawara se réjouit de la tenue de la Winter Pride, première en son genre, qui a réuni plus de mille défilants et de nombreux spectateurs [...]. La Mairie tient aussi à remercier les sociétés de vélos partagés présentes au cortège pour leur collaboration à l'événement postérieur à la parution de la Charte de bonne conduite. Un grand pas en faveur d'une mobilité écologique, sociale et inclusive, à n'en pas douter. Elle déplore cependant les dégradations en marge du cortège par les activistes de Révolution Décroissance.* »

Je m'étais fait berner par la maire en acceptant cette invitation à la Winter Pride, sa nouvelle création mettant en avant des identités menacées, comme les animaux, et plus globalement le « temps froid », en voie de disparition. J'avais accepté de me déguiser en ours polaire, avec Jean-Damien, et de faire partie du cortège de vélos qui sillonnerait Paris jusqu'à la Bastille, au milieu de costumes d'abeilles, d'hippocampes, drag queen et autres éminents membres de ce charivari postmoderne. La concurrence y avait participé aussi. Il fallait donner des gages de bonne volonté à la maire.

Mais, dans les journaux, c'était bien ma tête d'ours polaire, benête, ravie, inconséquente, en arrière-plan d'une photo avec la maire de Paris. Trevor m'avait immédiatement envoyé : « WTF ?!! Je croyais la Charte enterrée, qu'est-ce que tu fous ? » Désormais, toute la ville pensait que nous avions ou allions signer.

Je savais Trevor inquiet à la suite de mon débrief au sujet de la Charte de bonne conduite, lors de sa dernière visite à Paris, fin décembre. Cette dernière s'était d'ailleurs bien déroulée, grâce à la mise en place d'une stratégie double. D'abord un confinement strict de Bruno, le lanceur d'alerte, l'oracle de malheur, envoyé enquêter à Gennevilliers, avec interdiction de rentrer au bureau. Ensuite, assez rapidement, dès le premier jour je crois, l'exposition de Trevor à une quantité anormalement élevée de foie gras, truffes et autres vins blancs moelleux lors des repas. Jetlagué par les sucs, il avait succombé sans résistance à l'assoupissement chronique. J'avais maté le coriace, c'était un motif de réjouissance. Mais voilà que je le réveillais juste avant les fêtes, erreur de débutant.

Dans les jours qui avaient suivi, nous avions dû réparer les coups portés par Révolution Décroissance à nos bécanes. Pneus crevés, bombage de QR codes, explosions de jantes et autres tortures mécaniques dont ils avaient le secret. Au total, on dénombrait une centaine de vélos martyrisés dans l'Ouest et le Nord. À transporter à l'entrepôt. À retaper. À remettre sur roues. Jean-Damien avait géré l'essentiel de la crise, à mon grand soulagement. Je commençais sérieusement, à moins que ce ne soit le manque de lumière de l'hiver, à me lasser de ces petites péripéties qui mordent la tranquillité d'esprit. D'autant que je ne pensais qu'à mon dîner prochain avec Léna. La mise sur pied du plan qui me conduirait à la satisfaction prochaine d'un désir lubrique m'importait plus que la gestion de Trevor ou de mes équipes. Mes badinages mentaux tournaient à l'obsession, comme si tout mon corps, des pieds à la tête, s'était passé le mot.

Pour le dîner avec Léna, j'avais donc prévu mon fameux risotto aux champignons avec deux bouteilles de Givry, ce qui pouvait paraître excessif, mais pourrait maximiser mes chances.

Quand Léna se présente à la porte, peu après 20 heures, elle me charrie avec impertinence. Elle pouffe, me dit qu'elle s'attendait à tomber sur un ours polaire, en référence à ma tête dans les journaux. Je ris jaune. Elle porte un petit paquet de chez Arnaud Larher et mentionne une pavlova aux fruits, attrapée en route, rue

Caulaincourt. Elle habite rue Marcadet, et c'est donc sur son chemin, précise-t-elle. Elle ajoute que c'est l'un des meilleurs pâtissiers de sa génération, un MOF. La teneur de cet échange, franchement bourgeois, à la Pernille, se démarque du souvenir, lointain déjà, mais plus rock'n'roll, moins conventionnel, de notre soirée humide de la butte Bergeyre. Je sens que l'acte 1 est terminé. Le deuxième round commence, plus frisquet, il faut se mettre à la page. Mais, à quoi m'attendais-je ? Qu'elle me saute au cou, dévorante déesse, baisers et suçons inclus ? Après tout, nous avons déjà plus de 30 ans, et les saillies de la butte Bergeyre sont en voie de disparition, l'exception plutôt que la règle. C'est le cas pour la plupart d'entre nous, le sens de l'histoire, il faut s'y faire, sans nostalgie offusquée.

L'idée me traverse l'esprit que c'est peut-être moi qui, avec ma proposition de dîner à la maison, ai changé le statut de notre relation. Au début, protagoniste d'une aventure presque adolescente, fringante, sans conséquence, j'envoyais désormais des signaux prénuptiaux, casaniers, douillets.

Je suis rassuré de constater que son apparence physique, et en particulier le rose brillant de son gloss, ainsi que le rebondi de ses fesses, exerce toujours un puissant magnétisme sur moi. Léna s'enquiert du plat du jour, le fumet la rend curieuse. Son gloss luit sous les spots de ma cuisine ouverte, c'est une torture. Moi, ce que je veux, en guise de dîner, c'est lui bouffer les lèvres.

— Un risotto aux champignons, maison. J'ai trouvé cette recette sur le compte Instagram « Orgasme et moi », tu connais ? C'est une instagrammeuse qui développe l'idée que le temps de cuisson du risotto est parfait pour des préliminaires. Elle a une énorme communauté de followers. Anyway, j'ai trouvé la recette super, et donc je te la concocte.

L'irruption d'allusions coïtales si tôt dans la soirée n'est pas un acte manqué. Je veux, pour ainsi dire, mettre les pieds dans le plat d'entrée de jeu. Voir un peu si Léna a du répondant.

— OK, et donc pendant la cuisson, les amants se chauffent et ils dégustent ensuite le risotto en baisant ? dit-elle en riant.

Je n'en demande pas tant. Je suis presque choqué par le cru de ses paroles. Dans ma famille, le mot « baiser » était prohibé, on disait « faire l'amour ». La conversation prend un tour transgressif qui me titille et m'effraie un peu. La pavlova du MOF et sa platitude mondaine paraissent remisées à leur juste place, au vestibule, parmi les maladresses que le trop-plein d'envie peut occasionner. Mais je finis par calmer ses ardeurs verbales, elle va presque vite pour moi.

— Dommage pour nous, il est déjà presque prêt. Tu veux un verre, c'est du rouge, un givry, ça te convient ? J'ai besoin d'un remontant, j'ai eu une journée difficile.

Je l'ai désirée toute la journée, à la limite du priapisme. Mais, maintenant que je suis en face d'elle, j'ai besoin d'un peu de temps. Je suis une machine fragile, c'est pas automatique, qu'y puis-je. Le fantasme, c'est quand même plus simple que le réel, à tout point de vue.

Léna semble sincèrement intéressée par les événements du mois chez Wunderbike. Elle m'interroge longuement, presque inquisitrice. J'ai bien envie de l'impressionner, alors je me prête de bonne grâce au jeu des questions-réponses. À un moment, elle mentionne le papier de Michel Furet, me demande si je l'ai lu. Je lui dis que oui, en insultant le type, copieusement. Je lui raconte que mon chef de la sécurité pense qu'on a une taupe à l'entrepôt, qu'elle rencarde M. Furet. Elle ne sourit plus, l'air concerné, me demande mon avis. Je concède qu'il a beaucoup d'informations confidentielles, que ça pose question. Que Bruno est toujours très tendu, aussi. On en reste là.

Le dîner se déroule sans incident majeur. Le risotto est réussi, avec la bonne quantité de parmesan et de champignons de Paris polonais. Quant à la qualité de notre conversation, de la philosophie au sexe tantrique en passant par Wunderbike, elle me fait presque oublier la partie charnelle à laquelle je tiens tant. Nous échangeons longuement sur qui nous sommes, d'où nous venons, et malgré la profondeur des sujets, les choses se disent assez simplement. Elle trouve courageux mon retour chez moi après l'épisode Essorex, même si mon grand-père était déjà parti. « Il n'est jamais trop tard pour faire face », ajoute-t-elle. Alors je pense qu'elle s'entendrait bien avec Paul. À un moment, je lui propose même de m'accompagner un jour dans le Nord pour le rencontrer, ce fameux cousin Paul dont je ne cesse de lui parler. Je le fais simplement, sans me dire que c'est seulement notre deuxième rencard. Léna répond par un léger sourire qui veut dire « on verra » et je suis satisfait de sa réponse. Puis je lui demande son avis sur la peluche pour Gaïa. Elle semble étonnée de l'affection que je porte à ma nièce. « Je ne me serais pas attendu qu'un type en ton genre s'attache à une enfant. » Je lui demande d'où vient cette méfiance et pourquoi elle me colle cette étiquette. Elle baragouine un truc du genre « Je sais pas, quoi, un type corporate, mais c'est vrai que c'est réducteur ». Je m'offusque gentiment, en lui resservant un verre. Puis elle conclut qu'elle adore les enfants, mais qu'elle n'est pas sûre d'en vouloir. Les inquiétudes sur l'avenir, tout ça tout ça. Je sens qu'elle commence à s'ouvrir à moi. Tout semble simple avec Léna. Elle est libre, franche, spontanée, dynamique, belle, obsédante, câline, sauvage, puissante, insolente et douce. Et puis, je ne ressors jamais de son regard complètement indemne.

Sur les coups de 23 h 07, alors que nous dégustons la pavlova avec la seconde bouteille de rouge en guise de coulis de fruits, je lui prends la main. J'ai enfin le courage de mordiller son gloss, et sa langue fait un pas timide vers la mienne. À moins que ce ne soit la mienne qui en ait fait deux. Quelques minutes plus tard, on se pelote sur le canapé. Mes mains, c'est inévitable, se promènent partout.

D'un coup, elle se lève et prétexte qu'il est tard, qu'elle doit rentrer. Elle ajoute, mutine : « Je suis désolée de mettre à nouveau un râteau à ton cerveau reptilien, Julien. L'occasion de se revoir. Merci pour la soirée en tout cas. » Je rougis un peu. Lorsqu'elle se lève, j'aperçois au-dessus de sa hanche un bout de tatouage que je distingue mal. Quelques années plus tôt, ce tatouage aurait immédiatement impacté mon désir à la baisse, j'aurais redouté des origines en marge. Aujourd'hui, je suis plus peace. En phase avec mon temps, rasséréné par la multitude de trèfles et d'ancres de bateau qui pullulent sur les chevilles des instagrammeuses. Je la raccompagne à la porte. Elle propose de passer me voir à Bobigny dans les prochaines semaines. Elle est vraiment curieuse de mon travail, me dit-elle. Après tout, pourquoi pas, ça doit intriguer, des entrepôts de vélos.

Elle consent à m'embrasser une dernière fois, du bout des lèvres, comme par obligation. Puis je la vois filer dans l'escalier, sans se retourner. Elle ne prend pas l'ascenseur, « c'est pour les vieux, une dépense énergétique inutile », me crie-t-elle, depuis l'étage du dessous. J'explose de rire, intérieurement.

Depuis le balcon, je la vois s'engager rue Custine. En toile de fond, immuables, éternels, les bulbes illuminés du Sacré-Cœur dominent. Je repense au regard hypnotique de Léna. Plus qu'une frimousse, c'est tout le *package* qui me plaît. Tant pis pour nos ébats, je suis prêt à attendre un peu, tant qu'on garde le cap. Cette nuit-là, je fais tout de même un songe étrange. On y voit Pauline Diawara, sa femme et un ours polaire qui contemplent une œuvre d'art moderne controversée : une pavlova aux fruits rouges trônant sur la colonne de Juillet, place de la Bastille.

Le week-end suivant, convaincu par Léna, je me décide à aller fêter l'anniversaire de Gaïa. Je lui ai trouvé une magnifique peluche hippopotame, aux poils soyeux. Dans le train, je mesure le chemin parcouru depuis mon dernier voyage. Je pense à Léna, surtout, qu'il me tarde de revoir. Les baisers stériles de Pernille semblent loin, tout comme Golden Temple. Je n'ai pas parlé à Franz depuis longtemps, en revanche, il faudrait prendre des nouvelles.

LÉNA, UN

Je suis Léna. Léna Malinovski, avec un i.

Je suis née enfant parfaite. Ni trop turbulente, ni trop timide. Juste ce qu'il faut pour être toujours polie. Un peu contemplative, mais sans excès. Juste ce qu'il faut pour justifier mes grands yeux verts éberlués. Quelques taches de rousseur, mais sans qu'on soit sûr. Juste ce qu'il faut pour qu'on ne trouve rien à redire. Toujours juste ce qu'il faut.

Je suis née sur les rives tranquilles de l'Ouest parisien. Dans ces banlieues bourgeoises où les enfants disent bonjour Madame et surtout merci Monsieur. Dans ces banlieues bourgeoises au rythme lent, aux colères molles et à l'imagination finie. Dans ces banlieues bourgeoises où l'on compte ses sous pendant que le monde dégueule d'injustices, en continu.

Il ne faudrait rien changer, surtout.

Mon père est journaliste. C'est lui, Malinovski. Curieux, grandiose, toujours à droite à gauche. Malinovski, l'intellectuel, parfumé au tabac, enfermé dans la rigueur de son monde cérébral, frustré de la frivolité du monde tel qu'il tourne. J'ignore comment il a atterri dans cette banlieue cossue. Peut-être aime-t-il jouer à l'outsider ?

J'ai passé dix-neuf ans à admirer mon père, avec toute la sincérité de mon cœur de petite fille. Ce père qui avait mieux à faire, bien sûr, c'était compréhensible. Ce père cinglant, irascible et desséché. Ce père si brillant. Une étoile dont on voit la lumière sans sentir la chaleur.

Un après-midi, mon cours d'éco annulé, je suis rentrée plus tôt du lycée. Et là, j'ai vu mon père et une pouffe de mon âge se bécoter sur le canapé. Le pire, c'est qu'il m'a engueulée. Ou il m'en a mis une, je ne suis plus bien sûre. C'est ça de vivre avec un grand fauve. Un récidiviste, en plus.

Je n'ai plus jamais regardé ma mère pareil. Au prisme des ingratitudes de l'astre domestique, elle méritait mon empathie. Elle s'éteignait à mesure que mon père brillait, à petit feu, prise au piège de la dépendance. Sans que personne y trouve à redire.

Je n'ai plus jamais regardé cet homme pareil. Cet homme au verbe grandiose et aux actes minables. Puis une sourde colère a surgi du cœur de la petite fille sage. J'ai eu besoin de parler fort, de militer.

Et puis, de fil en aiguille, j'ai embrassé toutes les causes. Une fois que tu mets le doigt dedans, l'injustice du monde te happe. Féminisme. Écologie. Antiracisme. Anticapitalisme. Débraillé·e·s, les soldat·e·s de l'égalité. J'ai couru, hurlant de toute ma retenue, vers un avenir plus juste. Oubliés, les conseils de ma mère et ce costume de petite fille accommodante. *Basta !*

Aujourd'hui, quelques années plus tard, je suis plus sereine, l'âge aidant. J'ai trouvé un exutoire à ma colère chez Révolution Décroissance, car l'écologie est le combat du siècle. Les mots m'aident aussi. Car, ironie du destin, je suis journaliste, comme mon père. Mais bon, je n'ai pas trouvé meilleure place pour déboulonner les idoles.

En ce moment, j'écris un papier pour *Society* sur la nouvelle coqueluche du moment, la société de vélos Wunderbike, possédée par le fonds Spitzberg Capital. Ce qui m'intéresse, ce sont les écarts entre le discours responsable et la réalité de l'activité : je ne pense pas qu'on puisse prôner l'hypercroissance tout en voulant préserver la planète, à un moment ça coince. Ce n'est pas moi qui le dis, c'est la physique. Alors, j'enquête sous un nom d'emprunt, Michel Furet. C'est mieux pour m'infiltrer. Cette fois, je me suis rapprochée de Julien Dubois, le directeur général de Wunderbike. Je lui ai fait le coup du pantalon camel, comme à d'autres avant. Plus ils sont haut placés, moins ils me voient venir, comme si ça leur paraissait normal qu'on s'intéresse à eux.

Vous réprouvez mes méthodes ? Je vous prie s'il vous plaît de garder vos colères pour les causes qui les méritent.

Mon plan c'était de jouer un peu avec Julien Dubois, de temporiser, pour étayer mon papier. Mais je ne suis pas sûre d'y parvenir. Quelque chose chez lui m'attire : un côté sincère, enfantin, on dirait un repenti. Quand il parle de son grand-père et de sa nièce, on sent qu'il est sensible. Je pense qu'il se trompe sur la marche du monde, mais il le fait sans arrière-pensées. Et puis quand il me touche, j'ai la peau qui se hérisse de désir, avec des décharges au creux du ventre. L'autre soir, chez lui, j'ai dû partir précipitamment. Autrement je lui montais dessus sur place. Et lui qui m'invite à rencontrer sa famille, je crois que c'est la première fois que ça m'arrive. Tout ça m'embête, ce n'était pas prévu. Je ne devais pas ressentir quelque chose, je devais cloisonner.

En attendant, j'ai du boulot. Je dois rendre cet article… Ce n'est pas comme si je roulais sur l'or et que je pouvais décliner une commande. On verra bien, pour Dubois. La vie est longue.

ACTE III

« Ô les siècles et les siècles sur cette ville,
Grande de son passé
Sans cesse ardent – et traversé,
Comme à cette heure, de fantômes ! »

ÉMILE VERHAEREN,
Les Villes tentaculaires

MÉTASTASES IMMINENTES, ET MOJITO PASSION

J'avais revu Léna plusieurs fois depuis notre dîner de janvier, toujours en extérieur. Une fois à Bobigny, dans le milieu du mois, à sa demande. Nous avions fait le tour du propriétaire, elle posait beaucoup de questions, parfois très précises. Une fois au cinéma, pour visionner un film coréen d'une lenteur sensuelle, propice aux jeux de mains. Une fois au restaurant, à la brasserie Barbès, qu'elle voulait essayer. Je détestais cet endroit, je le lui avais dit, que je considérais comme le théâtre d'une gentrification terne, protégée des affres de la rue par un molosse et des vitres épaisses. Et chaque fois, l'odeur de graillon, tenace, âcre, persistante, comme pour ne pas sortir indemne d'un passage à la Goutte d'Or. Tous ces rendez-vous me laissaient face à un sentiment foutraque, singulier et pourtant clairement identifié et largement documenté. J'étais amoureux, il n'y avait plus de doutes. J'étais frustré, aussi. Frustré de ne pas avoir l'esprit libre. Quand je n'étais pas avec Léna, Wunderbike occupait constamment mon esprit, le tarif à payer était lourd. J'étais aussi frustré par Paul, à qui je ne parlais plus depuis mon passage chez lui pour les fêtes. Il avait fait de grandes tirades tous les soirs, comme s'il voulait me faire sortir de mes gonds. C'est pénible les gens qui ne savent pas mettre de côté leurs fixettes.

Concernant Wunderbike, il m'apparaissait clairement, en ce début d'année, et même si ma relation avec Léna me faisait voir la vie avec optimisme, que Wunderbike souffrait d'un triple cancer, probablement de stade 3. Celui de la puissance publique, d'abord. Le cabinet de la maire me tannait pour que je signe la Charte. L'envoi récent d'un inspecteur du travail par ses services dans un de nos entrepôts confirmait la létalité potentielle de Pauline Diawara. Celui du vandalisme, ensuite, avec en premier lieu les actes fanatiques de Révolution Décroissance, qui coûtaient cher en maintenance et menaçaient la qualité du service pour nos utilisateurs. Celui du vol et du recel, enfin. De loin la menace la plus imminente. Nos vélos disparaissaient toujours, avec un rythme accéléré, presque exponentiel, dans le nord de Paris. Sur ce dernier cancer, le diagnostic était moins favorable : on s'approchait des métastases, ça sentait carrément le roussi. Je m'en voulais de ne pas avoir agi plus tôt. Bruno aimait me le rappeler, bien qu'il se soit un peu détendu ces derniers temps après avoir souscrit un abonnement à un podcast méditatif que je lui avais recommandé.

Il devenait plus contenu, moins jaillissant, et je pouvais désormais prendre en compte ses conseils sans systématiquement remettre en question leur jusqu'au-boutisme.

Quant à l'ingérence quasi compulsive de Trevor, elle était toujours bien présente. On pouvait la comprendre. Au vu de nos faibles performances de rentabilité, les grands argentiers de Wunderbike, Spitzberg Capital en premier lieu, menaçaient de se retirer. Ça reviendrait à nous laisser crever en rase campagne. Trevor n'y survivrait pas. Et en effet, notre fonds et ses acolytes, obèses des liquidités mondiales sous l'effet de taux directeurs très bas, voulaient plus de rendement. Connaissant les loustics, ça n'augurait rien de bon. Nous étions désormais en concurrence avec de nouvelles opportunités d'investissement que leurs équipes innovations identifiaient avec vélocité puis soumettaient à des comités très sensibles aux sirènes de la disruption. En ce moment, ils regardaient de près la livraison de courses en drone en moins de 5 minutes, le foie gras bio-lacto-végétal garanti sans souffrance animale ou encore une solution pour empêcher les bovins de péter du méthane (en particulier la fameuse société canadienne FartNoMore). Sur le papier, celles-ci semblaient plus révolutionnaires, plus juteuses, à défaut d'être forcément nécessaires. Paul, l'agriculteur économiste tendance très pénible, toujours prêt à plaquer des théories grandioses sur les moindres soubresauts du réel, l'avait résumé ainsi, un petit-four en bouche, le soir du réveillon : « La destruction créatrice, chère à Schumpeter, et le *winner-takes-all*, plus récent, légitiment l'inconstance des investisseurs, dans un grand mouvement de régression intellectuelle du capital. Il faut en être, quoi qu'il en coûte, et vite. L'important c'est de participer, peu importe quelle course on court. Il ne faudrait pas louper les prochaines tendances. Dans un monde qui a besoin de sens, ils n'aident pas. » OK.

Terrifié de perdre de son potentiel de séduction et sous la pression de ses argentiers, Trevor musclait son discours. Les demandes des faiseurs de rois n'attendaient pas, il nous fallait remonter la pente. Début février, il m'avait convoqué en urgence à San Francisco pour un savon d'anthologie au cours d'une *business review* supplicielle. Et, lors de cette séance, alors qu'on discute extensivement les problèmes de La Chapelle et de Gennevilliers, il m'ordonne d'intervenir. De mettre sur pied un plan d'action, et fissa. D'obtenir des résultats promptement, faute de quoi je devrais licencier un à un tous mes équipiers avant de remettre ma propre démission. Tant pis si, au passage, ça secoue un peu. S'il ne l'avait pas exprimé comme tel, tout, de son langage non verbal à sa posture martiale, me faisait comprendre que, tacitement, la fin justifierait les moyens. Le grabuge serait permis par la direction. Bruno jubilerait.

Lors du vol retour de San Francisco, en classe économique près des toilettes du fond, à côté d'un Américain féru de donuts me volant l'accoudoir, je dors peu. Tendu par l'enjeu, anxieux des prochaines semaines, je refais mes calculs, je prépare mon discours pour l'équipe. Je commence aussi, sûrement la fatigue et la douceur de Léna, à perdre un peu de la pétulance de mes débuts.

Mais changer le monde demande de la résilience et je ne me laisse pas abattre. En atterrissant, je convoque l'équipe à un brainstorm dans les prochains jours à Bobigny avec pour objectif de renverser la tendance. Présence obligatoire, nous devons réussir. J'ai rejoint la société depuis à peine six mois et je refuse de mettre la clé sous la porte si tôt, qui plus est sous ma direction.

Les jours suivants, la préparation du brainstorm m'occupe l'esprit et remplit mes nuits de travail. Le matin, encore brumeux, émergeant de rêves prisonniers de cellules de tableur, Trevor me réveille à coup de mails transatlantiques inquisiteurs. Au point que j'en ai la nausée. Pendant ces quelques jours, je m'interroge souvent sur Franz. Où est-il passé ? Son effacement progressif a rendu ma vie considérablement plus pénible.

La veille du brainstorm, Léna m'avait ramené un instant parmi les joyeux, pour la Saint-Valentin. Elle avait refusé que nous célébrions la fête, au lieu de quoi elle avait proposé que je rencontre ses amies les plus proches pour un verre informel. J'éprouvais de la joie de voir notre relation progresser, devenir une chose publique. Toutefois, je ne pouvais m'empêcher de constater que la vérification de notre compatibilité physique, ardemment désirée par moi-même, restait encore étrangement en souffrance.

Nous avions passé une excellente soirée, ses amies ayant eu la bienveillance de m'accueillir à bras ouverts, à l'aide de gargantuesques pichets gouleyants de mojito passion, ingurgités avec démesure. Cet intermède fruité et bienvenu m'avait permis d'approcher la réunion du lendemain avec un peu plus de détachement. L'anxiété n'étant pas bonne rhétoricienne, un peu de détente ne nuirait pas à ma force de conviction affaiblie par le manque de sommeil. Et ce, en dépit des problèmes d'hydratation indéniables que ne manquerait pas de poser, cette nuit ou demain au plus tard, le litron de rhum bas de gamme qui avait pénétré mes veines.

Je crois, par ailleurs, avoir fait bonne impression auprès du comité de ses amies. L'ivresse aide souvent dans pareilles circonstances. C'était réciproque, j'avais trouvé ses copines franchement sympas. Sans prise de tête, un peu gouailleuses, du genre à écumer les terrasses en hiver, à laisser des traces de rouge à lèvres sur un ballon de brouilly en avalant des tartines de mauvaises rillettes. Presque comme Léna, en moins énervées et avec le like un tantinet trop compulsif. À part ça, on retrouvait le bon côté de la Parisienne. Pressée, sauf à l'apéro. Sophistiquée, sauf avec sa clope. Intello, sauf quand il y a Top Chef à la télé. Et enfin romantique, sauf par indépendance. Je doutais que mes amis soient aussi conviviaux, surtout ceux de mon ancienne vie, on verrait plus tard pour les présentations.

Pendant la soirée, Léna m'avait paru posée, presque timide, effarouchée. Rien à voir avec le flot continu de questions, les paroles volubiles et les rires intrépides auxquels elle m'avait habitué. Elle respirait la sérénité. Ses yeux verts pétillaient de l'humidité des avides du moment présent et des amoureux de l'avenir. Par moments, elle posait sa tête sur mon épaule. Ses bras m'encerclaient la taille avec une gourmandise répétée. J'avais adoré ça. Elle méritait le titre de « petite amoureuse », et c'était si bon.

La nuit qui suit, pourtant, je ne dors pas. La joie aura été de courte durée et la tension reprend ses quartiers. Trevor veut revoir la présentation du lendemain. Une féroce tachycardie ne me lâche plus. *Boum. Boum. Boum.*

Je joue mon job, tout ce que j'ai construit de valable jusqu'à présent, finalement. C'est un peu de ma dignité, sans en faire des caisses. Et puis j'ai peur que Léna me lâche, si je ne suis plus Julien Dubois, directeur général de Wunderbike. On manque de recul sur le travail, autour de la trentaine.

TEMPÊTE DE CERVEAUX AU BOBOKITCHEN

Pour notre brainstorm, j'ai réuni les esprits les plus fins de Wunderbike, c'est-à-dire mon équipe rapprochée, Jean-Damien, Bruno et deux data analysts. Franz, de retour à Paris, et, pour une fois, très inquiet de l'explosion du recel, nous fait grâce de sa présence.

Le rendez-vous est fixé dans la matinée au Bobo-Kitchen, notre QG. J'ai réservé une large table dans un coin, sur laquelle j'ai posé des jarres de smoothie kiwi-carotte-coco, des croissants au miel et des pots de granola maison au curcuma et aux graines de chia. Sans oublier le café, torréfié par un artisan nouvellement installé dans la rue, et dont on peut interroger les tarifs eu égard à la localisation de son échoppe. Je ne peux, quant à moi, rien avaler de trop exotique après les agapes de la veille.

À côté de nous, un cours de yoga a privatisé l'autre partie du café. On se sent bien, dans une ambiance cocon, globalisée, qu'on pourrait trouver à Brooklyn, Tel-Aviv ou Shoreditch. En arrivant, je crois que notre assemblée, exclusivement masculine, va être distraite par les chiens tête en bas des participantes. Il n'en est rien. Quant aux élèves suantes, elles réchauffent surtout l'atmosphère, ce qui est opportun après la décision des propriétaires de réduire leur consommation énergétique pour se chauffer. De leurs salutations au soleil émanent un optimisme franc, une confiance nette en l'avenir, et c'est cette intention que j'enjoins à mon équipe de mettre dans leurs travaux de la matinée.

L'objectif est clair : nous devons mettre sur pied un plan d'action réaliste, actionnable, court terme et quantifié pour les problèmes du vol et de recel. En anglais, *please*, pour l'envoyer directement à Trevor, notre WunderMaster, et aux directeurs de participation de Spitzberg, les boss de Pernille.

Franz arrive le dernier, en courant, après mon discours introductif, l'air chamboulé. Il vient de voir cinq vélos Wunderbike aux cadenas éventrés, vraisemblablement volés, faisant des roues avant avenue de la République, à quelques mètres de là. Il a tenté de s'interposer, mais le conducteur le plus costaud lui a fait comprendre que non, bas les pattes, il voulait continuer à s'amuser. Franz a appelé la police qui lui a fait comprendre que non, désolé, pas une priorité. Il a hurlé à l'aide. Et finalement, lassé de s'époumoner devant des badauds incrédules, peu sensibles à sa cause, contestant sa présence hirsute et caucasienne au milieu des boubous et des mocassins en croco, il a filé sans demander son reste.

Cette histoire représente une excellente introduction pour la séance de ce matin et je m'en saisis tout de go. Avant de m'élancer, je dois tout de même raisonner un Bruno pas si zen qui parle déjà d'une course-poursuite pour aller « castagner ces malpolis ». Une expression désuète qui fait sourire jusqu'à la prof de yoga. Le vocabulaire de Bruno recèle des trésors bruts, entre le verbiage des forces de l'ordre et la langue vernaculaire des cités parisiennes, et participe à la cohésion du groupe, malgré son auteur.

— Je n'ai pas besoin de vous rappeler les faits. Simplement, je veux vous redire un chiffre, un seul. Nous avions dix mille bécanes à la fin de l'année dernière. Il n'en reste plus que sept mille.

Ça représentait une perte de trois mille vélos en moins de six mois. À deux mille euros l'unité, le montant donnait le tournis : six millions d'euros. Sans parler de la perte d'exploitation, qui grevait notre chiffre d'affaires. Chaque vélo en moins, c'était une occasion manquée de gagner de l'argent.

Je leur rappelle que pour écraser nos coûts fixes, le parc de dix mille vélos doit tourner à plein régime : au moins cinq trajets par jour, six jours sur sept. On en est loin ! On végète dangereusement dans le rouge, au point de bientôt passer pour des guignols en haut lieu.

Je pense marquer les esprits avec ce dernier argument en faisant appel au cerveau droit, l'instinctif. Personne n'aime être ridicule. Puis je transmets à l'équipe les menaces de licenciement émises par Trevor, sous la pression de Golden Temple, qui pense que « le *shit show* à Paris peut faire foirer la levée, et, ultimement, faire couler Wunderbike ». Puis je prends un air pénétré pour lancer la phase de reconquête. On a carte blanche de la direction ! Je convoque tout ce que j'ai de solennité, de fermeté. Je vais jusqu'à citer Didier Deschamps ou Jean-Claude Vandamme, je ne sais plus, mais je fais mon maximum. Haut les cœurs !

J'ai à peine fini qu'un Bruno impatient, qui préfère les conclusions hâtives aux longues démonstrations, mais qu'on aime bien aussi pour ça, me coupe la parole :

— Tu sais parfaitement où ils sont, tes biclous, Julien ! C'est l'Afghan qui nous la met bien profond !

Bruno gueule désormais de manière très assertive, une de ses qualités jusqu'à ce qu'elle n'en soit plus une. Il invoque son flair d'ancien flic pour accuser l'Afghan. Son tarin de professionnel qui, selon des statistiques invérifiables, ne le trahit jamais. Jean-Dam', jusque-là circonspect, se laisse gentiment convaincre par la véhémence de Bruno en dépit, à ce stade, d'une absence d'éléments probants et de preuves logiques. Les énervés finissent toujours par emporter l'adhésion des foules. On le sait, mais on se fait encore surprendre. Ainsi, en quelques braillements Bruno a ranimé l'esprit guerrier de Jean-Dam' qui considère désormais l'Afghan comme son pire cauchemar. Il en a gros sur la patate : ce vol organisé, pour ses principes de jeune à l'âme pur, c'est dur à avaler. Dans les instants qui suivent, je crois entendre dans la bouche de Jean-Dam' le mot « bicot », que je préfère oublier sur-le-champ, mais sans y parvenir tout à fait. Je le tenais pourtant en haute estime, JD, avant cet épisode. Là, il sent un peu le croisé, c'est presque anachronique.

Je sens que les esprits s'échauffent. Je dois reprendre la main. Je prie Bruno de descendre d'un ton et de spécifier ses accusations. Il se calme d'un coup et enclenche sur son ordinateur portable un PowerPoint approximatif, en Comic Sans MS, avec des animations. La tentative de se conformer aux standards d'une démonstration en entreprise est louable, à noter dans sa revue trimestrielle. L'exposé me convainc. En revanche, le lien avec l'Afghan reste contestable légalement. À ce stade, ça ressemble plutôt à une forte hypothèse de travail. Je finis par le couper :

— OK Bruno, admettons que tu aies raison. Il n'en reste pas moins qu'on n'a pas assez de preuves pour relier les vols. Malgré les listings de vélos volés fournis à la police, pour eux c'est trois mille affaires séparées. On n'a rien de tangible pour incriminer l'Afghan.

— Donc on regarde l'Afghan nous faire un doigt sans bouger ? éructe Jean-Damien, avec une vulgarité inhabituelle, qui traduit sa difficulté, ce matin, à canaliser ses émotions. Une affliction courante, aux abords de la vingtaine.

La grossièreté de son compère donne à Bruno un sourire en coin, goguenard. On dirait qu'ils ont répété la séquence, ces deux-là. Puis il nous explique que la police ne bougera pas : « Nos vélos, les flics s'en contrecarrent parce que la Diawara leur a collé des quotas inatteignables pour faire respecter la TVA sur la viande. » Alors il propose de retourner sur les lieux des vols et de montrer à l'Afghan qui est le patron. Il veut marquer notre territoire, rentrer dans le tas. Il nous parle de ses ex-collègues qui ont monté des sociétés de sécurité privée, sortes de milices urbaines. Des types qu'auront pas de problèmes de conscience à aller distribuer des mandales à ceux qu'on leur pointera du doigt. Bruno paraît tellement calme quand il parle de violence, j'en ai des frissons.

— Si on attendait, plutôt ? *We have nothing, better wait.* Peut-être que l'Afghan finira par sortir. Et là, on le coince et on l'interroge, propose Franz, visiblement partisan d'un interventionnisme léger.

— Franz, excuse-moi, mais on n'est pas au pays des bisounours. J'suis pas Barbapapa. L'Afghan c'est un pro, un caïd. Il ne sort pas pour faire le sale boulot. On le chopera jamais en train de transacter, contredit Bruno.

Alors, Jean-Damien, dans un éclair de lucidité, nous propose de pousser l'Afghan à sortir. S'il ne sort pas, de suivre un de ses émissaires pour remonter jusqu'à lui. On doit faire feu de tout bois si on veut monter un dossier solide pour la police. Trouver des lieux, des intermédiaires, consigner des transactions, étayer notre cas par des photos. A minima pour confirmer la responsabilité de l'Afghan. Ensuite, avec toutes les casseroles qu'il doit avoir au cul, ça ne sera pas compliqué de faire intervenir n'importe quel commissaire un peu pointilleux. J'aime ce plan ; malgré toutes mes prises de conscience, il faut admettre que Jean-Dam' a du talent. Venir titiller un baron mafieux présente un risque non nul, mais proportionnel à l'ampleur du succès possible. Aux grands maux les grands remèdes, comme disait Gaston.

— On sait que ce qui intéresse l'Afghan ce sont des vélos à bas prix, déjà sortis des circuits, et qu'il opère dans le nord de Paris. À mon avis, on doit simuler des transactions à cet endroit et suivre les personnes qui achètent. On verra bien si certaines nous ramènent à lui, conclut Jean-Damien.

Convaincu, je demande leur avis à Bruno et Franz. La consultation de tous m'importe avant la prise de décision. Franz a l'air assez contre, je sens que quelque chose le tracasse. Bruno aime la proposition, il ne renie rien de son tropisme offensif, mais concède qu'en première intention, ça se tient. Il suggère de publier des offres de vélos sur les sites de petites annonces comme Leboncoin, Facebook ou Snapchat et de voir si l'Afghan mord. Moi, je valide le plan. On n'a plus grand-chose à perdre. Il faut le coincer, ce salopard, puisque personne ne nous aidera sinon. Wunderbike en dépend, et jusqu'à preuve du contraire, j'en suis le responsable.

Franz, toujours opposé, finit par lâcher prise, nous annonçant qu'il reste contre, mais pas jusqu'à l'obstruction. Je tranche pour une mise en branle rapide. L'opération ne semble pas insurmontable, mais il reste quelques détails à régler. Franz demande malgré tout à être tenu au courant, semblant reprendre subitement la bride qu'il a lâchée voilà quelques mois. À sa place, et vu sa position hiérarchique, je me fais la réflexion que j'aurais probablement préféré ne pas en savoir plus. Pas par paranoïa, mais par précaution. On n'est jamais trop sûr.

Le smoothie est vraiment succulent. On décide d'en commander un pichet supplémentaire pour célébrer notre matinée fructueuse. Tant qu'on y est, on va déjeuner. Notre appétit grandit à mesure que les effluves épicés du plat du jour nous parviennent. Aujourd'hui, c'est falafel, houmous de betterave et quinoa sauté aux légumes. Une sublime fête d'antioxydants et de protéines végétales pour me remettre d'aplomb. Certains vont même rester l'après-midi pour travailler, puisque le wifi est le plus rapide du quartier. Nous nous sentons bien dans notre archipel sécurisé. Posés là, au milieu d'un quartier populaire, à concocter des plans machiavéliques. À se rêver héros d'un polar, en croisade contre l'Afghan. À débusquer ses réseaux, ses intermédiaires. Pourtant, l'homogénéité cosmopolite du BoboKitchen, à notre image, trahit notre méconnaissance des entrailles de la ville. Et c'est avec une confiance presque impérialiste, testostéronée, outrecuidante, que nous pensons, à cet instant, pouvoir coincer l'Afghan. Nous avons la chimère ambitieuse, c'est à ça qu'on les reconnaît.

Les événements à venir allaient nous l'apprendre avec force : nous étions bien peu de chose face à la puissance des mécanismes à l'œuvre. La lutte était peut-être vaine. Les falafels, quant à eux, étaient, à tout point de vue, extrêmement savoureux. Croustillants à souhait, et puis fondants. Quand cet étrange cirque serait fini, il faudrait que je revienne avec Léna.

SNAP' (PAS DE) CHATTE

Dans les jours suivants, je sens la confiance, palpable, tangible, exprimée, revenir en moi et au sein des équipes. L'action imminente et ses préquelles, la mise en œuvre de notre plan, nous donnent la sensation de reprendre le contrôle. C'est assez grisant. On chantonne à l'entrepôt et une date a été fixée pour l'opération « *Hook* » (hameçon en anglais). Nous allions publier une dizaine d'offres de vélos volés sur Snapchat, Leboncoin et autres, toutes localisées autour de La Chapelle. Nous espérions que l'Afghan ou un de ses sbires se signalerait à nous pour pouvoir le suivre jusqu'à son maître, ou a minima jusqu'à un indice. Peut-être, si l'occasion se présentait, mais c'était un peu hardi de le penser à ce stade, nous pourrions le recruter comme indic. On avait fixé le prix de vente à 15 € l'unité pour des vélos « comme neufs », plus bas que le prix de marché, estimé à 20 € (ou quelques galettes, selon le cours monétaire en vigueur sur la colline). Nous voulions accélérer le processus de vente.

Le matin de la vente, mon assistant domestique vocal avait lancé la journée sous les meilleurs auspices : « Aujourd'hui, il fait 10 °C à Paris. Le ciel est dégagé, avec du soleil. La minimale sera de 6 °C et la maximale de 13 °C. » Elle, surnommée Micheline en hommage à ma grand-mère (l'épouse de Gaston), avait ensuite enclenché, par un heureux hasard algorithmique, une de mes chansons préférées, *La grenade* de Clara Luciani. Je fredonnais, la bouche encore matinale, le refrain : « Prends garde, sous mon sein la grenade. » Je devrais remarquer quelque temps plus tard (qui écoute vraiment les paroles des chansons ?) que le texte du morceau traitait de rage, de voracité. De la possibilité de la duplicité féminine, et d'une blessure. Le destin égrène souvent les balises de son dessein, sans qu'on y prête vraiment attention, me dirais-je alors.

En attendant, pour ne rien gâcher à la fête, Léna avait enfin passé la nuit chez moi. Notre première nuit ensemble, et tout ce qui va avec. Si nous avions tous les deux apprécié les derniers mois de galanterie surannée, cette nouvelle étape s'annonçait époustouflante. Nous nous étions jetés avec gloutonnerie dans la dévoration d'une des friandises de la vie d'adulte, la sexualité consentante.

Ma liberté d'esprit presque retrouvée y était probablement pour quelque chose, favorisant tout à la fois ma libido et l'esprit d'entreprise. La nuit avait été saccadée, comme l'on pouvait s'y attendre. Nos appétits s'étaient révélés à la hauteur de l'attente, boulimiques, insatiables. Nous avions pris le temps de les dompter. Et même lorsque notre désir s'était couché devant notre impuissance physique, nous n'avions pas tout à fait réussi à dormir. Une guerre territoriale avait fait rage dont l'origine était l'étroitesse de mon lit d'un mètre vingt de large (je n'avais jamais investi dans un vrai lit deux places). Fort heureusement, les belligérants, émoustillés par leur proximité physique, finissaient toujours par conclure des armistices moites et gémissants. Vers la fin de la nuit pourtant, elle m'avait paru vaguement triste, comme ailleurs. Plus automatisée, moins souple dans ses mouvements, elle avait le chevauchement hagard, le regard courbé, insaisissable. Séchant peut-être une larme furtive, je n'en étais pas tout à fait sûr. L'émotion et la fatigue, sans doute.

De mémoire d'homme, je crois n'avoir jamais couché avec une telle femme. Léna connaissait son désir. Elle n'avait pas peur de le déposer quelques instants entre mes mains, entre mes cuisses. Puis elle me le reprenait avec autorité, les gémissements des jaillissements passés, gardant le mystère intact. J'aurais eu la chance d'en être le gardien intermittent, c'était déjà beaucoup pour un garçon.

En arrivant à l'entrepôt, j'aperçois Bruno affairé à travers la vitre de notre vaste bureau d'angle. Il prend des photos de vélos dans différentes positions. L'ordinateur de contrôle affiche une page Leboncoin. On se met en branle, le plan est en marche.

— Salut Bruno, bien matinal, non ?

— Hâte d'en découdre, surtout. J'ai déjà posté plusieurs annonces sur Snap. Y'a quelques touches, mais rien de folichon, ça mord doucement. Faut surtout qu'on réussisse à identifier l'Afghan ou son sbire, et ça c'est pas gagné.

Plusieurs coups de pied dans la machine à café plus tard, je reviens avec un café dont on peut légitimement questionner l'appellation tellement il est aqueux. Bruno carbure déjà à la binouse en canette et à la pizza réchauffée, sa nuit a dû être courte. D'ordinaire, je lui aurais demandé de ranger ça, mais ce matin je ne veux pas le froisser. Et puis la journée s'annonce spéciale, après tout pourquoi pas.

— Le kawa est plus dégueulasse qu'au commissariat où je bossais, me dit un Bruno goguenard, percevant nettement mon manque d'enthousiasme. Et vu le boulot de chien que c'était de débusquer les caïds de Picasso, y en a qui gueulaient que le ministère ne nous file pas de la meilleure caféine.

Un souvenir en convoquant un autre, de fil en aiguille, et sans que je l'y encourage, il commence à se remémorer l'ancien temps. À coup de jurons et d'injures, d'histoires de bazookas et de viols dans des caves, de kalachs et de bouts de chichon dans des cages d'escalier, on s'y croit. Il vibre à l'évocation des avortons belliqueux de Picasso, affublés de leurs sweats à capuche, lestés d'un arsenal à faire fuir un régiment, traquant le moindre condé comme un trophée de chasse. Il transpire encore de ses nuits de chouf, à guetter les saligauds qui pourrissent la vie aux honnêtes gens.

— Bref... Tu t'en cognes, toi, de ça. Ça te passe au-dessus de la tête, finit-il, un peu désabusé.

— Bruno, je me suis toujours posé une question : tu considères que c'est plus ou moins le bordel chez Wunderbike ou chez la police ?

— Rien à voir. Là-bas, j'étais une cible, fallait pas déconner. Ici pas du tout.

Bruno profite de mes questions, la deuxième bière aidant, pour se plaindre abondamment des conditions déplorables d'exercice du métier de policier à l'ère des smartphones. Il m'explique comment, avec une vidéo, un type mal intentionné peut faire beaucoup de tort : pour un pauvre coup de matraque de travers, tu te retrouves sur BFM ou YouTube, garanti. Il déplore cet air du temps, il s'insurge même. À la fin ça deviendra grave si la police ne peut même plus se défendre. Il me raconte comment, à Picasso, il a vu un de ses collègues se faire défoncer et le reste du groupe rester là, les bras croisés, les flash-balls en berne. À vous dégoûter de l'uniforme, à vomir son pays, finit-il.

— Vas-y mollo sur la bière. Je te rappelle que c'est un lieu de travail. C'est ta dernière ou tu rentres chez toi.

Il me fusille de ses pupilles engourdies. Les effluves de son ivrognerie matinale me parviennent graduellement, il commence à être bien chargé, le vieux poulet. J'espère benoîtement que ça ne nous posera pas de tracas ultérieurs. Aujourd'hui, j'ai besoin de la lucidité de toute l'équipe.

Au milieu de la matinée, alors que j'inspecte l'entrepôt comme tous les jours, saluant les mécanos et les conducteurs, vérifiant les nouveaux outils électriques arrivés du siège, on m'appelle au micro. Léna vient de sonner à l'épais portail de métal rouillé anonyme. Elle me propose de déjeuner avec elle. Le moment tombe mal, nous avons du travail. Je ne peux pourtant pas me refuser à sa mine réjouie, son sourire ingénu et au pompon de son bonnet crème.

En guise de déjeuner, il se passe tout autre chose. D'un baiser appuyé en vagabondages de mains pleines de désir, une chose menant à une autre, nous investissons la salle de sieste, tournant la clé plusieurs fois dans la serrure.

Le sol et les canapés sont recouverts d'instruments divers : bombes de lubrifiant mécanique, tournevis et chaînes de vélo. Un kit cocasse et curieux qui pourrait donner des idées à un amateur de pratiques extrêmes. Pour ce qui est de Léna et moi, eu égard à la jeunesse de notre relation, notre étreinte est d'un conformisme extrême, c'est-à-dire sans coup de pouce externe, sans ustensile. À l'exception du choix du lieu, peut-être insolite. Même si j'ai lu récemment que le coït sur le lieu de travail est plus fréquent qu'on ne le pense.

— Attends, j'ai un truc dans le dos, s'interrompt Léna. Mais c'est quoi ce truc, putain ? Un pneu ? s'exclame-t-elle en repoussant la chambre à air.

Je me sens obligé de lui en dire plus sur les pneumatiques, remarquables de résistance, adaptés aux pavés de Paris, que nous achetons à un grossiste des Pays-Bas. Elle éclate d'un rire franc, surprise par mes explications d'une précision inutile, à un moment qui ne se prête pas à la récitation d'une fiche technique.

J'interromps son rire d'un vif déhanché qui nous replonge dans l'action. Quelques caresses et tortillements plus tard, elle s'apprête à jouir, ou en tout cas ça y ressemble, et moi aussi, par un effet de mimétisme opportun. La chaleur est montée à ses joues. Une fine couche de sueur recouvre sa peau. Chez elle, je le comprendrai plus tard, à force d'une observation méticuleuse et répétée, l'orgasme remplissait les mêmes fonctions que la rosée du matin sur les végétaux : exfoliation et irrigation.

Tout d'un coup, on entend un bruit rauque et persistant, approprié en de telles circonstances, mais dont je ne suis pas l'auteur, qui se rapproche. Nous suspendons le tintamarre de nos corps pour mieux entendre. Bruno hurle, accourant vers la salle de sieste de toute la célérité que son embonpoint lui autorise. On n'est décidément jamais tranquille, me dis-je.

— Julien, sors de là et ramène-toi. On a un message, ça vient de chez l'Afghan, j'en suis presque sûr. On a rendez-vous à 19 heures vers la colline.

Je congédie Bruno, en partageant son excitation, mais sans ouvrir la porte. Je lui propose habilement d'aller chercher du pot-au-feu veggie, le plat du jour du jeudi au BoboKitchen. Nous devions prendre des forces. À côté, Léna se rhabille, rieuse. Elle remonte son jean et me demande dans quel rêve je suis parti et surtout qui est cet Afghan qui réjouit tant Bruno. Elle semble amusée par la scène, curieuse, en cherchant son soutien-gorge noir sous les montagnes de cartons éventrés, les billes de polystyrène et les gros bidons de peinture pleins d'eau qui refroidissent des batteries usagées.

— L'Afghan c'est un de nos fournisseurs, de pneus justement. On est presque en rade, voilà pourquoi Bruno jubile.

Mon mensonge mineur calme l'ardeur de ses interrogations. Je ne veux pas vraiment lui en dire plus, pour ne pas l'effrayer.

On visite ensuite l'entrepôt, auquel elle trouve des allures de chambre d'ado mal rangée, plus que lors de sa première visite. Elle n'a pas tort, il y en a partout, le vrac domine, un véritable bazar, au mépris des normes de sécurité. Trevor avait d'ailleurs exigé des améliorations, imposant la venue d'un expert d'Amérique d'ici la fin de l'année, un certain Brian, pour remettre les choses au carré et gagner quelques points de marge.

En fin de parcours, Léna demande si Jean-Damien travaille à l'entrepôt ce matin. Elle a sympathisé avec lui – ça m'étonne – lors de la fête et souhaite lui dire bonjour. Il est absent aujourd'hui, malade ou quelque chose dans le genre. Il choisit bien sa journée.

Une demi-heure avant le rendez-vous, on se met en route avec Bruno. L'amateurisme de notre plan relève d'un optimisme coupable. La veille, le visionnage d'un épisode de *La Casa de Papel* renforce cette impression : le millimétrage des plans d'*El Professor* paraît lointain. Mais avec les gars, enfin simplement Bruno désormais, on se dit que notre indéniable entrain compensera la faiblesse de notre stratagème.

On a retiré tout signe distinctif permettant de remonter jusqu'à Wunderbike : j'allais conduire une camionnette blanche banalisée et Bruno allait prendre son Yamaha Tmax, plus agile en cas de filature et qui passait inaperçu auprès des voyous. Nous portons des masques d'animaux pour qu'on ne nous reconnaisse pas. On les a trouvés à l'entrepôt, vestiges d'une soirée de Jean-Dam' avec les mécanos. Bruno a choisi le tigre et moi, faute de mieux, le panda. Ce n'est pas mon premier choix, mais, au milieu des girafes, zèbres et phacochères, le panda faisait plus sérieux. Quand on part à la guerre, la question de l'uniforme devient soudain fondamentale.

À la dernière minute, on a embarqué une seconde puce GPS à coller sur le vélo. Les hommes de l'Afghan savent sûrement comment désactiver les puces standards. Il nous faut un plan B pour suivre le vélo jusqu'à leur QG, au cas où la filature de Bruno ne fonctionne pas.

J'ai interdit à Bruno d'emporter son arme personnelle, en dépit de son insistance. Il prend les choses trop à cœur et je nourris des doutes sur son état à la suite d'un après-midi d'arsouille, fort en houblon (contre mes ordres du matin, il s'est sifflé un pack de six). Je veux éviter tout dérapage. Finalement, il négocie de prendre avec lui une courte matraque télescopique, du genre qui doit bien fouetter le jarret, qu'il s'accroche à la ceinture. J'ignore à cet instant que la matraque est multifonction. En plus de la production quasi systématique d'ecchymoses, elle sait envoyer des décharges jusqu'à douze millions de volts. Suffisamment pour coucher un éléphant obèse.

Pour limiter les risques, le rendez-vous est désormais fixé devant le café-restaurant Le Celtic, rue de La Chapelle, à côté de la station-service. Pas par célébration de la gastronomie irlandaise, le fish & chips n'y inspire pas confiance, mais c'est plus simple et plus sûr que la colline. L'accès est facilité pour regagner nos véhicules et entamer la filature, quel que soit le sens de départ choisi par l'acheteur : vers Paris, ou vers le nord, notre hypothèse de choix. Le type a accepté sans faire d'histoires. Il est particulièrement conciliant, jusqu'à maintenant. Il ignore tout de nos masques. En pleine rue, on va sûrement attirer l'attention, et lui avec.

Ou peut-être pas, finalement. Après tout, il y a de nombreux hurluberlus qui, par choix ou par dépit, déambulent rue de La-Chapelle. Au milieu de ce théâtre de l'humanité miséreuse, au district des destins cabossés, qu'est-ce donc qu'un tigre et un panda costumés ? La ville, quand elle se densifie, c'est l'expression des folies et des misères anonymes. Le lieu de la bizarrerie que l'on ne remarque plus. De la pauvreté qui s'oublie. Des émotions qui s'étiolent. Assailli d'images, se frayant un chemin sur une chaussée approximative, le quidam retient son souffle, bloque ses sens, se concentre sur la seule mission qui vaille pour lui, la survie. C'est spécialement vrai porte de La Chapelle. On y passe en apnée, sans trop regarder, de peur de vouloir réagir, de peur de ressentir que quelque chose ne tourne pas rond. À moins d'y être coincé, les pieds presque figés dans le bitume. Et, pour les moins chanceux, la tête dans les nuages et le corps aux abois, spasmé par le manque.

Du côté de la porte de la Chapelle, la rédemption collective n'est pas pour tout de suite. Aujourd'hui, en tout cas, ça nous arrange : un tigre et un panda vont passer inaperçus.

Avec cinq minutes de retard, l'acheteur se pointe dans la pénombre, à visage découvert. C'est un Chinois, d'une taille inhabituelle, probablement au-dessus de deux mètres. Pompes contrefaites, jean Armani, il porte deux larges gourmettes et tire sur sa cigarette électronique parfum fraise mentholée. Il se dirige vers nous, attiré par le vélo rose Wunderbike. Je suis surpris que l'Afghan travaille avec un Chinois : on imagine le monde du crime organisé ethniquement homogène, du moins au sein de la même bande. Peut-être à tort. À moins que ce grand Chinois ne soit de la chair à canon qu'on envoie faire les basses œuvres. Bruno n'a pas l'air surpris, il m'indique que tout colle, sans m'en dire plus.

La tension monte, le grand Chinois se tient tout près. Bruno sent fort du goulot, parfum clodo expérimenté, c'est infâme, à la limite de la faute professionnelle. La transaction est rapide, sèche, sans effusions. Le grand Chinois vérifie vaguement l'état du vélo et approuve de la tête. Il nous tend trois biftons de cinq en parfait état, probablement repassés par une grand-mère dans l'arrière-cuisine d'un restaurant de crevettes. Puis, d'un coup de cutter précis – il a déjà dû faire ça –, coupe le fil d'alimentation de la puce GPS. Ses gourmettes clinquent sur le métal de la bécane. Il nous demande dans un français parfait un coup de main pour charger la bestiole dans sa fourgonnette déjà à moitié remplie de cartons de chaussures striées *Abidas*. L'utilitaire ressemble à n'importe quel véhicule de livraison, au-delà d'être jaune. Aucun signe distinctif, aucun indice visible pour faire avancer notre enquête, à part les pompes dans le coffre, un chat doré porte-bonheur qui pend au rétroviseur par un petit cordon rouge et un paquet de couches-culottes sur le siège passager. Si on veut en savoir plus, il faudra le filer. Bruno semble réjoui par la perspective de l'action imminente, la main sur sa matraque.

La fourgonnette se met en route quelques minutes plus tard, suivie de près par Bruno, en scooter. Il me communique le chemin à suivre via son oreillette. On est ralenti par les embouteillages, comme de rigueur à Paris, surtout à cette heure.

Bruno file la fourgonnette du grand Chinois pendant une grosse demi-heure. On pense qu'il va nous mener tout droit à Gennevilliers, près du port sûrement, et qu'on pourra connecter entre eux les lieux de la disparition de nos bécanes. Monter un dossier, mettre tout sur le dos de l'Afghan, et retourner à une quiétude professionnelle fort désirée. Méritée, aussi.

Au moment de bifurquer de l'A1 vers l'A86, en direction de l'ouest, on a toutefois la surprise de voir le grand Chinois partir à l'est, vers le nord d'Aubervilliers, Bobigny ou Pantin, on ne sait pas encore. Il sort pour Pantin et se rapproche du cimetière. Il y rentre brièvement et fait demi-tour, sans s'arrêter. Puis il repart en direction de Bobigny, qu'il traverse en serpentant, comme perdu. Il accélère, ralentit, revient sur sa trace. Bruno, avec son instinct d'homme de terrain, commence à soupçonner l'embrouille. Le ton monte dans l'oreillette, il balance crescendo quantité de jurons sinophobes et d'interjections fleuries.

Je n'ai pas besoin de regarder pour savoir que par ma fenêtre défilent les paysages approximatifs de bord d'autoroute : la laideur des bétons qui s'enchevêtrent avec le ciel pluvieux, les terrains vagues dégueulant les scories des industries survivantes, les rails rouillés des ruades du fret. Pas une âme qui vive. On y travaille et on y passe, en un oubli. Parfois, au pied d'un grand héron d'acier, on voit quelques chantiers, tentatives de colonisation du marasme à ciel ouvert. Et plus loin, un conteneur de couleur, qui donnerait presque un peu d'espoir.

En vérité, à cet instant, je n'y prête pas attention. J'ai surtout du mal à les suivre. Mon stress monte, j'échoue à le tempérer. Je ne sais pas où donner de la tête. Mes mains moites suintent sur le volant, j'ai les aisselles abondantes comme des torrents pestilentiels. Je sursaute aux coups de klaxon des taxis fulminants. Je ne sais pas comment gérer le fourmillement des scooters énervés se frayant un chemin hasardeux entre les files de voitures. À un moment, excédé par le bourdonnement anxiogène de ses injures racistes, je dis à Bruno de la fermer. Comme si c'était pas assez difficile comme ça. Pas besoin d'en rajouter, ta gueule Bruno !

Une filature, mais qu'est-ce qui m'a pris : qu'est-ce que je fous là, bon Dieu ? Je n'ai pas le diplôme.

Peu avant 20 heures, alors qu'on se rapproche du canal, au niveau du parc de la Bergère, Bruno m'indique clairement les prochaines étapes.

— Il sait qu'on le suit, son comportement est trop louche. Je vais essayer de le toper, j'attends qu'on s'éloigne du monde.

On se croit au cinéma sauf que c'est la réalité, et que j'ai les pétoches. Je souhaite rebrousser chemin illico, filer me blottir dans les bras chauds de Léna. Le zèle de Bruno, son intolérance à l'inaction, va poser problème, c'est sûr. On aurait pu simplement le suivre, le grand Chinois, encore quelques minutes, qu'est-ce qui pressait à la fin ? Ou arrêter la filature et le laisser continuer sa route. La seconde puce GPS le traquerait pour nous. C'était ça notre plan, pas de jouer aux cowboys. Il fait nuit, on ne voit rien, le type est genre maous costaud, au moins deux fois ma taille. Il doit s'y connaître en tortures chinoises et en arts martiaux. Merde, à la fin. Bruno, tu déconnes.

Perclus d'angoisse, cependant, aucun mot ne sort de ma bouche pour tempérer mon flicard indocile. Le tumulte de mes pensées vrille à cent à l'heure, je suis trop occupé à contenir son impuissance féconde. Je ne trouverai le chemin de la parole, sans parler de celui de l'action, que bien après l'événement. Ou du moins je le pense, à cet instant.

Une intersection plus tard, Bruno me hurle qu'il est sur le parking vide derrière le parc, que je dois le rejoindre. Puis il beugle « Top interpel' ! Top interpel' ! », fameuse interjection pavlovienne des flics de métier. Ça y est, on y est, il va carrément l'interpeller, ce grand malade. Mon front perle de lourdes gouttes de sueur froide. Mon corps se contracte, mes muscles se resserrent, crispés par les décharges d'adrénaline de plus en plus rapprochées. Je vis dans la frayeur de l'instant qui précède. Et mon cœur boxe dans ma poitrine.

En arrivant sur le parking, je suis surpris et soulagé de constater que l'interpellation est finie, ou n'a pas eu lieu. Bruno a sans doute exagéré.

Dans la nuit opaque, striée par une bruine glaciale, les phares des deux véhicules éclairent faiblement les deux hommes, face à face. Ils discutent posément, pour l'instant. Avec l'oreillette, je peux entendre la conversation. Je souffle un peu. Bruno cherche à confirmer pour qui le grand Chinois travaille. Il bluffe pour en savoir plus. L'autre le menace en retour, lui ordonnant de se tenir loin des affaires de son patron, faute de quoi il le regretterait. Il dit qu'ils nous ont à l'œil, que l'Afghan a infiltré nos opérations, via quelqu'un de haut placé.

Peu à peu, le ton monte entre les deux. Bruno devient plus véhément, moins courtois. Il se rapproche du grand Chinois qui le houspille d'un abondant jet de salive. Je serre les fesses, la diplomatie a atteint ses limites, mon Bruno va péter un câble.

Puis, d'un geste bref, répété des centaines de fois sûrement, Bruno sort la matraque télescopique en métal et s'approche du grand Chinois pour lui administrer une volée de coups nerveux, et probablement très douloureux, au niveau des côtes. Son adversaire encaisse, subit, mais réussit à lui coller en retour une lourde baffe, puis à le réprimander d'un coup sec dans le tibia. Le combat s'accélère jusqu'à ce qu'un Bruno en transe lui balance une décharge électrique au niveau du cou. Il déconne, putain, pas près du visage. On voit un éclair dans la nuit, puis le grand Chinois s'écroule au sol, sonné par le voltage. Là, j'entends Bruno qui dit, avec à-propos, même si la forme reste contestable :

— Oh shit, je l'ai électrifié. Et pas qu'un peu.

Moi je suis sidéré. Quand le grand Chinois se réveille, quelques secondes plus tard, il s'agite violemment. Il écume, se déplace vers Bruno dans des saccades épileptiques. Il braille des trucs en mandarin, comme possédé. Aussitôt, il sort un couteau de combat à cran d'arrêt de sa poche et plante Bruno dans le bras, puis enchaîne par un coup sournois au bas-ventre, avant de marquer un mouvement de recul. Bruno ne bouge plus, hébété. Il pisse le sang.

La suite se passe en une fraction de seconde. Le temps que l'information fasse le tour de ma caboche.

Moi. Une camionnette. Un grand Chinois agressif. Bruno qui se vide. Une force qui pirate mon système nerveux. Mon pied sur l'accélérateur. Je le fais voltiger, le gars. Franchement, sans hésitation. Ni une ni deux, pare-chocs contre rotule, sans tergiverser. Pas de bouillonnement de pensées, mais une clarté éblouissante, pour une fois. Des crissements, des bruits sourds, une sensation de distorsion des sens, c'est plus si clair. Et puis le craquement fatal de son crâne sur le goudron, bien distinct. J'en frissonne encore.

Un truc pareil c'est pas croyable, c'est surnaturel. À mettre sur le compte de l'instinct de survie. De la défense de son équipe, des siens. Comme quand Papouchka disait « qu'un chef, ça prend soin de ses gars ».

Je n'ai plus de souvenirs jusqu'à ce que Bruno me colle une furieuse baffe en beuglant. J'ai la tête dans l'airbag. Je tremble, j'ai froid. Quelque part quelqu'un se marre du mauvais tour qu'il vient de me jouer. L'antihéros, le type maigrichon sur qui la terre entière essuyait ses crampons au multisport en CE1B à Béthune, venait de refroidir un voyou du 93. Papouchka, réveille-moi, j'ai peur de mes rêves. Bruno coupe le contact. Il hurle encore. Je reprends mes esprits. Il me crie dessus, à bout portant :

— Julien, t'es complètement frappé, t'es un grand malade, bordel. T'as buté le type ! Putain, t'as buté un type...

— J'allais pas te laisser crever, Bruno, regarde le sang...

Puis Bruno arrête de hurler. Son visage change d'expression, il a comme avalé sa panique. Son regard me dit merci. C'est bref, c'est furtif, ça sent la pudeur du champ de bataille, mais je sais qu'il sait, il sait que je sais. La vie nous lie désormais par le sang, il m'en doit une.

— Pas le temps de discuter. On doit se débarrasser du corps, reprend-il en geignant de douleur. Je lui tends une couche, attrapée sur le siège avant, pour presser ses plaies.

— T'es pas, bien, toi ? On va aller se rendre à la police. On a tué un homme, lui dis-je en pleurant.

À ce moment-là, Bruno abrège la conversation avec autorité. Ça me va, finalement, qu'il prenne les choses en main.

— La police c'est moi. Et tu vas faire ce que je te dis si tu ne veux pas en prendre pour vingt piges. La prison, c'est un arrêt de mort pour les types comme toi.

Si tu le dis, Bruno. Si tu le dis.

Ensuite, on ne prend pas le temps de lui fermer les yeux. Bruno ouvre le coffre de la fourgonnette jaune du grand Chinois. Il titube. Il m'appelle pour que je vienne l'aider. On monte le gros tas de viande dans le coffre. Pas le temps de pleurer le bonhomme. Bruno étouffe à l'intérieur les rugissements de sa douleur, on doit se dépêcher.

— On va foutre la voiture dans le canal avec lui au volant. Le choc au visage pourrait faire croire à un accident de caisse. Mais t'inquiète, ils ne le trouveront pas, ou dans longtemps, me dit Bruno.

Je ne peux pas répondre, c'est le néant total. Plus de bouillonnement des pensées. Rien, *nada*. J'ai enclenché le mode pilote automatique, et Bruno dirige. Il ne manœuvre pas si mal, le vieux briscard des causes perdues, étant donné les circonstances.

La chance est avec nous, pour ainsi dire. En cette saison, à cet endroit peu éclairé, la foule ne se presse pas et la pluie va nettoyer l'hémoglobine sur la chaussée. Alors, on remet le grand Chinois au volant et on essuie nos traces de souillons du crime. Bruno sort de sa poche une boîte de Lexomil qu'il vide et balance sur le siège passager : « Ça leur fera perdre du temps d'enquêter sur la thèse du suicide. » Il enclenche la première et le véhicule s'ébranle jusqu'à s'échouer au fond du canal trouble.

La mise en scène est carrément bordélique, mais Bruno veut me convaincre que la police tardera à retrouver le cadavre. Personne ne cherche un voyou qui disparaît. Même une fois trouvé, la police peinera à faire le lien avec nous. L'efficacité de la police criminelle c'est un truc de série télé, répète-t-il. La scientifique, les empreintes digitales et toutes ces conneries ça fait vendre des abonnements en streaming, mais ça ne résout pas les enquêtes. Je trouve ça bizarre, honnêtement, mais j'ai envie de le croire. Il paraît sûr de lui. C'est tout le problème, avec Bruno.

Pour rentrer à Paris, je le laisse conduire. Je me sens encore fébrile. En arrivant chez moi, il se désinfecte à l'alcool et se change. On passe les vêtements sales à la machine. Le silence règne. Les compresses ont fait effet, les plaies ne ruissellent plus.

— En fin de compte, c'est superficiel, j'ai déjà vu pire. Je vais m'en sortir avec deux cicatrices de rien du tout. T'as un Doliprane ? Je le prends et je rentre chez moi.

— Je te raccompagne à Barbès, je réponds en lui tendant deux cachets de 500 mg.

Sur le boulevard, Bruno me tient le bras. Pâlots sous les néons blafards, un peu hagards, nous marchons vers le métro comme un couple improbable que le destin a uni. Au coin de la rue de la Goutte-d'Or, au royaume des joggings de marque italienne et des échanges de pochons douteux, je me fige. Quelques jeunes stoppent leurs transactions - des clopes, marocaines probablement - et nous toisent comme des oiseaux louches. Dans la nuit, ils ont la capuche baissée des oubliés du monde, le verbe hirsute des fauteurs de troubles. Bruno me file des coups de coude pour que j'avance. J'ai l'impression que tout le monde sait. On voit les camionnettes de flics débouler de la rue. Je sens qu'ils sont là pour nous, et finalement non. Le commissariat est à quelques numéros, au 34. Je veux me rendre, encore. Je veux gerber, et puis me rendre. Je le dis à Bruno et je m'engage rue de la Goutte-d'Or, au niveau du lavomatic, juste après le Western Union, décidé à déclarer forfait.

— Tu fais encore un pas et je te plante dans une machine à laver. Personne ne viendra te sauver ici. Allez, reviens sur terre, Julien.

Il se trimballait avec le couteau du grand Chinois qu'on avait embarqué et désinfecté. Il n'avait pas voulu laisser l'arme du Chinois, pleine de son sang, que ses ex-collègues auraient passé illico au détecteur ADN.

— On va discuter, Julien, j'ai le temps. Tu m'as l'air sous le choc, c'est normal, c'est ton premier. Ça fait toujours ça, un dépucelage.

On est assis, Bruno et moi, dans un coin du lavomatic abandonné, toujours en désaccord. Il y a deux gamines qui se shootent dans un tambour et un mineur qui rentre aux chiottes avec un vieux dégueu. On tente tous de survivre, ce soir. On veut tous enclencher le programme Express Blanc, ce soir. Une heure à 90° pour sortir immaculé.

— Julien, fais-moi confiance. La prison c'est pire que la culpabilité. La rédemption c'est pas possible, tout ce que t'auras c'est vingt ans d'horreurs. Vingt ans de flip, à bouffer des conserves et protéger ton derche de petit mignon. Je te connais un peu, tu mérites pas ça, tu tiendras pas.

Je tourne de l'œil. Heureusement, Bruno, d'instinct, se transforme en métronome de la baffe. Il me maintient éveillé de toutes les micro-tartes intermittentes qu'il m'assène. Ensuite, je passe vingt minutes à chialer sur son bras. Je crois qu'il verse une larme aussi, qu'il dit qu'il regrette qu'on en soit là. C'était son idée, tout ça. Mais bon, qu'est-ce que ça peut faire, maintenant ?

À la fin, je renifle mes états d'âme et je le serre à nouveau dans mes bras. Je suis calme, prêt à sauver ma peau.

— On ne bouge surtout pas, la fuite nous rendrait suspects. On ferme notre gueule. Pas un mot, ni à Jean-Dam' ni à la hiérarchie.

Il reprend en m'expliquant que le plus grand danger c'est l'Afghan, pas la police. Il va comprendre assez vite que son homme de main a disparu. Ensuite, il saura que c'est nous, il voudra sûrement se venger. Bruno pense qu'on a trois ou quatre jours, pas plus, du côté de l'Afghan. Notre espoir principal c'est de trouver l'infiltré qu'avait mentionné le grand Chinois.

En remontant chez moi après avoir déposé Bruno – autour d'une heure moins vingt – je pense à Léna. Je ressens un vide abyssal. L'impossibilité du futur, les sables mouvants du présent. Je ne trouve pas le sommeil dans les heures qui suivent.

Sur les coups de 3 heures, j'ouvre une bouteille de pic saint-loup, tentative vaine pour forcer l'assoupissement. À cet instant, mon téléphone se met à sonner, clignotant dans la pénombre. Une notification m'annonce la sortie prochaine de la dernière enquête de Michel Furet pour *Society*. Une enquête fleuve intitulée : « *Au cœur de Wunderbike. Trois mois en immersion chez les nouveaux Golden Boys du vélo électrique.* » Encore une bonne nouvelle.

Je suis vraiment dans la merde. Et encore, c'est un euphémisme. Comment, moi, le gentil garçon, le bon élève, celui qui ne fait pas de vagues, avais-je pu plonger tête la première dans ce no man's land du destin ?

Quand je m'endors finalement, à plus de 4 heures, j'ai déjà vomi trois fois. Je fais le yoyo avec mon nouveau statut de criminel. Entre le rejet total, de toutes mes tripes, et l'acceptation décidée, de toute ma raison. Je ne veux plus me rendre, c'est déjà ça. « Faire face » aurait dit Paul, ou encore Léna. Avaient-ils pensé à ça ?

LÉNA, DEUX

C'est encore Léna.

Qu'est-ce qu'il m'arrive ? J'ai franchi ma limite, je ne me reconnais pas. J'ai couché avec Julien, je perds le contrôle. Je devrais sûrement m'arrêter, mais je veux continuer. Au diable la déontologie, au point où nous en sommes, si j'en ai envie.

Je crois que je l'aime bien, Julien. C'est un sentiment qui grandit, précoce, immature, incertain, inconstant, remis en question à chaque retrouvaille, mais qui grandit. Je ne peux pas tout à fait l'expliquer, mais j'en redemande, tout simplement. C'est un signe, non ?

Julien m'attire, c'est indéniable, c'est détestable.

Cerner les gens c'est mon métier. Chez Julien, j'aime ce que je vois, chaque fois un peu plus. Il a une fragilité inattendue pour quelqu'un dans sa position.

Tout l'opposé de mon père, je ne vois pas comment il mentirait. Et s'il trompe, c'est par inadvertance. Je crois percevoir des rêves et des émotions d'enfant qui se réfugie derrière le masque des convenances. J'aime bien le regarder se débattre avec ses états d'âme. Il a le bouillonnement des introvertis, assaillis de questions silencieuses. Y répondre lui prend du temps, mais les vapeurs émanant de ces questionnements sont autant de touffes de sagesse qu'il engrange. Il a de l'humour, c'est la politesse de ses doutes, quel bon goût. Il n'a pas encore tout à fait trouvé son style. Je ne peux pas lui en vouloir, la clairvoyance sur les autres est plus aisée que sur soi.

Cette nuit, j'ai aimé son odeur et la façon qu'il avait de respecter mon désir, de faire équipe. J'ai aimé son corps tout à l'ouvrage et la retenue de sa puissance. J'ai aimé qu'il épouse la langueur du temps pour assiéger la forteresse de mes envies. J'ai aimé sentir les chamades de ses appétits et nos sueurs entremêlées. J'ai aimé jouir entre ses cuisses et trembler, frissonner, palpiter, et nos corps collés qui se recroquevillent dans les recoins douillets de son lit trop étroit. J'ai aimé recommencer. Une fois, deux fois, trois fois… et puis ne plus compter.

J'ai pleuré aussi, au petit matin, entre deux râles de volupté, je ne sais pas s'il m'a vue. Je pensais à ma tromperie, à sa réaction quand il apprendra tout. J'ai la boule au ventre. Comment est-il possible, après avoir vu mon père détruire des amours par le mensonge, que je me retrouve à faire pareil ?

C'est la première fois. Qu'est-ce qu'il m'arrive ? Je ne me reconnais pas. Tout ça pour ça. Tout ça trop vite.

Je suis heureuse et effrayée. J'ai la tête qui tourne. En plus, j'ai accepté d'aller chez lui rencontrer sa famille. Que va-t-il se passer ? Je vous laisse, je dois boucler l'article pour *Society*. Le dernier en tant que Michel Furet, je me le suis promis.

LES YEUX DANS LES PHARES

Le lendemain du drame, je me rends à l'ouverture de ma salle de sport tendance au-dessus de la gare Saint-Lazare. L'Afghan et la police seront bientôt au jus de notre cadavre gisant au fond du canal. Je veux suer pour me remobiliser. Mes appels à Bruno du matin sont restés sans réponse. Il a le meurtre insouciant, Bruno. À moins qu'il ne se soit endormi, comme moi, aux aurores.

Pour faire diversion, je projette de m'envoyer une séance de fractionné sur les tapis de course dernière génération. Un truc intense, éreintant. Le flux accéléré du sang aère l'esprit, il oxygène les pensées, on se sent soudain plus clairvoyant.

Au bout du tapis, il y a un large écran connecté offrant diverses options : lancer Netflix, se joindre à un cours animé par une avatar 3D chatoyante et dénudée ou encore courir une course au choix. Avec un masochisme adapté aux circonstances, je choisis un parcours reproduisant le dénivelé des rues de San Francisco, en mode ultrarapide. Avec les vallonnements de la ville, je n'allais pas tarder à oublier mes soucis. Ça tombe bien, je veux échapper à ma propre conscience. Le parcours commence sur le Golden Gate et tout se passe bien au début. L'expérience est prenante. Je réussis presque à oublier où je me situe physiquement.

Il flotte donc ce matin à San Francisco un parfum d'ail et de saucisses, conséquence malheureuse de la promiscuité des machines de sport, elle-même induite par le prix prohibitif du mètre carré. Toujours est-il que la cadence du tapis accélère graduellement. À un moment, sortie de nulle part, en avançant sur le Golden Gate, j'aperçois au loin la prison d'Alcatraz, bien discernable. Je disjoncte sur-le-champ. J'appuie sur le gros bouton rouge pour stopper le tapis. J'ai la nausée, je respire mal. Je ne suis pas prêt pour la prison. Je bois une gorgée d'eau salutaire à la fontaine en inox à proximité. Je reprends mes esprits. Je prends aussi le temps d'admirer le spectacle de tous ces grands singes suants qui soignent leurs corps baraqués, ou en devenir, sur des machines de torture tarabiscotées. Puis je remonte sur le tapis qui défile trop vite pour mes guiboles. J'évite l'accident, manquant de peu le strike de toutes mes dents de devant sur l'écran connecté.

Je lance le programme Accelerate +, sorte de montagne russe du cardio, en allumant BFM TV sur l'écran. La météo sera clémente pour un mois de mars. Un répit pour nos équipes qui ont beaucoup souffert de la pluie et des engelures au cours de leurs tournées de remplacement de batteries. Le présentateur passe au flash du jour. Le temps se suspend. Je me glace.

« Un homme d'une trentaine d'années a été retrouvé mort au volant d'une voiture jaune ce matin au fond du canal de l'Ourcq, à Bobigny. Les voisins ont entendu le véhicule tomber à l'eau un peu avant 21 heures. Un chargement de baskets de contrefaçon a été saisi par les douanes. Les enquêteurs privilégient la thèse du règlement de comptes entre bandes rivales sans toutefois exclure la thèse du suicide. La victime était arrivée en France il y a cinq ans, comme nombreux de ses compatriotes, avant que ne soit démantelée la filière des étudiants clandestins chinois de Belleville. Sa femme et ses trois enfants, cinq, trois et un an, seront renvoyés à Pékin avec le corps du défunt. Retrouvons tout de suite notre envoyé spécial sur place. »

J'ai la chair de poule. Il avait trois enfants, j'ai fait trois orphelins, putain de merde. Les larmes montent. Je suis un sacré fils de pute. Et je vais être recherché, désormais.

Les images du reportage montrent le quai funeste. En arrière-plan, sur le parking, on distingue le vélo Wunderbike qui a servi de monnaie d'échange : on l'a oublié sur place. C'est congénital, à ce niveau, la bêtise. On a oublié, dans l'urgence, une pièce à conviction, truffée de nos empreintes. Et maintenant la police tourbillonne autour. Notre horizon va se rétrécir si on n'agit pas illico. Ma vie est foutue.

Je descends du tapis pour aller vomir dans la poubelle à côté de la fontaine. De l'eau et de la bile, car je n'ai rien mangé. J'ai le vertige. Je vais m'asseoir sur une machine de musculation. Je m'ébroue à l'approche d'un coach sportif qui me conseille d'y aller mollo sur le fractionné.

Je prends mon téléphone et je m'isole au sauna pour appeler Bruno. Il ne répond toujours pas. J'insiste. Il finit par décrocher et je lui explique : BFM, le vélo. Je perds patience même si je sais qu'au fond, on est tous dépassés. Je l'engueule, je l'insulte, je crois. La police avait fait bien plus vite que dans ses prédictions. Il rouspète, c'est une tuile, en effet. Quand je lui parle des orphelins, il s'effondre. Sa voix chevrote et ses silences sont contagieux de tristesse. Puis il me rappelle dans un sanglot contenu de bonhomme qui veut jouer au costaud qu'on lui a tué son papa à lui aussi, quand il avait 8 ans.

— Je sais, Bruno, tu me l'avais dit… Je ne sais pas quoi te répondre.

On ne s'épanche pas, c'est la base entre mecs, mais on n'en pense pas moins. On ravale tout et on espère que ça ne pétera pas. Pourtant, à ce moment, je comprends que Bruno a pris un coup, je vais devoir prendre sur moi et faire sans lui. Finalement, je décide d'envoyer

Jean-Damien chercher le vélo. Il sera moins suspect, si on l'interroge. Et surtout, il ne sait rien.

En raccrochant, je me douche avant d'enfiler mon hoodie vert foncé. J'ai l'impression, comme la veille, de porter la culpabilité sur mon visage, qu'on m'épie, que tout le monde sait. Tout paraît menaçant : le bruit des sèche-cheveux, l'imminence de l'attaque d'une colonie de verrues plantaires, l'armée d'appendices reproductifs qui se balancent nonchalamment dans les allées. Et, partout, l'odeur de vinaigre blanc à la suite du passage de l'équipe hygiène du matin.

J'étouffe dans les vestiaires de ma salle de sport tendance. Il fait moite, et la musique oppresse, un genre de beat commercial répétitif à donner des haut-le-cœur. Une pulsion claustrophobe, mue par l'angoisse carcérale et la culpabilité du tueur de papas, ordonne à mes jambes de courir aussi vite que possible dehors. Vite, de l'air. Je me retrouve cour du Havre et là, uppercut. Je suis face à un kiosque qui affiche la couverture du dernier *Society*, avec l'article de Michel Furet. Comme pour m'achever.

Encore un vélo Wunderbike qui me nargue, salopard. Ma vie est sur une ligne de crête, en proie à des tourments grandioses. Je suis pris dans la machine à laver du destin, bringuebalé par les événements, sans aucune maîtrise, hurlant pour que tout ça cesse. Sans espoir d'être entendu. Je suis carrément dépassé. Je reprends tout juste mes esprits pour aller acheter le magazine. Je dois savoir si quelque chose y figure qui nous pointe comme responsables de l'homicide. Si Michel Furet est une taupe, comme Bruno le pense, tout est possible. Je m'installe à la brasserie Lazare, commande un double expresso avec un croissant pour remplir mon estomac endolori. Je commence la lecture de l'enquête fleuve. À ce moment Jean-Dam' m'envoie un SMS pour me dire qu'il rapporte le vélo à l'entrepôt. La police ne l'a pas inquiété. En revanche, lui se pose des questions. Je souffle un peu. On y répondra plus tard.

L'enquête ne contient rien de très croustillant. Pas du genre Pulitzer ou à élucider un homicide. Michel Furet recycle sans brio – il doit être payé au kilo de mots – des thèmes déjà abordés dans ses précédents articles : pérennité du modèle, précarité des employés, impact environnemental en trompe-l'œil, et ainsi de suite. Rien de nouveau sous la pluie. À part quelques photos de l'entrepôt (l'hypothèse de la taupe tenait) et une quinzaine de lignes consacrées à mon portrait :

« *Le directeur général de Wunderbike est un jeune homme sympathique, bien éduqué, consciencieux dans sa gestion des intérêts de la multinationale et à l'écoute de son équipe. Ancien investisseur de haut vol, on le sent sensible aux questions de fond posées par son activité (sociales, environnementales, urbaines...), mais trop occupé par la gestion des affaires courantes pour y apporter une réponse satisfaisante. Tel le capitaine d'un navire dont la coque est trouée, il le laisse naviguer au gré des vagues en espérant arriver sur la plage avant qu'il ne soit trop tard. Son inaction, si elle n'est pas malveillante, pourrait devenir coupable à la longue. S'il ne se montre pas plus tranchant, on devra bientôt se charger d'agir pour lui. Reste à savoir qui ? Sa hiérarchie ou les Parisiens, par l'intermédiaire de Mme Diawara. Contacté par nos soins, le cabinet de cette dernière indique d'ailleurs être toujours en attente d'une réponse du directeur général au sujet de la signature de la Charte de bonne conduite de la mairie par Wunderbike.* »

Sympa, Michel. Pas Pulitzer, mais pas complètement à côté de la plaque pour autant. Il devait bien me connaître, pour commencer à sentir mes contradictions. Ça accrédite l'hypothèse de la taupe.

À cet instant, je reçois un appel de Franz. Je ne réponds pas, de peur que la tonalité de ma voix ne trahisse mon état. Franz inspire confiance, c'est une de ses qualités. Je crains que son empathie naturelle ne me pousse à lui confesser l'indicible. Deux précautions valent mieux qu'une. J'écoute son message :

— Hey Julien, comment ça va ? C'est Franz. Je suis à Paris pour quelques jours à partir de demain. Je crois savoir que vous avez quelques soucis. Il faut qu'on se voie ASAP. Avec Bruno. Rappelle-moi. Franz.

Franz ne m'a pas appelé depuis des mois et il n'est pas du genre à être prescriptif ni à manier l'urgence. Je suis inquiet. Finalement, il me rappelle d'un numéro privé et je décroche. Je suis surpris de tomber sur lui et pas sur un agent commercial à l'accent chantant. On discute, je fais des phrases courtes, pour éviter tout lapsus incriminant. Il me tord le bras pour se voir tôt le lendemain matin, à sa descente du train. Je concède finalement un rendez-vous au BoboKitchen à 10 heures. Je préviens Bruno.

La suite de la journée est un lent supplice. À donner le change à l'entrepôt. À contenir les explosions de Trevor à propos de l'article de *Society*, principalement en l'ignorant. Léna m'écrit des mots doux, avec des émojis cœur, les roses, c'est nouveau. Elle veut me voir. Je n'arrive pas à trouver la force de l'appeler. Je lui écris juste que nous n'irons pas chez Paul, comme c'était prévu.

LA TOURNANTE

Je suis enfermé dans un conteneur de bateau rouge. Vêtu d'un string de coton gris et de pompes en skaï. J'ai froid, je tremble. À travers un hublot, j'aperçois de majestueuses cimes enneigées d'où descend une poignée de vélos roses. Dans un coin du conteneur, un furet aux yeux verts psychédéliques me regarde fixement et entonne, avec une voix familière, l'Internationale. Je suis relié à lui par un fil et il porte une grande clé autour du cou. Au mur, un portrait du grand Chinois, façon Mao, avec ses enfants à côté, en couche-culotte.

Un peu plus tard, on toque trois fois à la porte, et le furet disparaît. Je regarde par la fenêtre pour découvrir les vélos roses abandonnés devant le conteneur. En me retournant, il y a Marie et Pauline Diawara, Franz, l'Afghan et Trevor. Ils portent tous des costumes trois-pièces bariolés de couleurs chaudes. Ils ne parlent pas et toisent ma nudité avec concupiscence. Sauf Trevor qui est occupé à ranger dans une petite cassette des noisettes que le furet a abandonnées.

D'un coup, ils se mettent à chanter. En chœur, sauf Trevor. Quelque chose de primal, de vicié aussi, une sorte d'ode qui me laisse penser qu'ils s'apprêtent à commettre sur moi un viol rituel.

Le conteneur se balance, et l'on peut voir le niveau de l'eau monter à travers le hublot. La neige des montagnes a fondu, le soleil est bas et il fait de plus en plus chaud à l'intérieur. Pauline Diawara, dont le déguisement fait désormais plus penser à celui d'une prêtresse, me met un coup de matraque télescopique au visage en commençant un cantique qui ressemble à : « Priez ! Priez pour le monde à +7 °C. La colère des apôtres de la planète sera terrible ! » Je tombe au sol, en un éclair.

Puis la même Pauline Diawara arrache son pantalon d'un coup, d'un geste de chippendale bien maîtrisé. Je me retrouve nez à nez avec le sujet de discussion principal des dernières municipales. Et, de ma position fragile, effrayée, sa réalité est bien tangible. Tout y est. Je l'atteste, en personne.

Les autres font de même, arrachant leurs scratchs.

J'ai peur. L'eau monte, la chaleur étouffe.

Pauline porte son écharpe tricolore.

Marie a la matraque télescopique.

Franz salive.

Trevor…

Le furet rentre à nouveau dans la pièce. Il a un peu de sauce samouraï au coin de ses babines. Il ouvre la porte avec sa clé, tire le fil pour m'attirer et je peux m'échapper. Je suis dans un lavomatic, des petits morceaux de viande rouge jonchent le sol.

Là, le grand Chinois…

Je me réveille en sursaut. Je suis en sueur, les draps sont trempés et déjà froids. J'allume la lampe.

Autour, tout est calme.

Respire, Julien, respire.

Ensuite, je reprends mes esprits et j'attrape une feuille et un stylo :

« *Paul,*

Il s'est passé quelque chose de terrible ces derniers jours. Je ne peux pas t'en dire plus, mais je veux que tu saches, quoi qu'il se passe maintenant, que j'en suis malade à crever. Il semblerait qu'il existe une espèce de malédiction qui me pousse dans la mauvaise direction. D'abord Essorex, et maintenant ça. J'ai le don de participer à des catastrophes, sans le vouloir. Peut-être par excès de loyauté, ou par manque de clairvoyance, je ne sais pas. En tout cas, j'ai bien foiré ma seconde chance. Pardonne-moi aussi pour ce réveillon pénible, j'espère que Gaïa n'en gardera pas un souvenir trop sombre. Je ne sais pas quand je vais vous revoir et ça aussi, ça me rend malade. On ne devrait jamais s'écharper avec ceux qui comptent le plus. Tout le reste, c'est accessoire. Embrasse Gaïa.

Je vous aime, Julien.

PS : si je m'en sors, je démissionne, j'arrête les conneries et je viens vivre avec vous.

PS2 : j'avais rencontré une super fille, Léna, je voulais te le dire, mais je ne sais pas si c'est encore important. »

FRANZ

Je suis Franz. Franz Müller.

La vie, c'est vraiment des petits incréments, l'air de rien, sans y toucher. Jour après jour, heure après heure. Et puis un matin, et puis plusieurs matins, tu te réveilles, tu ne sais plus où tu te trouves. Enfin si, tu sais, tu le sens. Pas de doute possible, tu es pile au centre de ce qui te déplaît.

Je suis Franz, Franz Müller. J'ai 19 ans quand Rostropovitch joue du violoncelle devant le mur qui tombe. Je jubile. À nous la liberté.

Avant ? Avant, j'habite encore en RDA. Je bois du Club Cola. Je porte une chemise bleue à carreaux. Mes parents roulent en Trabant. Moi, à vélo. On mange souvent des petits pois en conserve et des cornichons malossol. Avec mes amis on s'éclipse dans des caves, déjouant la Stasi, pour écouter les radios pirates ouest-allemandes. Queen, les Rolling Stones, Abba, Mireille Mathieu. Dieu que c'était bon. On se fait passer des livres subversifs. On s'instruit comme on peut. On est libre, mais pas tant que ça. Ou peut-être plus qu'on ne le croit.

Quand ça pète en 89, on met les voiles. Une puissante envie de voir le monde. On sillonne l'Europe à vélo : la France, l'Italie, l'Espagne, le Portugal… Partout on nous accueille à bras ouverts, « les gentils communistes est-allemands ».

Deux ans dans la tente avec mes potes Jürgen et Christian. Le Luberon, Le Larzac, les Cévennes. L'odeur de l'herbe le matin. L'odeur des feux le soir, avec un peu d'herbe aussi. De la musique, des rires. Des filles, quelques-unes. On relit Marx. On se demande ce qui a foiré en RDA. On manque de repères à l'Ouest, à Liberal-Land. Ensuite, on sillonne l'Afrique aussi, toujours à l'Ouest. On manque de rester en Sierra Leone, aux îles Bananes, pour lancer une école de plongée sous-marine. C'est presque la guerre civile, mais qu'est-ce que les plages y sont belles.

Suivent vingt ans chez Porsche, comme ouvrier spécialisé.

J'y apprends tout.

J'y rencontre Nina. On se marie.

Völker et Karl naissent.

Je milite au syndicat, par nostalgie peut-être. Par raison d'être aussi : on peut tout se payer à l'Ouest, sauf la dignité.

Je grimpe les échelons : chef d'équipe, contremaître, responsable de ligne, puis directeur des opérations.

Et puis je craque. Le cambouis et l'odeur de l'herbe fraîche me manquent. Je ne sais plus où je suis. Je ressens un intense besoin de revenir à l'essentiel. De produire quelque chose de mes mains, à moi.

J'ai 42 ans, j'ouvre une modeste boutique de vélos à Neukölln, pas loin du parc où j'habitais avec mes parents, à Treptow. On est en 2012, j'ai quelques références en électrique, c'est le début. Partout en Europe et dans le monde, des systèmes de vélos partagés sont installés dans les villes. Velib' à Paris, par exemple.

Il me prend l'envie de fabriquer, le soir, une fois la boutique fermée, un vélo électrique. Plus beau, plus solide. Démocratique. Résistant, pas du *made in China*, mais du *made in Neukölln, Germany*. Völker et Karl m'aident. Deux ans après, on renomme la boutique Wunderbike. Le vélo sera rose, en hommage à Édith Piaf qu'on écoutait avec Jürgen et Christian, dans le Larzac. *La vie en rose*. Le vélo sera vert, comme l'herbe qu'on humait le matin avec Jürgen et Christian. *Sustainable*, comme on dit en anglais. Écoconçu.

Ensuite ça explose. On commence les ventes en ligne, d'autres boutiques ouvrent en Allemagne, puis ailleurs. En quelques années, on se hisse parmi les premiers constructeurs européens. On m'appelle le Steve Jobs du deux-roues. Naturellement, on roule jusqu'en Californie : notre bécane est un hit chez les anciens hippies, convertis au libéralisme libertaire. On se fait repérer à Burning Man. On devient les rois du pétrole. Notre famille vit un songe enchanté.

Un jour, Trevor Bazunga, le roi du e-commerce, m'appelle. En six mois, on lui vendait la majorité des actions. On ne résiste pas à Trevor ni aux sirènes d'une vie sans avoir à la gagner. Et puis, sa vision radicale m'a plu, que dire d'autre ? « Mettre les gens au vélo », et avec ma bécane en plus. Au fond, que pouvais-je rêver de plus grand ?

La suite, c'est Wunderbike sous amphétamines. Piquousé au cash. Dégueulant d'ambitions. Et des petits bonshommes en costume foncé qui vous volent votre rêve et vous prennent de haut. C'est la mise à l'échelle. *At scale. ASAP.*

Pauvre Julien. Pas sûr qu'il ait tout à fait compris dans quel engrenage il mettait le doigt. Maous costaud l'engrenage. Le genre qui te siphonne tous tes instincts. Le genre qui te fait regretter ton enfance en RDA. Aujourd'hui, Nina est partie, Völker et Karl m'en veulent. Je crois, j'espère, que c'est une génération qui peut comprendre qu'il y a des choses qui ne se font pas. Que toutes les liasses du monde ne valent pas l'odeur de l'herbe le matin.

Alors, je n'ai plus grand-chose à perdre. Je vais le fumer, Trevor. Je me le suis promis. Pour faire un exemple. Qu'ils commencent à chier dans leur froc, tous les petits Napoléons.

On peut tout se payer, de nos jours, sauf la dignité. Sauf l'odeur de l'herbe verte le matin, sauf le chant des oiseaux.

DR FRANZ ET MR MÜLLER

Bruno et moi arrivons en avance au BoboKitchen. Le cerne apparent et le teint cireux, il a dû douiller cette nuit. Il respire le mal-être. Son bonnet en laine bordeaux et sa parka verte le font passer pour un habitué du lieu en dépression, ou pour un marin-pêcheur. Moi, je ne suis pas vaillant. J'émerge tout juste de rêves d'outre-tombe, le genre de saloperies à finir directement à Sainte-Anne. Sans passer par la case départ, sans toucher vingt mille francs.

Sans qu'on n'ait rien demandé, le patron nous apporte une jarre de smoothie des habitués. La surprise du chef. Il stagne au fond de la carafe une sorte de mixture décantée, couleur marronnasse, de la déjection du même nom. Des petites billes noires, des graines de chia surnagent de la mélasse.

Pendant que j'échange avec le propriétaire, Bruno faiblit, appuyé sur la table en formica rouge, il est livide. Je lui commande un double expresso et un jus de citron de Sicile bio, sans sucre. Le propriétaire me dit qu'il nous sent tendus. Bravo, Columbo ! En plus d'être fin gastronome, tu vires psy ? Un stage de yoga est justement prévu ce week-end, nous dit-il, pourquoi ne pas s'inscrire ? À cette évocation Bruno, pourtant féru de techniques de relaxation orientales – y compris le *happy ending*, mais c'est une autre histoire –, s'étouffe presque de son café. On sent qu'il ravale beaucoup de violence verbale, en dépit de son piteux état. Il y a des maux que le yoga ne solutionne pas, Bruno le sait. Puis le propriétaire ajoute, avec son sourire d'illuminé de la graine, « qu'il y aura des rouleaux de quinoa à la pistache fleur d'oranger, cuits à l'huile de coco ». Bien sûr ! Comme si on en avait quelque chose à carrer.

Je sais que je suis à cran. Qui ne le serait pas en pareille situation ? L'humeur exécrable on peut la sentir traîner, ça veut pas dire qu'on sait la dompter pour autant.

On s'interroge avec Bruno sur l'urgence du rendez-vous. Il a intérêt à avoir un truc important à nous dire, l'hurluberlu d'outre-Rhin. Au bout de treize minutes précises, Franz arrive. Ça doit bien être le seul Allemand au monde en retard, il fallait que ça tombe sur nous. C'est long, treize minutes, quand il te reste deux, peut-être trois jours de liberté. À la limite du supportable, même.

Bruno reprend des forces grâce à des crêpes d'avoine au sirop d'agave inoffensives. Franz s'assied, l'air enjoué, sur une chaise de cantine, à côté d'un tableau ethnique. Il nous fixe de son regard bleu, avec un sourire engageant et, peut-être, une certaine compassion. Il hésite, cherche ses mots, puis se lance. Bruno, étrangement taiseux, suspend la mastication bruyante de sa crêpe.

— Je sais que vous avez tué un type. L'Afghan est fou furieux, *crazy pissed off*. Vous auriez dû m'écouter.

L'information m'ébranle, me cloue à ma chaise, me défracte. Comment sait-il ? Bruno, l'air de rien, impassible dans la tempête aux commandes de son chalutier à la dérive, reprend sa dégustation paisiblement et lâche, amer :

— Je savais que c'était toi la taupe, espèce de bâtard teuton. Je pouvais pas l'affirmer, mais je le sentais. T'es une belle salope.

Je prends sur moi, de toute façon je ne comprends pas tout. Je pose ma main sur l'épaule de Bruno qui commence à s'ébrouer. Son visage a désormais une teinte plus familière, rougeaude à mesure que la catatonie le quitte. Les nutriments de qualité ont redonné de la vivacité à son corps trapu. Il a désormais les deux poings bien ancrés dans le formica et tout un restaurant écarquillé qui assiste à la scène. Je crois distinguer les postillons de crêpe et d'injures voler en direction de la tronche du Rhénan. Puis Franz nous coupe avec autorité :

— *Please, Bruno, shut up*. Arrête ton cinéma, c'est ton jour de chance. L'Afghan veut vous proposer un deal.

Bruno se rassied, et je demande :

— Franz, c'est quoi ce délire ? D'où tu connais l'Afghan ?

Je suis sidéré, anéanti par les révélations de Franz. Non, pas lui, je n'y crois pas. C'était un chic type, Franz. Alors, pourquoi ?

Le visage de Franz se tord à la mention de Trevor et des fonds. Il nous conte les humiliations subies depuis le rachat. Il dégorge un bon coup sur les « sans-imaginations imberbes », ceux qui l'appelaient en ricanant « le marchand de vélo » en comité de direction. Il atomise Pernille, quelle déception, et ne prononce même pas le prénom de Trevor, son fantôme plane, ça suffit. Il nous parle de la grandiloquence de ses rêves, lui, l'ouvrier spécialisé. Il voulait changer le monde, il s'accable d'y avoir cru. Qui pourrait lui en vouloir ? « L'absence de rêves, c'est ce qu'il y a de plus coupable chez un adulte. Mieux vaut vivre candide que désabusé, à se moquer des rêves des autres. À la toute fin, le cynisme est toujours un regret », nous récite-t-il dans un français parfait, comme s'il avait répété ses répliques. Je bouillonne. Bruno finit par le couper :

— Ta gueule avec ton mélo, balance le morceau !

Franz l'arrête d'un geste de la main. Aujourd'hui, il va falloir l'écouter sans broncher. Il ne décolère pas de s'être fait berner par les sirènes des millions. Il s'emporte à propos de vengeance et de justice pour justifier son *deal* avec l'Afghan. Il explique vouloir reprendre le contrôle de son bébé des mains du « sociopathe californien ». Et tant pis s'il ne peut pas le faire légalement, c'est une question de dignité. Il va « couper la laisse de billets qui le lie à Trevor, et la lui faire bouffer, c'est l'affaire de quelques mois ». Ensuite il ajoute, à propos de l'Afghan :

— Il y a huit mois, je me suis fait passer pour un acheteur de baskets, son business légal, et je suis remonté jusqu'à l'Afghan, pour lui proposer un deal.

Bruno commence à s'attendrir, il flanche en douceur. L'exposé de Franz l'a secoué, la colère le quitte. Peut-être qu'il sympathise, lui qui sait que la justice n'est pas toujours là où l'on croit. Il a l'empathie des destins ravagés, il a le faible au cœur.

— Quel rapport avec notre gars, Franz ?

Rien qu'à l'évocation de la mort du père de famille chinois, on sent Bruno se rabougrir un peu plus. Il a les yeux rougis du gros dur qui lutte péniblement contre le ruissellement des douleurs enfouies. Il commande un whisky malgré l'œil accusateur du patron du Bobo-Kitchen, qu'il avale d'un trait.

— Avec l'Afghan, mon associé sur ce coup, on veut envoyer les vélos Wunderbike en Afrique de l'Ouest. En Sierra Leone plus précisément, via le port de Gennevilliers.

Franz veut refaire sa vie loin de l'Europe, de la finance et des fonds d'investissement. Partir en retraite au soleil avec ses précieux vélos vers une terre vierge qu'il a aimée dans sa jeunesse. L'Afghan lui apporte le réseau, la connaissance des douanes et puis sur place, il a des chantiers. Il nous parle d'un appel d'offres sur un système de vélos partagés, on ne comprend pas tout. L'Afghan n'y avait pas pensé, mais Franz l'a convaincu. Maintenant, ils ont besoin de vélos pour remplir les conteneurs, si possible du gros volume. Là, clairement, ça traîne un peu. Le compte-gouttes a ses limites.

— On exige d'avoir trois mille vélos de plus sur place d'ici la fin de l'année, nous lâche-t-il finalement.

J'interviens, désormais agacé par les exigences de Franz et par son absence de réponse à ma question initiale.

— Putain, Franz, c'est quoi ton délire à la fin ? Je te le répète, quel rapport avec notre macchabée ?

Franz souffle. Il n'aime pas les mots orduriers, il veut bien la jouer efficace, mais pas au prix de la politesse. Finalement, il se lance. Il nous dit que la mort de Liang va attirer l'attention sur l'Afghan et ses trafics. Que la police viendra inévitablement fouiller. Et puis ça deviendra politique. Tout le monde voulait éviter ça. L'Afghan, lui et, bien entendu, nous.

— On a trouvé quelqu'un pour endosser la responsabilité du crime contre rémunération, un homme de paille. En échange de quoi vous devez trouver les vélos avant la deadline.

Je tombe presque du banc. A-t-on vraiment le choix ? Non. Franz est poli, mais direct : si on ne s'exécute pas, ils s'arrangeront pour que la police nous trouve. Je souffle, je ressens le soulagement d'avoir sous la main une solution à mon problème imminent. Imparfaite, certes, mais meilleure que quinze piges dans quatre mètres carrés senteur graillon-gorille, à partager une chiotte avec un violeur de poneys. Bruno paraît d'accord. Il se projette illico, calcule qu'il faudra exfiltrer autour de quatre cents vélos par mois. Pas une mince affaire. Il tente de négocier. Franz coupe court à son marchandage, il est catégorique.

— L'Afghan vous invite à Gennevilliers pour en discuter début juillet. Venez avec un plan. D'ici là, regardez la télé ce soir, il tiendra sa part du deal.

Franz est notre Janus, la créature à deux têtes, le lien de l'ancien vers le nouveau monde. Quand il quitte le BoboKitchen, Bruno me regarde, effaré par le saut quantique qu'on vient de faire vers une porte de sortie. La duplicité de Franz semble immédiatement pardonnée, tant sa portée est salvatrice. Je commande alors un whisky, pour l'accompagner, et on rigole un peu, comme deux insolents qui s'en tirent de justesse. On se dit que le démiurge malade qui s'amuse avec nos marionnettes a eu pitié de nous. Ça n'a rien de drôle, en fait, mais ça pourrait être bien pire. Ce ne sera pas aisé, mais l'Allemand a ouvert un trou de souris. Puis, d'un coup, Bruno s'effondre. Il se met à chialer sur mon épaule, de toute sa maturité. Je comprends qu'il s'en veut. Il est dépassé par l'amplitude de ses émotions, aujourd'hui, Bruno.

— On a quand même buté le père de trois enfants. Si on s'en sort, c'est vraiment que le monde est vérolé.

Il a raison, Bruno, mais je suis censé lui dire quoi ? Au moment où Franz nous a proposé le deal, j'ai su qu'il n'y avait qu'une chose à faire : mettre mes remords dans une boîte, et ne plus l'ouvrir. Le repentir, on n'y pense pas en temps de guerre.

En fin de journée, on découvre sur les chaînes d'information que l'Afghan a tenu parole. Il a fait porter le chapeau à un de ses hommes, consentant. On imagine, en échange d'une coquette somme d'argent. Le genre de somme qui mettra pour longtemps sa famille à l'abri, y compris s'il doit prendre quinze ou vingt ans. Peut-être moins, avec les remises de peine, c'est tout ce qu'on peut lui souhaiter, à ce héros de l'ombre. Je suis admiratif du pari hasardeux de ce type, dont l'éthique de la famille impose le respect. Choisir le sacrifice temporaire de sa jouissance personnelle pour assurer la pérennité de la génération suivante, c'est louable, surtout de nos jours. Je souhaite à sa famille de sortir de l'ornière, de s'élever grâce à cet argent. Nous y sommes un peu pour quelque chose, après tout.

Plus tard, en jogging dans mon canapé, la posture inélégante sous les poutrelles de mon salon, à déguster un plat de pâtes au sel avec des légumes et de la harissa, je me sens soulagé. Un peu, pas des masses, sans fanfaronner non plus. L'orage est passé, mais il reste une tonne de vilaines saletés à l'horizon. Le ciel acrimonieux reste en embuscade pour nous dégorger sur la tronche toute sa malveillance. Le matin, avant de voir Franz, j'ai songé à détaler loin, à l'étranger, qu'on ne me retrouve jamais. J'ai pensé à filer vers des petits pays qui font de la rétention d'information. Puis je me suis ravisé, je ne sais pas qui de l'Afghan ou d'Interpol me terrifiait le plus. Alors, par indécision, par manque d'esprit tranchant, je suis allé au rendez-vous avec Franz. Un choix gagnant, pour une fois.

Sur la table basse, je remarque le portefeuille de Léna, qu'elle a oublié. Elle m'a écrit dix fois pour le récupérer ces derniers jours. Je m'apprête à l'ouvrir, mécaniquement, et puis je réalise que ce ne sont pas mes oignons. À la place je compose son numéro. Je lui dois une explication. Quand elle décroche, sa voix tremble, l'inquiétude est palpable. Elle ne me reproche pas mon absence. Rapidement, après les formalités d'usage, elle me demande si j'ai ouvert son portefeuille. Je réponds que non, dubitatif. Alors elle s'apaise et me fait jurer de ne pas l'ouvrir et de le lui rapporter. Une histoire de photo qu'elle ne veut pas que je voie. Sa préciosité me rend un peu chafouin, elle m'étonne, mais j'accepte. Alors sa voix reprend son éclat ordinaire, assuré, légèrement rauque.

Je ne parviens pas à la rassurer tout à fait. Elle me dit qu'elle m'aime, que je lui ai manqué. Sa tirade se heurte à mon quasi-silence. Je suis taiseux ce soir, comme un grand rescapé. Elle raccroche d'un à bientôt triste, dans le non-dit. Ça s'entend, ces choses-là.

Au moment d'aller me coucher, j'aperçois la lettre écrite à Paul la veille, sur le comptoir. Je la déchire, sans trop réfléchir. L'instinct de survie, sûrement. De toute façon, tout ça, c'est tellement gros que ça en devient presque inconcevable, tellement vertigineux qu'on ne peut que le ranger dans un coin et faire comme si la vie continuait.

PULSION DE VIE EN CINQ SERVICES

Six mois, c'est court. Enfin, tout est relatif. À l'échelle d'une vie, bien sûr, c'est peu. Chez Wunderbike, six mois, en revanche, c'est presque une vie,. Entre Léna et moi, six mois, c'est le temps qu'il nous a fallu pour réaliser qu'entre nous, c'était vraiment du sérieux. Les contours du sérieux méritaient d'être précisés, mais devaient impliquer, sans surprise, l'exclusivité de nos ébats, c'était le minimum encore aujourd'hui. Des projets communs, probablement, ou des vacances ensemble. Le dépôt d'une brosse à dents et de vêtements chez l'autre, l'invasion progressive de parties nouvellement communes, et autres manifestations graduelles, mais inéluctables qui caractérisent le couple. Il n'y a rien de plus prosaïque que les symptômes de l'amour, le vrai, c'est d'ailleurs ce qui, souvent, le dessert.

Quand Léna me propose de fêter nos six mois dans un restaurant étoilé du 18ᵉ, je me réjouis. Elle veut m'inviter, pour une fois. Elle a touché un gros chèque, apparemment. Ces derniers temps, je relâche la tension. On travaille au plan, avec Bruno, dans le secret des dieux. On se prépare pour la réunion avec l'Afghan, bien sûr. Le stress n'est pas nul, mais ça reste dans mes cordes. Le plus dur c'est d'exclure Jean-Dam', il est trop investi pour ne pas le sentir. Comme je ne sais pas de quoi demain sera fait, je profite de Léna : cinéma, théâtre, sorties avec ses copines. On fait l'amour tout le temps. J'ai rencontré ses parents. Un type un peu étrange, son père, du genre à jeter un voile de pessimisme érudit sur tout ce qu'il approche, y compris la joie. J'aime bien sa mère. Elle a le rire facile, c'est de bon augure.

Ce soir-là, on décide d'aller au restaurant à pied, la nuit tombe plus tard en ce moment. On remonte la rue Custine pour tourner rue du Mont-Cenis. On croise un camion de flics et je serre fort la main de Léna. Mon immunité peut sauter à tout moment, je le sais. Je suis sur le qui-vive, je vis intensément.

Montmartre est belle ce soir. Il flotte dans l'air un parfum de fleurs et des airs d'accordéon. On se hâte. Les escaliers se succèdent, comme autant de balcons suspendus. Et à la fin, on se prend Paris en panoramique, elle s'offre aux courageux, scintillante. On renifle les traces de pisse de chien qui serpentent entre les lampadaires. On évite les bacs à fleurs moribonds et les nids-de-poule sournois. On se hâte encore, notre réservation était il y a dix minutes. Léna part devant, sautillante. Je la rattrape, suivant les émanations de son parfum, pour l'embrasser au coin de la rue Marcadet. Quelque chose d'imperceptible dans le clignement de ses cils, de caractéristique, me confirme que je me trouve au bon endroit, au bon moment. Léna se moque de ma lenteur, c'est quand même un comble pour un loueur de vélos. Je lui mords la lèvre, elle a un léger goût de truffe d'été.

Je suis tout entier dans la gaieté de l'instant. Je me sens tel un fugitif flamboyant, vibrionnant. Le présent c'est des souvenirs encore façonnables. Ça, au moins, on ne me le prendra pas.

Le restaurant est sobrement chic, un peu confidentiel aussi, avec quelques tables, cinq peut-être, sous des boiseries modernes en chêne blond et des lustres dorés. La promiscuité m'oppresse un peu. Je tiens les inconnus à distance depuis l'autre soir, sait-on jamais. Un serveur ampoulé nous apporte du pain et le menu. Il manque de trébucher, on éclate de rire.

Ce soir, Léna rayonne d'un clinquant distingué parmi les clients. Ses créoles fines en or rose se balancent sensuellement le long de son cou svelte, qui appelle mes baisers. Elle porte un haut blanc en soie tout simple, avec un perfecto de cuir, ses cheveux détachés tombants sur les épaules. Et toujours ses yeux émeraude de félin qui me tiennent en joue. C'est effroyable d'être à ce point soumis au désir de son corps, prêt à capituler, ça fait presque mal. Et pourtant, il faudrait que ça dure toujours.

Elle se penche sur la table pour m'embrasser, en me sommant d'arrêter de mater son décolleté, dans un rire de provocation. Je n'ose pas répondre, confus de mes appétits démasqués. Pour compenser, j'attrape un morceau de pain, que je dévore, sans atteindre l'effet escompté. Quant à moi, je porte ma veste pied-de-poule en tweed sombre. La saison ne s'y prête pas, mais j'aime ma dégaine quand je l'enfile. Je rappelle à Léna son professeur de journalisme, périmé depuis le début du siècle dernier. Et un peu son père, peut-être. Elle se raidit à son évocation.

Le menu est en cinq services, et c'est la surprise du chef. Léna commande une bouteille de sancerre rouge, elle connaît mon tropisme pour le pinot noir. Elle remet son perfecto, il fait un peu froid. Tout de cuir vêtu, un verre de rouge à la main, on se croirait au cinéma ou à la table d'une héroïne rock. Elle discute avec le serveur de ses contraintes alimentaires. Il s'en étonne, invoquant le chef et ses habitudes de vieux garçon des fourneaux. Elle le rabroue habilement. Il capitule.

— Il me casse les ovaires, lui ! Si jeune et déjà à nous dire ce qu'on peut ou ne peut pas manger. En tout cas, il n'a pas pris option « répartie » à l'école hôtelière !

Je scrute les tables voisines, guettant les réactions à notre esclandre feutré. Elle s'amuse de me voir incommodé. Elle fait souvent ça, Léna. Sa vie, elle la décide, personne ne lui dit quoi faire. Elle n'a pas besoin de moi, Léna. Peut-être un peu pour le sublime, mais pas pour la survie. Elle ne me choisit pas par nécessité ou par obligation, je crois. Ni pour que je la protège, ni pour que je l'entretienne. Elle me veut, simplement. Je la désire tellement pour ça. De toute façon, je ne sais pas jouer au chef de meute. Ai-je déjà fait illusion ?

Au moment des mignardises, Léna ne sourit plus. Elle a changé de couleur, elle est pâlichonne. Elle déteste le mensonge, elle le hait, mais il coule dans ses veines, bafouille-t-elle. Elle s'excuse d'avance, elle dit qu'elle s'en veut, elle se trompe de mots. Elle pense que je vais lui en vouloir. Je ne la reconnais pas.

— Tu me fais peur, Léna. Calme-toi et dis-moi ce qui se passe. On s'aime, qu'est-ce qui peut nous arriver ?

Elle grimace quand je parle d'amour, et brouillonne des explications auxquelles je ne comprends rien. Je commence à perdre patience. À grand-peine, elle inspire profondément et tord un peu plus la bouche. Elle tremble.

— Je ne suis pas étudiante en socio. J'ai un boulot à temps plein, dont je vis.

C'est trop énigmatique. Je m'en cogne, moi, de comment elle gagne sa croûte. Elle aurait pu me le dire avant, c'est sûr, mais bon, elle doit avoir ses raisons. Je lui demande si elle est escort-girl, d'un rire graveleux. Je ne prends pas de risques, même sur un segment ultra premium, on n'y croirait pas. Elle ne rit pas, son visage reste fermé, sombre, impénétrable. C'est pas le moment de faire des gaudrioles. Je me tends un peu, constatant l'échec de ma tentative d'alléger l'atmosphère. Le serveur empoté nous saoule à nous papillonner autour. On s'en tamponne des quelques miettes sur la nappe et on sait se servir de l'eau seuls, merde à la fin. Léna se ressaisit, et dit :

— Je suis journaliste depuis longtemps. J'écris des enquêtes au long cours sur tout ce qui touche à la société, la ville et l'écologie. De l'anthropologie urbaine, si on veut. Je m'excuse de te l'apprendre seulement maintenant.

— C'est super ! Je comprends que tu aies voulu le garder pour toi avant de savoir si ça devenait sérieux entre nous. Nos domaines sont reliés, regarde Michel Furet...

Je crois qu'ensuite elle dit quelque chose comme : « C'est moi Michel Furet », que je balaie d'un rire de gorge. Son visage me fait comprendre qu'elle ne plaisante pas. Je la regarde, silencieux, interdit, m'expliquer qu'elle a essayé de sortir du contrat avec *Society* après le dîner chez moi. Mais les publicités autour de l'article étaient sorties, elle devait aller au bout. Et puis sa carrière, et tout le tintouin.

Je n'arrive pas à répondre, je suis sous le choc, interloqué. J'ai trop vu les ravages des colères immédiates et non maîtrisées, je préfère me taire. J'avale l'information comme un millier de couleuvres, me réfugiant dans un silence froid, absolu. Je suis amorphe, muré, à digérer le fiel de la tromperie en même temps que de l'anguille et d'autres mets. Je pense à la durée de sa dissimulation, un pieu au cœur ! Et son portrait à charge dans *Society*, le pense-t-elle vraiment ? Léna demande l'addition sans qu'on déguste la mignardise, une rose des sables en chocolat. Je veux partir.

On rentre boulevard Barbès et le trajet me paraît interminable. Je me coupe de Léna, tentant de dresser un mur entre moi et ses gesticulations larmoyantes. Je ne veux pas qu'elle dorme à la maison ce soir. Je lui dis que je dois digérer, seul. Elle refuse, comme si elle était en position de le faire. Elle s'accroche, débite des tirades enlevées que j'écoute d'une oreille. Des trucs à propos des premières secousses d'un couple qui en testent la résistance, ou je ne sais plus quelle connerie. Alors je finis par lâcher, la mort dans l'âme, mais décidé :

— Casse-toi, Léna, je ne veux plus te voir. Tes mensonges, garde-les pour tes lecteurs.

Ensuite, je pars alors qu'elle m'appelle encore, en criant. Et puis j'explose en sanglots au croisement de la rue Marcadet. Léna, c'était la seule chose qui tenait encore debout. La vie qui subsiste quand tout meurt autour, le brin d'herbe qui pousse entre deux plaques de bitume.

L'AFGHAN

Je suis Tao. Appelez-moi l'Afghan. Ou Félix, c'est mon nom français.

Ma mère est chinoise, peintre, et mon père est français. C'était l'ambassadeur à Kaboul vers la fin des années 80, à mon adolescence. Son excellence Monsieur de la Tour. Imaginez, Félix de La Tour avec une tronche de Chinois ! Je suis français de raison, afghan de cœur et chinois de métier.

Faire sa crise d'adolescence à Kaboul, surtout avec un père diplomate, je ne le recommande pas. Pour moi, ce fut radical. En un rien de temps, j'étais un génie du trafic, un pro de l'interlope. Si l'adolescent de banlieue parisienne s'entraîne au commerce avec des barrettes de shit, celui du lycée français de Kaboul le fait avec de l'opium. À l'endroit le plus aléatoire, miteux, malfamé que l'on puisse trouver sur terre. Là-bas, on navigue à vue dans le bordel, il faut tirer seul son épingle du jeu du brouhaha humain.

Je suis tombé dans la marmite quand j'étais petit, comme dirait l'autre. La marmite aux entourloupes ! Avec comme clients des chefs de guerre et des mafieux internationaux, l'apprentissage est accéléré.

Puis mon père a pris peur et m'a collé dans un avion pour Londres. J'ai encore sa semelle bien ancrée dans mon arrière-train. Il ne voulait pas d'un fils baron de Kaboul, cette cuvette de l'humanité où personne ne tire la chasse. Loin des siens, pourchassé, sur le qui-vive, jamais tranquille. Il refusait catégoriquement cette existence pour moi. À Londres, j'obtiens un Bachelor en finance internationale à la London School of Economics, avec mention très bien.

Que voulez-vous, j'ai des dispositions pour l'accumulation, la fructification. Un appétit pour l'adrénaline des chiffres qui montent au ciel et le clinquant de la victoire. Un tropisme pour le risque, le franchissement de limites. Qu'on soit à Londres ou à Kandahar, en costume Dior ou en kurta, un marchand reste un marchand. Mais, chez Goldman Sachs, après quelques deals remarqués sur le marché des matières premières, je me lasse vite. Le grand banditisme, c'est comme le crack, quand on y a goûté, la redescente est tellement dure qu'on y revient toujours.

Rapidement, je veux le shoot du terrain, le pouilleux du réel. Je jette un œil à Kaboul qui, à ce moment-là, est gangrenée par les enturbannés. De sales types, pas *pro business*. Heureusement, j'ai mon autre famille. Je vois la Chine exploser, fabriquer sans relâche des godasses et des jouets pour le monde entier. Alors je rentre à Paris établir l'arrière-base de mes activités licites - enfin pas toujours - à l'aube du marché unique européen. Et me voilà ! « L'Afghan », ça c'est du grand marketing, prêt à créer sa légende, depuis son entrepôt de baskets de Gennevilliers.

Il y a deux manières de comprendre l'âme humaine. Deux écoles dans la vie. Je crois les avoir faites toutes les deux.

Celle de la misère. Du pas assez. Celle qui débarrasse du fard, qui dépouille. Qui met à nu le jeu des désirs humains. Qui révèle au grand jour. Tout y est urgence, survie. Une étreinte implacable. C'est la rue de Kaboul. Où l'enfant famélique se fait couper la main parce qu'il a volé une pomme.

Et puis celle du pouvoir et de l'opulence. Du trop, du jamais assez. Celle des politiciens, des diplomates et des aristocrates financiers. Celle des intrigues et des violences étouffées, intermédiées. On caresse comme on menace. On vole sans y toucher. On tue sans y paraître. C'est la vie de mon père, de la City. Où l'enfant affamé se fait priver d'avenir parce qu'on veut voler le puits de pétrole de ses ancêtres.

Le reste des tribulations humaines se compose invariablement à partir de ces deux couleurs primaires. Chaque vie, chaque action est une nuance sur l'échelle chromatique qui va de la misère à la domination.

Rares sont ceux qui connaissent les codes de ces deux mondes. Rares sont ceux qui comprennent la rue et s'en servent pour construire un empire. Ça ne court pas les rues, les funambules qui avancent, en équilibre, sur le fil qui relie la vraie misère au pouvoir.

Ceux-là, en général, ne tiennent pas longtemps dans un pavillon de banlieue (ou dans un palais à Kaboul). Ceux-là, en général, ils veulent le monde entier. Avec ses brouhahas, avec ses aventures. Avec des morts et des vivants. Avec de la sueur, des larmes, et des billets. Pourquoi choisir la tiédeur quand les flammes du vivant sont à votre portée ?

J'ai la trempe d'un bandit. Un bandit dandy, un bandit philosophe. Un aventurier moderne, certainement. Pourquoi ferais-je autre chose ?

Est-ce à dire que je n'ai pas de cœur ? Je crois, bien au contraire, que celui qui en possède vraiment ne rechigne pas à embrasser le marasme humain, dans ce qu'il a de glorieux et de médiocre.

Qu'il ne se protège dans aucune tour de cristal.

Qu'il enthousiasme le nécessiteux, comme l'opulent.

Qu'il ne contemple pas le reste de l'humanité avec dégoût.

Qu'il ne se met pas à distance de l'âme de ceux qui le servent !

Je vois bien les présidents, les grands patrons, les Trevor Bazunga de ce monde, dans leurs bulles hors du sol et leurs salons feutrés. Les bulles sont faites pour éclater.

Je ne souhaite pas leurs destins, même à mes enfants. Qu'ils aillent trouver leur flamme à eux, à Gennevilliers ou ailleurs. Au contact du monde qui vibre.

Au fait, vous aimez mes tableaux ?

LES MYSTÈRES DE PÉKIN

Très sombre ces derniers jours, Bruno retrouve de l'énergie dans le Uber qui nous mène à Gennevilliers. Il est intenable, pareil à un gamin qui part à la fête foraine. Cette rencontre avec l'Afghan, pour lui, c'est comme parvenir au boss de fin dans un jeu vidéo. Appréhender son plan et celui de Franz, entrevoir les conquêtes africaines, ça l'a libéré d'un fardeau, ça lui fait momentanément oublier tout le reste. La déprime, c'est vicieux, y a des moments ça se remarque pas. Ça peut même se faire oublier derrière l'excitation.

Par déformation professionnelle, Bruno jubile de pouvoir reconstituer le puzzle, d'être sur le point de décoder que c'est le Colonel Moutarde qui a tué le Docteur Olive dans la véranda avec une clé anglaise. Donc il parle un peu trop, s'émerveille de trucs idiots comme les bouteilles d'eau du taxi et « l'aspect pittoresque des abords du port de Gennevilliers ». Sérieux, Bruno.

Moi, je souhaite juste qu'il se taise, qu'on se concentre. On a un rendez-vous important et je sais que notre plan est insuffisant pour atteindre les objectifs fixés par l'Afghan. Je grogne en le fusillant de mon regard plissé, les yeux bouffis d'une nuit trop courte. Je suis plutôt du genre précautionneux, j'ai l'effervescence rare. L'avalanche de péripéties récentes sent le trop-plein. Oui, on peut dire que je suis échaudé. Je me concentre sur ce qu'il me reste, sauver ma peau, sans forcément y mettre le sourire. Léna me manque terriblement, mais, pour l'instant, je filtre ses appels.

Ma condition est précaire : je file tout droit dans la gueule de l'Afghan avec un plan bancal, un clown triste à ma droite et tout ce que le 92 nord a de nids-de-poule plein le dos. Du fait de ce dernier point, et de mon humeur maussade, je décide que le chauffeur n'aura ni pourboire ni bonne note. L'arbitraire du petit chef s'agrippe à ce qu'il peut. Je savoure de vivre dans une époque où il est digitalisé. Faut dire que le sapin de rétroviseur qui pue l'Ocean Paradise de bon matin, ça n'aide pas à atteindre les cinq étoiles.

On finit par se garer près du port, devant un bâtiment préfabriqué de deux étages surmonté d'énormes lettres noires, police Arial : FashionShooz. Franz indique que nous sommes arrivés. Il est calme, concentré. Il joue gros lui aussi. En l'observant, je m'en veux de l'avoir sous-estimé, d'être passé à côté d'un personnage principal de la pièce.

J'avais perçu le ressentiment qu'il nourrissait à l'égard de Trevor, en concluant qu'il s'était satisfait de son sort. Que, piquousé au cash, sans stress de l'emploi, avec un petit pétard pour la route, il avait trouvé sa place au sein du cosmos. Être à l'abri financièrement et statutairement, n'est-ce pas le rêve ultime de chacun ? À ce moment, il m'apparaît que peut-être, une fois ce nirvana atteint, une fois que l'on croit être tranquille pour de bon, on ne l'est en fait plus du tout. Il faut continuer d'avancer, car sur l'escalier des désirs, il reste toujours des marches. Jusqu'à la fin, jusqu'à ce que, fatigué par des os cassants, des chairs moins élastiques, des pensées embourbées, on ne puisse plus monter. La félicité n'est pas de ce monde, nous sommes les forçats de nos pulsions latentes. Franz en est l'exemple, il va tout risquer pour satisfaire son amertume. Et puis quoi ensuite ? Que fera-t-il une fois en Afrique, après avoir banané Trevor et les grands argentiers de Golden Temple ? Il faudra bien qu'il trouve autre chose. L'homme est l'esclave de son moteur interne.

Bruno me pousse dehors d'un coup d'épaule énergique, la porte est coincée de son côté. Il coupe court à mes pensées, ce n'est pas plus mal. La matinée ne fait que commencer, il est trop tôt pour disserter sur l'essence de l'humanité.

Un grand Chinois, encore, cheveux gominés en arrière, montre en or plaqué (sûrement), nous attend devant la porte du magasin. Il tape du pied d'impatience. Il nous salue fraîchement, écrase sa cigarette sur un cendrier-poubelle et nous emmène visiter le rez-de-chaussée pour nous faire patienter. L'Afghan est retenu au téléphone. Une mise au point avec les chefferies d'une zone où il fait du business. Je ne sais qui, je ne sais où, je n'écoute déjà plus. Mon attention se porte tout entière vers l'entrepôt imposant et les milliers de boîtes de chaussures de marque à l'authenticité questionnable. Les opérations m'impressionnent. Les plafonniers diffusent une lumière blanche efficace, le lino gris au sol, certainement neuf, couine sous le passage de nos baskets. Les lignes jaunes et les panneaux bilingues régentent avec compétence les déplacements de tous. À notre passage, les manutentionnaires industrieux ne lèvent pas le nez. Ils sont rapides, précis, coordonnés. Ce n'est pas la distraction qui leur fera atteindre leurs objectifs. Ils recousent, recollent, empaquettent, tamponnent dans un silence besogneux. Parfois ils glissent des barrettes de shit dans les boîtes, ni vu ni connu. On est loin des tapages du rap, loin de la nonchalance des corps, loin de la pagaille qu'on observe dans les entrepôts Wunderbike. La voyouterie, si elle veut survivre, se doit visiblement d'être efficiente. Faudrait que mes mécanos en prennent de la graine.

À l'étage, on trouve les bureaux. Alors que l'on traverse un interminable couloir, j'aperçois un large aquarium où nagent des poissons multicolores. Des carpes koï, sans certitude. Quelques drapeaux chinois, encore. Des photos, peut-être de l'employé du mois ou d'une célébration d'entreprise. Au bout du couloir on nous fait asseoir dans des fauteuils en skaï noir dont la praticité justifie probablement l'inesthétisme. Tout est blanc, blanc immaculé. Les carreaux du sol, les joints des carreaux, les murs, la lumière, à l'exception des fauteuils et d'un lampion rouge. On aurait pu être à Shanghai ou à Shenzhen, ça n'aurait fait aucune différence. Les stores bateaux métalliques crème sont à moitié baissés. La pièce paraît démesurée pour une salle d'attente. Je trouve le tout lugubre. L'Afghan semble avoir choisi la performance au détriment du confort, comme de nombreux capitaines d'industrie. On ne peut pas tout avoir.

— Le boss va vous recevoir. Je peux vous servir un thé ? dit l'homme qui nous a accueillis.

Puis il tape trois fois sur la porte attenante, sûrement pour signifier que nous sommes là.

Il quitte promptement la pièce à la recherche d'eau chaude et de feuilles sèches parfumées. Il a une démarche aléatoire, la guibole arquée, comme s'il voulait nous dire qu'il n'est pas de notre monde. Bruno s'est calmé, il se concentre enfin. Franz aspire bruyamment son thé, sous le lampion rouge. À Rome, fais comme les Romains. Éclairé par la lumière, avec sa chemise à motifs floraux et son catogan, on dirait une vieille geisha, avec un paquet de kilomètres au compteur. Le thé est si chaud qu'à coup sûr, il se brûle la langue. Moi, je souffle et ensuite je retire les feuilles de thé de ma langue, je suis ce genre d'homme. Pour rompre le silence, je demande :

— Franz, pourquoi tout le monde est chinois ? Et ce lampion, on dirait les trucs du Nouvel An, non ?

En entrant dans le bureau de l'Afghan, changement de décor. Le dénuement n'est plus de mise, une élégance coloniale et arty s'offre à nous. Sol en moquette épaisse jaune clair, murs en bois exotique foncé. Trois fauteuils club couleur cognac font face à un large secrétaire, certainement en teck. Sur le plateau de la table sont dessinés des motifs de plumes de paon en relief. Il y a une lampe pipistrello et un téléphone vintage, tous deux couleur crème. Le fauteuil de l'Afghan me rappelle une chaise célèbre en cuir et en noyer, dont j'ai oublié le nom. Avec un bureau pareil, j'ai hâte de rencontrer le seigneur des lieux. En attendant qu'il arrive, on contemple, partout aux murs ou posés au sol, des tableaux chamarrés, d'inspiration ethnique, ou plus moderne parfois, mais toujours bigarrés. Des huiles de vie aux couleurs éclatantes.

Je me perds un peu plus dans les fresques. On voit des enfants noirs. Des histoires d'ailleurs aux rondeurs de lamantins et statures de marabout. Des villages chanteurs, des toisons crépues et des oiseaux migrateurs. Derrière le bureau de l'Afghan, mon regard se pose sur une toile qui doit faire deux mètres sur deux mètres cinquante. On lit sous le tableau le nom de l'artiste et le titre « Jean-Sublime Charivari, Un bon bandit dandy, 2017 ». Dessus, un homme en costume violet flamme, sur une voiture rouge rutilante, exhibe tous les oripeaux de la luxure. Il a le visage moitié blanc, moitié noir. Joyeux programme.

— Vous aimez mon tableau ? L'art, c'est l'éternité à la portée de tous, interrompt une voix élégante venue de derrière, au niveau de la porte d'entrée. Je trouve le portrait assez fidèle, Jean-Sublime m'a bien réussi. Un sacré artiste celui-là ! Tout ça, c'est grâce à Marie.

À ce moment, on se retourne et je vois deux individus qui entrent dans la pièce. Franz se lève d'un bond pour saluer l'homme, la cinquantaine, l'allure d'un margoulin sublime, ce doit être l'Afghan. Puis il embrasse la main de la femme, métisse, la trentaine entamée. Elle a de fines bagues avec de minuscules pierres précieuses rondes sur tous les doigts et une manchette tribale avec des toucans colorés. Son visage me frappe, quelque chose y est familier.

— Bonjour, messieurs. Ravi de faire votre connaissance, Franz m'a beaucoup parlé de vous. Et voici Marie, qu'on ne présente plus. J'imagine que vous l'avez déjà vue, au moins dans les journaux.

Je n'ose pas me manifester, par politesse, mais je ne la reconnais pas. Bruno, physionomiste de profession, semble l'avoir remise. Il paraît accuser le coup. Les surprises, ça l'épuise. Je suis inquiet.

La tenue de l'Afghan témoigne d'un goût certain pour le mélange des genres vestimentaires, peut-être l'héritage de ses pérégrinations afghanes, chinoises et désormais africaines. Sa dégaine a un petit côté sapologie à la mode de Pékin. Il a le type légèrement asiatique et il lui manque un bout de sourcil, remplacé par une cicatrice. Il a les cheveux longs jusqu'aux épaules et un bouc fin entoure sa bouche.

— Marie me dégote tous mes tableaux. Nous sommes, comment dire, associés. C'est pratique, l'art, quand on veut blanchir des capitaux.

Ça y est, je la tiens. La métisse, c'est Marie Diawara, l'épouse de Pauline, la maire de Paris. J'avais lu un portrait d'elle dans *Les Inrocks*. Mais qu'est-ce qu'elle fout ici ? Marie Diawara associée à l'Afghan, je n'en reviens pas. Je suis sous le choc. Elle va balancer nos magouilles à sa femme, c'est peut-être déjà fait, et on sera bientôt en taule. Bruno a le regard rempli de spleen, il vaque dans les méandres de la pièce sombre, absent aux autres.

— Jean-Sublime est un artiste sénégalais très prometteur. Sa cote a bien monté. Marie et moi l'adorons, il fera peut-être bientôt le portrait officiel de la maire. Si Dieu le veut !

Marie et l'Afghan éclatent d'un rire complice. L'Afghan monopolise la conversation en nous parlant bien de ce qu'il veut. C'est le privilège des mâles dominants, ils se cramponnent au crachoir, personne ne les interrompt et on perd en qualité des échanges. Je me décide finalement à le couper, avec déférence, pour masquer mon agacement. Je lui demande la raison de la présence de Marie Diawara ici, alors qu'on doit discuter d'un dossier confidentiel. Marie s'apprête à me répondre, mais l'Afghan l'arrête d'un geste de la main. Elle est associée, mais faut pas exagérer non plus, visiblement. Il nous propose de nous asseoir autour d'une table basse d'appoint, sur des coussins plats. Il s'apporte un fauteuil club, sans doute pour ne pas froisser son pantalon saumon et sa veste vert pomme, ou pour être sûr de nous surplomber. Marie peine à s'asseoir dans les plis de sa longue robe bleue. Il se lance dans une longue explication :

— Je m'intéresse à l'Afrique, comme tout homme d'affaires raisonnable au XXIe siècle. C'est magnifique ce continent, tout y est possible. C'est comme un retour en arrière, du temps de ma jeunesse. Marie m'accompagne dans toutes mes activités africaines, c'est mon sésame. En échange je lui donne un coup de pouce pour ses affaires.

Il paraît si fier de leur ingénieuse escroquerie qu'il nous en conte les détails. Il nous explique comment Marie repère des artistes à travers l'Afrique de l'Ouest en achetant toute leur production pour une bouchée de pain. Elle est en quasi-monopole sur les petits pays, nous dit-il. Puis comment lui, Félix de La Tour, avec ses filiales locales, fait monter artificiellement leur cote, jusqu'à racheter les tableaux en liquide, juste avant que le prix n'explose, avec l'argent sale des baskets ou du shit de Gennevilliers. Il le fait via sa SAS Marie&FelixAfrican-Art. Ni vu, ni connu, la loi n'oblige pas les marchands d'art à déclarer les grosses transactions en liquide. Pendant ce temps Marie gère les relations publiques, crée l'attente, trouve les clients. Enfin, quand tout le gratin n'en peut plus de patienter, la SAS relâche les œuvres, de manière licite cette fois, et avec de coquettes plus-values. Quand un musée achète, c'est le jackpot, il n'y a même pas d'impôts. Sur cette partie institutionnelle, c'est Pauline Diawara, grâce à son réseau, qui les aide.

On réalise souvent que la plupart des hommes, y compris les illustres, ont une part de médiocrité quand on les approche de près. En dépit de la mise en scène, l'Afghan ne déroge pas à la règle. C'est juste un affairiste, une crapule cupide de plus. Baroudeur et flamboyant, certes, mais ça s'arrête là. Et que dire de Marie et Pauline Diawara, c'est si décevant.

L'Afghan reprend. On n'a toujours pas parlé du macchabée et des vélos.

— Franz a dû vous le dire : j'ai aussi des activités naissantes dans l'Ouest, sur de la construction, des marchés publics. Voilà pourquoi Franz m'a proposé de répondre à l'appel d'offres organisé par la présidence de la Sierra Leone.

Franz nous apprend que la Présidence, très portée sur l'innovation, veut copier les plus grandes métropoles mondiales avec un système de vélos électriques partagés, un peu comme Wunderbike. La concession dure cinq ans, avec des possibilités non négligeables de subventions. Franz et l'Afghan veulent le gagner, cet appel d'offres. Pour ça, il faut être le mieux-disant, comme souvent. Et donc éviter de payer les vélos plein pot. Et donc, les voler, pour simplifier. Une optimisation des coûts comme une autre.

À la fin de l'exposé, Marie Diawara prend la parole pour ajouter :

— Sans préciser que ces vélos criards et mal garés sont une nuisance terrible et une concurrence pour le service de vélo de la ville. Pauline ne vous le dira pas frontalement, mais elle veut vous voir partir. Elle sait pour le meurtre, elle veut l'utiliser contre vous, mais on l'a convaincue de tenter la voie africaine.

La tension monte d'un cran. Toute cette affaire est décidément bien vérolée. Puis l'Afghan prend un air grave et devient vulgaire. Il a l'air affecté :

— Vous nous avez bien mis dans la merde avec votre esclandre de Bobigny. Liang devait juste vous tenir à distance, mais vous avez tout salopé. Sa famille est dévastée, ses enfants ne mangent plus depuis sa mort.

Je cherche Bruno du regard, mais il n'habite plus à cette adresse. On dirait qu'il veut disparaître dans un des tableaux. Ressent-il encore les émotions, à force de loopings ?

— J'ai tenu ma part du marché, vous ne serez pas inquiétés. À vous de tenir la vôtre : il nous faut trois mille vélos livrés d'ici la fin décembre. Sinon, on rappelle la BAC.

Dans les minutes qui suivent, je présente notre plan. Je propose une cadence de livraison de deux cents vélos par mois en utilisant la technique du panier percé qui revient à faire sortir du système dix vélos par jour. Bruno assurerait les livraisons. Au-delà de dix unités, ce serait trop, le contrôle interne ou Trevor poseraient des questions, et ce serait fini. Mais avec deux cents vélos, on est loin des quatre cents attendus par mois, le plan est insuffisant.

L'Afghan me coupe, s'énerve, juge le plan grotesque. Il me demande pour qui je le prends et si je connais la prison. Je sue à grosses gouttes. Il se rapproche de moi. Je sens qu'il va me frapper, j'aperçois une tête de mort tatouée sur son bras, il se retient. Marie prend peur, elle a peu l'habitude des réunions mafieuses, elle préfère les vernissages. Moi aussi, à vrai dire. Bruno fulmine, son amygdale le titille à nouveau. Pourvu qu'il ne s'emporte pas, ça n'arrangerait rien. Franz intervient :

— Félix, et si on commençait par trois cents vélos par mois jusqu'en septembre, et après on accélère ? Je suis sûr que l'équipe aura trouvé une solution d'ici là.

Je tremble encore. Franz me connaît autant qu'il connaît les opérations Wunderbike. Il sent que j'en ai encore sous le pied. Il se rappelle qu'on peut sortir dix vélos par jour, y compris le week-end. Trois cents, c'est chaud, mais faisable.

L'Afghan se calme, l'atmosphère se détend, il vient de valider la nouvelle échéance d'un grognement. Puis il s'approche de son bureau pour sortir du tiroir une photo du grand Chinois et de sa famille tout sourire qu'il nous remet, à Bruno et à moi. Ensuite il se pique le doigt avec l'épingle de sa broche libellule en diamant et saphirs, et marque le dos de la photo d'une goutte de son sang.

— Pour ne pas nous oublier, lui et moi. On se dit à septembre, même endroit, même heure. D'ici là, voyez avec Franz pour les livraisons. Au revoir, messieurs.

Il nous congédie et reste avec Marie Diawara et Frank, pour affaires. On nous raccompagne dehors. En quittant la pièce, j'aperçois un cadre où il est inscrit : « *Nous remercions Félix de La Tour, généreux donateur de la campagne victorieuse à la mairie de Paris de Pauline Diawara. Le cœur de la démocratie bat de sa contribution citoyenne. Signé : Pauline Diawara.* »

Quand on s'y frotte vraiment, le monde est plus effrayant qu'il n'y paraît.

Sur le chemin du retour avec Bruno, on est un peu sonnés, groggys du match qu'on vient de disputer. On a gagné un peu de temps, c'est précieux. En revanche, l'Afghan m'a terrifié. Je ne le connais pas assez pour être rassuré, alors je projette le pire. En dépit de son diplôme, il a choisi cette vie. Il exerce sa profession par goût, pas par obligation, ça doit être un sacré barjot. Sous ses airs de noble sire, je me dis que pour en arriver là, il a dû être sans pitié. Je pense immédiatement, sans savoir pourquoi, à des scrotums électrifiés et des corps dans l'acide. Je l'imagine avec un entonnoir, à verser des litres de gouache dans le gosier de ses ennemis avant de les balancer dans le port, de nuit. Alors, dès demain on lancera les livraisons de vélos. Il faudra gérer Jean-Dam' aussi, pour qu'il ne se doute de rien. L'action reste le seul moyen valable de vaincre la peur.

Bruno acquiesce en mode pilote automatique. Puis il déchire la photo du grand Chinois, la balance par la fenêtre du Uber et sort un petit cachet de sa poche, qu'il avale sans eau. Je ne distingue pas le nom du médicament, peut-être encore un Lexomil. Ça commence à m'inquiéter, son automédication. Je lui dis d'y aller mollo sur la molécule de synthèse, mais il n'écoute plus. Je décide de garder pour moi les récentes révélations de Léna. Je crois que ça l'achèverait, le bougre. Il gère très mal les trahisons, en ce moment.

ACTE IV

« *Fuck ! Fuck ! Fuck !* »

TREVOR BAZUNGA

« Si rien ne peut nous sauver de la mort,
au moins que l'amour nous sauve de la vie. »

PABLO NERUDA

LA RÉCONCILIATION

Un soir, quelques semaines plus tard, l'action ayant mis à distance le danger immédiat, j'avais fini par capituler en répondant à Léna. Sa contrition semblait réelle, comme en témoignait le nombre de ses messages, à la fois fréquents et intenses. Par ailleurs, sa dissimulation était presque insignifiante par rapport à la mienne. Si je n'avais pas l'intention de lui révéler mes agissements, essentiellement pour la protéger, les siens semblaient, en comparaison, pardonnables. C'est du moins ce que je me dis quand je l'invite à passer à la maison pour mettre les choses au point.

Plus tard, quand elle frappe à la porte, le langage des corps prend le dessus sur celui des esprits. Je ressens un besoin irrépressible de faire l'amour à Léna. Tout de suite. Je la regarde fixement, sans sourire.

— On va faire l'amour. Maintenant, dis-je.

Elle acquiesce, en m'embrassant, le regard humide. Puis elle me suit dans la chambre, on se déshabille en vitesse. Une voracité mue par le ressentiment s'est emparée de moi. S'ensuivent une joute des corps et des emprises vigoureuses. Des pauses sensuelles, et puis des tétons mordillés et des saccades véhémentes, que Léna accepte en toute réciprocité. Nous consentons à régler avec nos corps ce que le langage ne parvient plus à dire. Un peu de désespoir suivi d'une sérénité confiante.

Au bout d'un moment, j'aperçois enfin son tatouage en intégralité, le pansement n'est plus là. C'est le logo de Révolution Décroissance tatoué dans sa chair. Et là je pense : « Ah, Léna, qu'est-ce que tu m'as menti ! Tu furetais dans mes pattes, Paris riait de moi, pendant que tes copains crevaient allégrement les pneus de mes vélos. T'es allée trop loin, Léna. Ton indépendance, fais gaffe à ce que ça devienne pas une arme de destruction massive, à briser le cœur des amoureux. T'es plus toute seule, Léna. »

Encore imbriqués, pas tout à fait sereins, mais déjà nostalgiques, on discute de ce qui nous a séparés. J'ai besoin de comprendre. Durée, protagonistes, implications : depuis combien de temps dure ce cirque Michel Furet, et à quel moment elle a arrêté de faire semblant. Je ne suis plus en colère, le temps a fait son œuvre. J'ai dit ce que j'avais à dire, il me faut simplement reconstituer l'histoire, pour clore le dossier, comme après une enquête. Ça dure trois heures, peut-être quatre. Dans les recoins de ses paroles, je découvre sa sincérité. On pleure, on rit. Au petit matin, on réalise qu'on a frôlé la mort. Alors on souffle de s'en sortir seulement avec une égratignure. La possibilité d'un futur entre Léna et moi est à nouveau d'actualité. Le langage du corps trompe rarement sur les intentions de l'esprit.

Ensuite, on prend une douche, on doit bientôt partir. La valse du monde se moque de nos atermoiements nocturnes. Que la nuit ait été dantesque, aventureuse ou insomniaque, il faut toujours aller bosser, quelle cruauté. Pendant que Léna me savonne de ses mains fines, elle me regarde et dit, en tourbillonnant les poils autour de mon nombril :

— Je t'aime, Julien. Je n'y croyais pas au début, je t'ai pris pour une caricature de toi-même. Mais tu as du cœur. Sur ça, je ne crois pas me tromper.

— Tout ce que j'ai de cœur est dans le Nord. Tu devrais venir voir, un jour, lui dis-je, un peu triste.

— D'accord, c'est un plan. Et autre chose : maintenant, on partage tout, plus de mensonges. Ou alors des tout petits, pour s'organiser un anniversaire surprise, par exemple. Et encore, que lors des dizaines.

Elle rit. Ses cheveux noir irisé sont mouillés par le ciel de douche. Des larmes de mascara coulent sur ses joues, dessinant une aquarelle sombre, en forme de chat noir. Ma gorge se serre. Je l'embrasse pour faire diversion.

D'accord, on se dit tout, Léna. Tout, sauf si on a tué un grand Chinois.

LE MALADE (N'EST PAS) IMAGINAIRE

Au cours de l'été, je gère de mon mieux la situation ambiguë. Bruno, lui, supporte mal le drame. Il passe tout juillet en arrêt de travail, à la suite de crises de panique. Pour tenir les livraisons, j'ai dû embaucher, sur recommandation, un type aussi silencieux qu'efficace, à un taux horaire effroyablement élevé. La qualité se paie. La cadence est soutenue, on livre dix vélos sept jours sur sept à Gennevilliers. Là-bas, un conteneur rouge volumineux les attend. Ensuite, quand un batch est complet, ils partent pour un interminable voyage en bateau direction Freetown, en Sierra Leone. Une fois sur place, des petites mains les repeignent en noir, puis ils sont stockés dans un entrepôt en bordure de ville, en attendant le début de l'appel d'offres. Une affaire qui roule, pour ainsi dire.

Parfois, furtivement, je cauchemarde ou je m'effondre dans la douche en pensant au grand Chinois mort. J'ai le plexus qui se serre, je peine à respirer. Ces accès d'angoisse, je les maquille aux yeux de Léna, prétextant des inquiétudes liées à la levée de fonds. Ça lui passe au-dessus de la tête, tout ce stress juste pour gagner un peu plus. La cupidité qui rend malade, très peu pour elle. Mais, la plupart du temps, j'avance, sans me retourner. Je cherche le plan qui va me sauver, avec le couperet de septembre en tête.

Ma chance, c'est de ne jamais avoir eu l'esprit tranquille. Depuis aussi longtemps que je m'en souvienne, je me prépare au gros temps. En arrière-plan, comme un smartphone dont les applis continuent de tourner, les affres de l'anxiété m'ont toujours agité. Et si, demain, mes parents mouraient ? Et si, ce matin, avec le vent, un volet me tombait sur le coin du visage ? Et si une guerre mondiale éclatait ? Et si le gros ganglion sous mon bras… ? Et si… ? C'est dur, à 3 ans puis à 6 puis à 9, de se finir par se convaincre que la joie est le préambule candide d'un tragique inéluctable. Que même si tout va bien, il faut commencer à réfléchir aux maux potentiels qui ne manqueront pas de surgir. C'est dur à 12 ans de considérer les saillies anxieuses ou mélancoliques comme de vieilles connaissances. C'est pas une vie de vivre sans cesse dans l'attente de ce qui va mal tourner. Ça finit par tuer le présent par crainte de l'avenir. Alors quand la merde vous tombe au coin du nez, c'est presque rassurant. On connaît enfin le mal auquel on a affaire. Ça immerge dans le combat du moment, ça autorise enfin l'espoir. Le Malade Imaginaire serait-il soulagé d'apprendre qu'il est vraiment malade ? Ou bien, épuisé par ses combats chimériques, résigné, en mourrait-il, d'abord psychiquement, puis physiquement ? Dans mon cas, je ne sais pas si ça m'aide. Mais je dois dire que je me trouve formidablement résilient, cet été. Ça en devient presque suspect.

J'ai la chance d'avoir Léna, aussi. Ma réponse efficace à l'anxiété, en ces mois de lourdes chaleurs, c'est de la regarder déballer ses cartons dans mon appartement, remplir de tendresse les recoins de mon célibat qui s'évapore. Je n'ai pas de plan pour l'Afghan, c'est un fait, mais j'ai de l'amour sur mon balcon. J'ai les rayons du soleil qui animent son sourire le matin. J'ai son odeur et sa chaleur comme carburant. Gloutons l'un de l'autre, on se goinfre du frisson de nos peaux qui se caressent. On s'aime comme deux Parisiens, cet été. Aux terrasses de cafés, on se bécote. Dans les expos, on se rit des snobs. Dans les cabarets flottants sur la Seine, on s'enjaille comme des garnements. De chaloupés voluptueux en éclats de rire complices, on vit dans notre bulle. Du cocon de notre lit, le plus bel endroit de la terre, on snooze les obligations tant qu'on peut, on étire le temps passé ensemble. On s'aime d'un plat de penne à l'arrabiata, de bulles de prosecco et de baisers soufflés. On se tient la main le long du canal comme de vrais amoureux, les doigts imbriqués. Vivre sur le fil, ça a un avantage, ça rend les petits riens plus grandioses.

Vers la fin du mois d'août, je reçois un message de Trevor qui fixe le calendrier de la levée de fonds à décembre. Il me prévient de la visite des investisseurs le 9 décembre et m'indique qu'un certain Brian, expert en *lean six sigma*, arrive à l'entrepôt, comme convenu, pour mettre un coup de polish sur nos opérations en vue de l'événement. La présence imminente et potentiellement intrusive de Brian me fait paniquer. Les audits, c'est jamais bon signe, surtout quand il se trame des trucs louches. Alors, avec Bruno, on lui a préparé de gros dossiers en police six avec des graphes tarabiscotés. Pour l'occuper, on a laissé traîner des trucs suspicieux, mais sans conséquence.

Quand Brian arrive, quelques jours plus tard, auréolé de son statut d'expert américain, mes gars sont au garde-à-vous. On ne reçoit pas tous les jours l'homme de main de la direction, le *consigliere* de Trevor. Je me suis même rasé, contre l'avis de Léna, qui me préfère velu. Brian, quant à lui, possède un physique attendu. Il a le cou et les membres larges, issus sans doute de l'ingestion séculaire, répétée, multigénérationnelle de protéines animales d'élevage. Il sent bon les *freedom fries* et les méga-*churches* quand il se moque de ma chemise, au cintrage suspect à son goût. Lui semble préférer une polaire rose Wunderbike taille XXL. Par esprit *corporate*, juge-t-il utile de préciser, il ne faudrait pas qu'on le prenne pour un *fag*.

Pendant son séjour à Bobigny, dont il déplore la saleté, il démontre un tropisme certain pour le raisonnement à l'emporte-pièce. Brian se montre désagréable quand il sait, agressif quand il ne sait pas. À l'écouter décrire mes opérations, je me rappelle les récits de Papouchka sur les « polytechniciens binoclards qui venaient déverser leur science de puceaux à l'usine ». J'en souris, car le temps passe, mais certaines choses perdurent. La journée, il nous chronomètre, nous épie, nous rabroue. Il secoue le cocotier sur lequel se reposent mes mécaniciens endormis. Un jour, il provoque presque une grève et, quand je prends le parti des équipes, il me hurle littéralement dessus. Puis il demande ma tête à Trevor, sans sommations, au motif que je manque de caractère. Heureusement, quand il décide de rendre mes mécanos gogols en les spécialisant sur des tâches répétitives, ils se rebiffent, considérant qu'ils méritent mieux que du mauvais taylorisme. Ils s'appuient sur le Code du travail et des siècles de lutte. Le sujet devient abrasif, Brian finit par capituler. À la fin, on veut tous le faire s'étouffer avec son protein shake, ce nazi d'entrepôt.

La veille de son départ, Brian nous gratifie lors d'un dîner calvaire à la Brasserie Barbès des détails de sa dernière coloscopie. Je me demande à quel moment il s'y est senti autorisé. Il faut se méfier de l'association libre chez les inélégants, ça peut finir par une conversation autour du tube digestif. Pendant l'exposé, Bruno ne dit pas un mot en avalant son plat sans résidus. Une fois son côlon remisé à sa juste place, Brian nous laisse entrevoir les diatribes fielleuses qu'il servira à Trevor sur ces Français aux mœurs étranges. Il nous rappelle tous les points de marge qu'on laisse traîner sur la table avec notre nonchalance coupable. Ce ne sera pas sa faute si la visite précédant la levée de fonds se passe mal, nous lâche-t-il. Jean-Dam', frais comme un gardon, de retour de trois semaines de vacances, hallucine en sirotant son Cuba libre au genièvre.

Au bout d'une semaine, Brian l'expert finit par dégager sans rien avoir changé. Je souffle. Notre désordre organisé de vieille nation orgueilleuse l'aura distrait du pot aux roses, il ne se sera jamais douté de ce qui se tramait vraiment.

Fin septembre arrive à grands pas. On n'est toujours pas prêts. Je suis fatigué. Souvent j'hésite à révéler mon secret à Léna, et je me ravise immédiatement. C'est tellement gros que c'est comme si je ne me sentais pas coupable, comme si je blâmais une anomalie du destin, sans endosser la faute. Et puis je commence sincèrement à croire que je vais pouvoir m'en tirer, ça joue. Mais je ne prends pas de risques, je reste concentré. Je sais que Léna aimerait qu'on parte une semaine en vacances visiter une île, je ne sais plus laquelle. Elle me dit souvent qu'elle est fatiguée, épuisée, en ce moment. Moi, je n'ai pas pris de vacances depuis mon arrivée chez Wunderbike. Mais Trevor a été très clair sur les vacances, c'est non. Pas maintenant, pas avant la levée. Et surtout, pas tant que je n'aurai pas donné satisfaction à l'Afghan.

PRÉAVIS DE GRÈVE !

Ce matin, c'est la rentrée des classes. Les Parisiens s'activent, de retour de congés payés ou de RTT, selon les modalités de leur statut. Les radios se rallument. Les voitures vrombissent. La ville assoupie se trémousse du retour de toutes ses âmes en goguette. On se promène rue Custine avec Léna, et puis rue Caulaincourt. L'amour nous embourgeoise, on quitte Barbès pour la beauté des contreforts de la Butte. J'attrape un pain au chocolat, aérien et croustillant, chez Boris Lumé. On s'embrasse devant l'école Constantin Pecqueur, pas loin de Dalida, devant la librairie l'Attrape-Cœurs. On se sent épiés par les bambins curieux.

Les frimousses des gamins sentent bon les aventures, ils ont la mine rose et iodée, replète de pain frais et de confiture, les esprits encore occupés à poursuivre des crabes, à bâtir des forteresses de sable. Ils passent les portails de l'école, affublés de leurs lourds cartables, de leurs mouvements gauches et insouciants. Ils ont le regard à l'affût de connaissances et fomentent déjà, du haut de toute leur sagesse, des goûters gloutons et des parties de billes. Ont-ils encore la passion des calots arc-en-ciel et des boulards pépites ? Après tout, qu'est-ce qu'ils pourraient vouloir de plus ? Ils paraissent si loin des affres de la vie d'adulte pendant que la machine de l'emploi se remet en marche. Métro-vélo-dodo. Quand on y est, on trouve que ça passe doucement, mais ça file en un clin d'œil, en vrai, l'enfance.

Je quitte Léna au métro Abbesses. Elle part rive gauche au siège de la revue à laquelle elle collabore. Pas le temps pour la nostalgie, je file à l'entrepôt, où c'est déjà la guerre. Le branle-bas de combat. La demande pour nos vélos monte en flèche en cette rentrée. Les travailleurs sont revenus de leurs vacances chargés de bonnes résolutions. Et nous, en bout de chaîne, on court derrière les vélos. À grand-peine. Faudrait penser à mieux anticiper, un jour.

À mon arrivée à Bobigny, Bruno me saute au visage. Je me suis beaucoup occupé de lui ces derniers temps, je pensais que c'était mon rôle. Mais là, en une seconde, il me met en rogne, c'est un talent chez lui. Il est pénible avec ses sautes d'humeur. Quand il me colle la une du journal du jour sous le nez, je suis déjà à cran.

— Putain, Julien, on la tient notre solution ! Eurêka !

Il se marre, un peu en transe. Jean-Dam', habitué à un Bruno amorphe ces derniers temps, ne comprend pas ce regain d'énergie. Mais bon, c'est Bruno, il est bizarre Bruno. Surtout, JD ne comprend pas de quoi il parle. Bruno réalise qu'il en a trop dit, se sent bête, puis retombe sur ses pattes. En vieux briscard de l'humain, il envoie Jean-Dam' gérer un souci avec un mécano et me tire dans un bureau, en fermant la porte. Je lis le journal. D'abord le titre : « *Grève des transports annoncée pour décembre !* » Puis le reste de l'article, assez factuel :

« *Tous les syndicats de la RATP sans exception, représentant les salariés de l'entreprise, ont déposé hier soir un préavis auprès de leur direction en vue d'une grève d'une ampleur sans précédent le 9 décembre prochain. On sait déjà que le mouvement, annoncé longtemps à l'avance pour une mobilisation plus large, sera très suivi au sein de l'entreprise. À date, il est estimé que seulement 30 % du service sera assuré sur les lignes, à l'exception de la ligne 1 et de la ligne 14, automatisées. Par cette grève, les employés de l'entreprise publique souhaitent protester contre la réforme des régimes spéciaux proposée par le gouvernement qui remet en question, notamment, l'âge de départ à la retraite et le montant des allocations. Par ailleurs, les rumeurs récentes d'ouverture à la concurrence à l'horizon 2023, en prévision des Jeux olympiques de Paris, ont mis le feu aux poudres au-delà des salariés de la RATP. De nombreux Parisiens soutiennent les revendications des salariés, au titre de la défense d'un service public efficace et solidaire, et le conflit pourrait prendre une ampleur nationale. Pauline Diawara, la maire de Paris, représentant le Parti socialiste et les écologistes, a d'ores et déjà apporté son soutien au mouvement et s'est engagée à mobiliser tous les acteurs offrant des solutions de transport alternatives et écologiques pour permettre aux Parisiens de se déplacer le 9 décembre prochain. Les acteurs concernés seront bientôt mis en avant sur le site de la mairie.* »

Plus loin, j'apprends que la date de communication du préavis, très en amont de la grève, n'a pas été choisie au hasard. Le jour de la rentrée, ça marque les esprits. Ça replonge tout le monde dans le bain du réel, d'un coup, sans sommation. Impossible de passer à côté. Je jubile, je prends Bruno dans mes bras. Cette grève, c'est du pain béni pour nous. Alors que Bruno tente pudiquement de s'extirper de mon étreinte joyeuse, mon téléphone sonne. Le nom de Pauline Diawara apparaît sur l'écran. Je le montre à Bruno, interloqué. Je ne réponds pas. Sans savoir pourquoi, ça m'arrive parfois. Le téléphone, c'est pénible, ça demande beaucoup d'adaptation. Alors, elle double son appel d'un SMS :

« *Bonjour Julien, j'espère que vous apprécierez mon coup de pouce à Wunderbike pour la grève. L'occasion de marquer le coup avec notre ami commun ? On est dans le même bateau (africain), désormais. Je compte sur vous. Bien à vous. Pauline.* »

Cette nouvelle me retire un poids de la poitrine. Je respire. Je trépigne. En un clin d'œil avec Bruno, on connaît déjà les prochaines étapes. On est raccords dans la filouterie, ça devient presque naturel. Ça tient à pas grand-chose, le salut, finalement.

Notre plan tient en trois points, que je note rapidement sur le paperboard à proximité, avant de prendre le tableau en photo. D'abord, on lancera un code promo en soutien à l'initiative de la maire : moins 50 % sur le trajet, voire plus. Un truc costaud, inratable. Un truc à faire exploser l'utilisation de nos vélos. Puis, submergés par les locations, les batteries des vélos vont tomber vite en rade. Là, on devra s'arranger pour ralentir la cadence de remplacement des batteries sur le terrain. Et puis, une fois le vélo sur le point de ne plus émettre de position GPS, on enverra quelqu'un sur place le récupérer. Peut-être des hommes de l'Afghan, à voir. Ensuite, il n'aura plus qu'à attendre le déchargement complet, pour que la disparition ait l'air légitime, puis à embarquer les bécanes par petites grappes et à les apporter à Gennevilliers. On dira à Trevor qu'on a merdé, qu'on n'a pas été assez rapides. Ce sera crédible, on l'a vécu plusieurs fois. Pas pour deux mille vélos, certes. Mais une grève d'ampleur justifiera une perte d'ampleur.

En listant les tâches à accomplir, on se calme un peu, réalisant qu'il va y avoir du boulot. Une montagne de taf, même. Organiser son incompétence sans éveiller les soupçons, ça demande de la méthode. Ni Bruno ni moi ne sommes experts en la matière. Mais, sur le principe, ça tient. Bruno note que la présence des investisseurs le jour même à l'entrepôt rajoutera de la complexité. Je suis pris d'un rire nerveux, presque des micro-convulsions, en contemplant la tournure dramatique des événements. La journée du 9 décembre, en présence de tous les protagonistes, s'annonce comme une apothéose. Ce sera le climax du vaudeville. Avec, peut-être, si l'on réussit, Trevor intronisé cocu de service. Je me délecte un instant de cette perspective. Et puis, surpris de me réjouir du malheur d'autrui, un sentiment délicieusement inhabituel, je me reprends, grave, prêt à me mettre au travail. À ce moment-là, Jean-Dam' frappe à la porte du bureau, qu'on ouvre. Il est tout sourire, nous propose deux cafés. On n'avait rien demandé. On se regarde avec Bruno, inquiets. Il sent le fouineur à plein nez. Pas besoin d'être Sherlock Holmes pour le comprendre, il va falloir le divertir lui aussi.

En milieu d'après-midi, j'ai ma *business review* de rentrée avec Trevor. Il veut peaufiner les détails de son show à cinq cents millions. On doit s'aligner sur la thèse de la levée de fonds et définir le programme de la journée du 9 décembre. Quand je me connecte à la visio, le soleil se lève timidement sur la côte ouest. Je découvre un Trevor encore somnolent, l'œil bouffi, assis sur la terrasse de sa villa high-tech de Monterrey. Derrière lui, j'aperçois l'océan à perte de vue, et une piscine à débordement.

D'entrée de jeu, je le chauffe à blanc sur l'incrément d'activité que la grève pourra occasionner. Il imagine les investisseurs ravis au milieu d'un entrepôt battant la cadence. Une démonstration vivante, en *live*, ça reste la meilleure preuve de l'efficacité d'un service, y compris pour des hommes d'argent. Il sent que les cordons des bourses pleines vont se délier à la vue de nos opérations battant de toutes leurs forces, en symbiose quasi organique avec Paris. Sur mon petit écran treize pouces, je vois qu'il se trémousse d'excitation sur son canapé blanc design en alpaga. Des sacs de dollars défilent dans ses yeux, comme au casino. Il hume le jackpot, ça le réveille d'un coup, un peu comme un requin qui flaire l'hémoglobine. Il est prêt à palper du bifton, à faire du peau à peau avec la tête toute verte de Benjamin Franklin, Trevor.

Puis son barista personnel lui apporte un latte macchiato avec un W dessiné dans la mousse et un avocado toast. Il le savoure en m'invitant à regarder la mer, au loin, qu'il contemple lui-même. Il commence une envolée lyrique sur le monde, la persévérance, la réussite et je ne sais plus quoi. Son humeur paraît légère, contagieuse. Ensuite il termine son moment poétique par une prédiction financière, moins surprenante : « Nos chiffres vont sentir bon le ROI *double digit*, ça me donne faim ! » À la vue de l'océan, chacun son délire, moi c'est l'image de Léna en maillot et une plage qui surgissent. À cet instant, je sens que je dois saisir ma chance et demander des vacances. Allez, Julien ! Alors, ni une ni deux, pendant qu'il avale une bouchée de son toast, je lui demande si je peux partir une semaine. À ma surprise, il approuve, avant de reprendre sa mastication, glotte apparente. Bingo ! Il me doit bien ça : j'ai besoin de repos pour préparer le grand jour, et il le sait. Pourtant, quelques minutes plus tard, regrettant son excès d'euphorie, il m'ordonne de lui envoyer dans l'heure un reporting. Un truc pénible, bien vicieux. Avec Trevor, le lyrisme c'est jamais gratuit, ça se termine toujours par un coup de martinet. Je devrais le savoir.

En raccrochant, j'appelle Léna, guilleret. Je lui annonce la surprise qu'elle accueille d'une franche joie, me parle des Baléares ou des Canaries, je ne sais plus. Une île espagnole, peu importe. Elle me demande de rentrer vite, je lui oppose mon reporting. Elle souffle au bout du fil, me conseillant d'envoyer paître Trevor. Elle a préparé un curry de légumes, veut m'embrasser. Mon cœur frétille. Alors, je fais ce que j'ai de mieux à faire : je bâcle le reporting et je me hâte.

RÉVOLUTION DÉCROISSANCE

Depuis son coming-out, Léna me partage extensivement sa vision du monde. Michel Furet est un animal mort, pas de doutes, mais un peu de son âme persiste dans ma maison. Léna a la diatribe facile et la conscience agitée. Je connais son fort caractère, mais j'ai senti un incrément récent. On sent qu'elle lutte pour réconcilier ses idéaux et le réel, gare à celui qui se trouve au milieu.

Je représente parfois une source de friction pour elle. Mes comportements négligeant l'urgence du climat l'irritent, mon activité aussi. Ma déconstruction climatique prend du temps, en dépit d'une volonté sincère, je commets de faux pas sans le faire exprès. Il faut dire que, sans un effort conscient, le plus facile reste de céder à l'opulence des tentations. Ainsi, j'avale sans trop sourciller mon steak de bœuf trihebdomadaire, je prends le taxi pour des distances sûrement trop courtes, j'aime la mangue-avion et je rêve d'aller au Mexique. Le kiwi jaune néo-zélandais est plus juteux que le français, qui dira le contraire. J'aime les gratifications immédiates de mon époque, sur smartphone. Quand je dis que je vais abandonner les fraises en hiver, elle se moque, comme si c'était l'alpha et l'omega. Et puis elle me reprend. De plus en plus souvent, en fait. Elle m'explique, m'informe, m'envoie des syllabus de ses penseurs fétiches, comme pour se disculper d'une collusion avec le contrevenant. Mais, quand elle m'observe, je sens qu'elle questionne notre relation à l'aune de ses idéaux. Ça m'embête, j'aimerais en faire plus, mais ses récriminations ne sont pas toujours encourageantes.

Sa parole zélée, en plus de quelques actions coup de poing avec Révolution Décroissance, est imparfaite, elle en convient. Parfois, elle s'en désole. Elle dit qu'il faudrait aller plus loin, passer à l'action, violente peut-être. Sous les poutrelles de notre chambre, elle relit *Les Justes*, elle récite Bakounine. Elle veut réglementer, contraindre. Et tant pis si le dogme ne fait jamais les miracles attendus. C'est dur d'être une idéaliste, de nos jours.

Un soir, elle s'est emportée plus fort que d'habitude, à tel point qu'elle me fait, encore, penser à mon cousin Paul. On regarde la télé, lovés l'un contre l'autre, quand elle tombe sur un spot publicitaire pour un nouveau 4×4 compact, une sorte de mammouth de métal et de technologie. Un monstre de quatre tonnes qui consomme quinze litres au cent, pour transporter deux personnes et demie, mais avec un frigo dans l'accoudoir. La discussion s'entame. Rapidement, elle dit que ça devrait être interdit. Moi, sans y prendre garde, je réponds qu'elle y va fort. J'invoque la liberté, le libre-échange, et d'autres mots commençant par « lib - ». Puis, sans prévenir, l'avenir de la terre, que dis-je, de l'humanité, s'immisce entre nous. « Est-ce que tu penses aux générations futures, ou même à ta nièce Gaïa ? » Je dis que oui, que c'est en partie pour ça que je veux mettre des vélos dans les rues. Le débat s'enflamme, notre maison brûle, je regarde ailleurs, ou je suis trop complaisant. Avec des copains comme Spitzberg Capital, on n'ira pas loin, selon elle. Son nez se plisse. Je sais qu'il se retrousse quand la colère monte, on y est presque. Et puis elle m'accuse :

— Pour toi, liberté égale consommer ce qu'il te chante quand ça te chante, je me trompe ? Tant qu'on peut acheter, on ne moufte pas, c'est ça, même si on va droit dans le mur.

Je ne sais pas quoi lui répondre. Par pragmatisme, je lui envoie des signaux non verbaux très clairs quant à mon envie de reprendre le cours de nos caresses sur le canapé. Elle s'agace de mon silence et enchaîne.

Elle déclame que la société a travesti la liberté en droit à l'égoïsme, en tuant au passage la morale collective. Qu'à force d'avoir la main dans le pot de miel, nous sommes devenus des nations d'enfants rois : confits, obèses de nos pulsions, ingérables, colériques. Léthargiques, sous la montagne de plastique chinois et le surplus alimentaire.

Incapables de penser autre chose qu'une consommation continue et nuisible. De toute façon, hurle-t-elle, la réflexion sur le bien commun n'attire plus les esprits : les miséreux, la planète, la décence, finalement, on s'en cogne tant que le cirque des collections de fast fashion continue, qu'on peut acheter le nouvel iPhone pour perdre sa vie à tapoter comme des benêts sur des pouces et des cœurs. À liker des histoires qu'on n'a pas choisies. Elle se demande où est passé notre surmoi collectif, l'autorité morale qui dirait stop.

Je ne comprends pas tout son propos ou je ne veux pas (CQFD, aurait-elle dit). À ma décharge, on a largement dépassé l'heure pour une soirée-débat. Et puis le film va commencer, faudrait pas se le pourrir avec une dissertation sur la fin de l'humanité. À dire vrai, à cet instant, je veux surtout une glace. Maintenant. Au dernier étage, la vue est majestueuse, mais l'été, on est facilement acculé par la chaleur. Je me saisis de mon smartphone, ouvre une application de livraison rapide et tente de détourner l'attention de Léna. Je lui demande :

— Tu veux te faire livrer un litre de glace ? Le nouveau parfum de chez IceCrime me tente bien : poire, cacao grand cru d'Équateur et poivre de Timut. La commande arrive dans six à huit minutes et le type vient à vélo, tu vas être contente. Et s'il ne respecte pas les délais, il paie la livraison de sa poche : c'est dingue, non ?

Je vois à son regard que ma blague l'irrite, détendre l'atmosphère est souvent un exercice périlleux. Alors que je suis sur le point d'appuyer sur le petit bouton rectangulaire rouge « Commandez ! », celui des désirs infiniment satisfaits, des pulsions rarement réprimées, Léna me regarde, interdite, carbonisée de colère. Elle se tient debout dans le salon, secoue furieusement ses bras. Je réalise que la poire-cacao-poivre de Timut hume fort l'insolence, ce soir, aux yeux de mon amoureuse. J'ai manqué d'à-propos. Alors, je perçois que quelque chose de décisif, larvé, en veille depuis nos débuts, se joue entre nous, maintenant. Je dois répondre.

— Léna, la perspective d'un effondrement sociétal me glace comme toi. Mais il faudrait veiller à rester cohérent. Si on est bien à l'abri dans nos chaumières à température régulée, des cornes d'abondance à chaque coin de rue, des divertissements pas chers, c'est bien grâce à l'innovation. Si on n'a jamais été aussi bien, c'est ça aussi. L'éradication de la pauvreté, crois-moi, c'est pas en pissant dans la douche qu'on l'a obtenue. Il faut se faire confiance, un peu.

Elle se calme, elle est perplexe. Elle me dit que tout ça ne tiendra pas : les mobiles de la révolution ne sont peut-être pas encore visibles de tous, mais ils sont là, documentés. Il faudrait se bouger ! Elle ajoute :

— La misère aujourd'hui, elle ne court peut-être plus les rues. C'est pire, elle stagne dans les têtes. Notre époque, c'est celle de l'obscurantisme consumériste. On attend les tsunamis, on regarde les bourdons s'éteindre. On mange les chocolats de la boîte jusqu'à ce qu'il n'y en ait plus. Et après ?

Dès le début de notre relation, Léna avait gagné mon respect pour sa ferveur, son engagement et sa capacité à transformer une colère en optimisme de l'action. En rejoignant Wunderbike, j'avais cru joindre mes efforts à la cause. Défendre la planète, œuvrer à un capitalisme meilleur, mais par petits pas, empreints de pragmatisme : sans chercher la révolution, sans tout bousculer, en gardant mon statut social et un salaire confortable. Ensuite, j'avais vu l'envers du décor et j'avais progressivement douté. Pas parce que Wunderbike en elle même posait problème. Simplement parce que c'était la dernière ruse, consciente ou non, je n'en savais rien, de gens comme Trevor qui, au fond, n'en avaient pas grand-chose à faire de l'avenir du monde. Des millions de dollars testostéronés, même habillés de vert, ça ne suffit pas à créer les conditions d'un futur désirable. Alors oui, ça peut aider, mais il faut aussi changer d'état d'esprit. De high-tech tous les jours, je suis devenu low-tech certains matins. De béat de l'innovation, je suis devenu conscient de nos limites. Je ne suis pas passé des petits pas au grand soir, mais peut-être, après tout, qu'on doit se résoudre à changer quelques paramètres de l'équation. Peut-être, après tout, que Léna a un peu raison. Mais les fables ont la vie dure, et parfois elles nous chatouillent, par l'entremise d'un besoin dont on n'avait pas idée, comme une glace IceCrime ou un frigo d'accoudoir.

Et puis était venu l'emballement : le grand Chinois, tout ça, tout ça. Alors, face à ce déferlement du destin, mes réflexions étaient passées au second plan, c'est vrai. Rien de surprenant : il me semble que les vicissitudes immédiates de l'existence, minables ou grandioses, tristes ou joyeuses, matérielles ou spirituelles, prennent toujours le pas sur la perspective d'un trépas dont on ne connaît ni la couleur ni la date. Peut-être qu'il ne faut pas s'en offusquer. Savoir qu'on va crever n'a jamais empêché, au fond, et pour la majorité, de vivre. De conquérir, de développer, de passer le flambeau de la vie, car tel est notre instinct premier. N'est-ce pas la règle du jeu des humains depuis la nuit des temps ? On construit bien sa maison en sachant qu'on devra la quitter.

Je sais, je sens que ce qui se trame est une question de vie et de mort. De balance, d'équilibre, entre vivre chaque jour en se sachant mourant ou mourir chaque jour en se sachant vivant. Il faudra y revenir, y repenser, quand mon esprit sera disponible, avec références à l'appui. Là, j'hésite encore. La question est complexe ou peut-être qu'elle est simple. Personne n'y a répondu, à moins que chacun ne le fasse, chaque jour.

Quand, la veille de notre départ en vacances à Minorque, aux Baléares, Léna propose de m'emmener à une réunion de Révolution Décroissance, je sens que je n'ai pas le choix. Je renâcle, je repousse, mais elle insiste : si je l'aime, ça doit être tout entière, avec ses combats. J'accepte finalement de passer un quart d'heure à la réunion, imputant mon manque d'enthousiasme à l'impérieuse nécessité de faire nos valises.

Le rassemblement se déroule non loin de l'appartement, à la Recyclerie, porte de Clignancourt. Elle me dit de venir incognito, de ne pas en rajouter des caisses sur Julien le startuper, elle a une réputation à tenir. Je suis perplexe et je le lui dis : il faut aussi m'aimer comme je suis. Je lui demande si je dois prendre une douche. Elle ne rit pas et décide de partir un peu en avance, elle veut boire un coup avec ses amis du mouvement. Je finis par enfiler un tee-shirt foncé, un jean large avec un trou et d'anciennes baskets noircies.

Une fois devant la Recyclerie, je demande à un videur à dreadlocks si Lenouchka, son nom de code au sein du groupe, est dans le coin. Il me regarde bizarre, mais me laisse passer. Je retrouve Léna près des rails, en contrebas. Je la trouve trop belle pour cet endroit. Il me paraît insolite qu'une beauté si délicate et bien née, à l'intelligence ardente, décide de résister aux sirènes d'un monde pourtant entier à ses pieds. Qu'elle fasse un pas de côté pour fricoter avec des semi-révolutionnaires, semi-marginaux. En général, on file à la marge quand on ne rentre pas dans les cases, pas l'inverse. Ceux qui sont nés forts et puissants sont rarement du côté de la colère. J'en déduis que son engagement est mû par l'idéalisme, pas par l'atavisme ou l'instinct de survie. Elle avait le choix. Il faut du courage pour décider d'aller contre soi. En cela, elle est rare et précieuse, Léna.

Autour d'elle, des gens aux cheveux longs fument des cigarettes roulées, et rient en mangeant des pitas au houmous de betterave. Il y a un atelier de plantation de fleurs, dans un coin, près des tables de récup en palettes de bois. Il flotte une odeur de tabac et de linge mal séché. Léna porte un bandeau ethnique coloré qui tire ses cheveux en arrière, avec un chèche en macramé, elle sent la cerise. Elle a pris un peu de joues récemment, ça lui va bien. Le soleil couchant inonde ses yeux verts tandis qu'elle sirote une mixture jaune dans un gobelet en plastique consigné. Quand je veux l'embrasser, elle m'attire à l'étage : le chef de la section Paris Nord va s'exprimer. Le comité #*Greenwashing* doit rendre ses conclusions et définir la prochaine cible.

Le chef de section nous accueille. C'est un type chétif et pâle qui compense son manque de charme par une élocution impeccable et le verbe haut. Son propos est tranchant et je le classe tout de suite dans la catégorie des adeptes de la pureté des idéaux. Les diamantaires de la pensée, jamais las de pourchasser les sociaux-traîtres.

Incapables de rassembler au-delà de leur chapelle sectaire. Avec mon socialisme microdosé, il me classerait déjà du côté des démons. La pureté en tant que stratégie politique me semble toujours vouée à l'échec, à plus ou moins court terme. Gare à ceux qui souhaitent figer une vérité monochrome. Le métissage des points de vue, c'est une question de bon sens. Tout le reste, c'est de la théorie.

Il s'appelle La Taupe, en hommage à sa capacité à éviter les coups de la police dans les manifs, comme au jeu de la taupe dans les fêtes foraines. Léna me souffle qu'il travaille comme consultant dans une SSII la journée. Je ne sais pas pourquoi elle me dit ça. Sûrement pour démontrer qu'une activité classique n'empêche pas la radicalité. J'ai mal pour le pauvre garçon. Il doit passer des journées terribles, en dissonance cognitive. Le genre de truc à filer un cancer ou de l'urticaire. Ou à donner envie, le soir venu, de gueuler son mal-être devant des centaines de Bédouins béats ? Je me marre en y pensant.

— Arrête de sourire, on dirait que tu te fous de sa gueule. La suffisance te va mal, tu as surtout l'air mal à l'aise.

Lenouchka balance quelques fléchettes piquantes pour que je me tienne convenablement. Elle sent que je me raidis et me prend la main. À ce moment, je note que la moitié de l'assemblée porte une veste aux couleurs d'une société de livraison de repas en moins de cinq minutes. Ils ont barré le logo pour inscrire à la place : « Nous sommes tous des enfants de livreur… ». Puis La Taupe commence à envoyer la sauce. Il lâche des dates, il organise. Il parle d'aller rayer des Porsche, de crever des pneus, de démonter des jantes. Il semble en vouloir énormément à l'automobile, et aussi à l'argent.

Ensuite, il s'en prend à Pauline Diawara et au récent communiqué de presse sur la grève des transports. Il lui reproche de mettre en avant sur le site de la mairie des sociétés privées comme Wunderbike. Là, je m'arrête et je crache mon kombucha cerise-papaye. Lenouchka me tape sur le dos, en s'excusant du regard. Il ajoute :

— Ne vous y trompez pas ! Wunderbike est le dernier-né du capitalisme caméléon. Les fonds vautours détournent notre attention en se parant des oripeaux de l'écologie, c'est le *greenwashing*. Pour un Wunderbike il y a trente forages pétroliers. Ensuite, ils inondent les rues dans la démesure, loin de la sobriété, puis s'enrichissent de leurs pratiques anti-environnementales et antisociales. Nos villes deviennent des poubelles et ils exploitent le corps de leurs employés en contrats précaires. Qu'ils craignent la fureur éco-justicière de Révolution Décroissance ! Allons défoncer ces objets du mal !

Son propos n'a aucun sens. Comment peut-il être plus véhément avec des vélos qu'avec toutes les autres formes du désastre écologique ? Peu l'importe, la foule entre en transe chamanique, quelque chose de l'ordre du spasme bruyant. Je les imagine fort bien, à cet instant, débridant leur agressivité sur mes vélos. Pieusement, à coups de battes et de marteaux. J'en frissonne. Je veux partir, Léna me retient. Ensuite, je crois que La Taupe mentionne Trevor Bazunga, dont les interviews transpirent selon lui d'intentions délétères. Il le caricature un peu, comme bouffeur de vaches, écraseur d'abeilles et esclavagiste. Je ris. Pour une fois, il n'a pas tort.

Au milieu de ses incantations, un camarade monte sur scène et lui glisse un mot à l'oreille. Il se retourne vers l'audience, comme possédé. Il a la mine réjouie de l'amateur de purges staliniennes quand il déclare, haut et fort :

— On m'indique que le directeur général de Wunderbike a été reconnu dans la salle ! Où es-tu, Julien Dubois ? Présente-toi à la communauté des résistants empouvoirés ! Expie tes fautes !

À ce moment, Léna s'écarte de moi, d'un mouvement instinctif. On dirait qu'elle tient le galeux à distance. Rapidement, dévisagé de mille paires d'yeux dilatés, je sens qu'il faut partir. Je cours vers la sortie, renversant mon kombucha, sans saluer les dreadlocks.

Plus tard, à l'appartement, je suis toujours sonné, incrédule. Je ne pensais pas qu'on pourrait m'identifier, je suis loin d'être une sommité avec mes trois passages sur BFM Business. Léna s'excuse, dit qu'elle est désolée, qu'elle ne savait pas, d'une petite voix piteuse. Elle m'enlace dans la chaleur de ses bras fins. Je ne la repousse pas. Elle me susurre qu'elle ne veut pas me perdre. Je la cherche un peu, avec outrance, quand je lui dis de sortir avec La Taupe, si elle a honte de moi. Le risque semble faible : je ne crois pas qu'on puisse tomber amoureux de la colère. Elle me demande d'être patient. Qu'il faut encore nous ajuster, que ce n'est pas si grave de ne pas être d'accord sur tout, tant qu'on va dans la même direction. C'est juste une question de point de départ différent. Je m'adoucis, j'ai bien envie d'y croire.

GIN-TONIC, ET PELOTE DE MER

Le lendemain soir, nous quittons Barbès Plage pour une semaine de vacances. Nos premières ensemble, le trac est là. Nous avions choisi de partir à Minorque, dans les Baléares, sur les conseils du *Figaro Magazine*, consulté chez les parents de Léna, lors de notre dernière visite avant le départ. *Le Fig Mag* parlait d'un « véritable paradis » et d'autres qualificatifs qui suscitaient la curiosité du voyageur en quête d'authenticité et de calme à quelques encablures de Paris.

Léna était parvenue à me faire descendre en évitant l'avion. D'abord à Barcelone, en train de nuit, et puis en bateau, pour rejoindre la seconde ville de l'île. J'avais apprécié notre séjour sur le bateau : l'étroite cabine vétuste, le manque d'eau chaude et la tortilla desséchée du restaurant, avec le bruit des machines à sous en toile de fond sonore. L'horizon, aussi, le bleu infini et les dauphins qui nous coursent. Son visage moite d'embruns iodés et nos baisers salés sur le ponton décati. Et le soleil, en représentation privée, nous éclairant de ses rondeurs roses au crépuscule. Ça ne dura qu'une journée, mais elle eut la profondeur d'une décennie. Convoquant, pêle-mêle, des souvenirs d'enfant et la lenteur d'un monde, pas si lointain, qui ne sait pas encore que la vitesse, par esprit pratique, finit par épuiser l'imagination.

On se sent bien à Ciutadella. C'est une citadelle ocre de pierres infusées de chaleur. Elle regorge de palais survivants, de dédales ancestraux parsemés de persiennes vertes, et d'arcades vivantes, où boire un jus et manger un sandwich au jambon. Elle surplombe la mer, son inséparable douve, avec ses promesses de festins poissonneux et de plongeons salins. Chaque matin nous quittons la ville à vélo, un sandwich et une gourde dans le sac, à la découverte des alentours. Selon la direction que l'on prend, on se surprend de nouveautés. Avenante et méditerranéenne au sud, presque frivole avec ses calanques de sable fin et son odeur de pin, l'île se révèle secrète et mystérieuse, volcanique et lunaire, sur sa face nord. Et selon nos envies de farniente ou d'explorations, on se fond dans sa nature versatile.

Léna a l'aventure facile. Elle aime le vent et le sable cinglant autant que les siestes ramollies de lézards à l'ombre des pins. Elle aime le léger roulement des eaux peu profondes sur ses mollets autant que la vigueur des flots tumultueux contre ses hanches. Elle aime croquer dans les brugnons mûrs et que le jus coule partout sur son bras ou jusqu'au creux de son nombril. Même lorsqu'elle se fait piquer par une méduse, elle garde le sourire. La douleur est le privilège des vivants, dit-elle. J'adore voir le reflet de la mer dans ses yeux émeraude, soudain humides, pétillants, reconnaissants.

Et chaque soir, alourdis par le soleil tapant, nous revenons en chantant sur nos vélos. On attrape quelques tapas à la volée sur le port ou dans les ruelles. Puis, de joyeuses gorgées de rioja plus tard, on refait le monde sur la terrasse de notre B & B. On se risque à parler de projets, de notre vie ensemble. J'y vais doucement, pas à pas, parce que je ne suis pas sorti d'affaires, mais la perspective du futur réchauffe mon cœur.

Un matin, la veille de notre départ, je passe quelques heures au téléphone avec la mairie et Bruno, privilège de ma fonction. Je me suis installé sur l'étroite terrasse de notre chambre, je surplombe les toits blancs et ocre de la ville. Il est tôt, mais le soleil m'éblouit déjà.

J'ai reçu au réveil un appel du cabinet de la maire qui exige la signature de la Charte de bonne conduite pour promouvoir Wunderbike sur le site de la mairie lors des grèves. Pauline Diawara doit vouloir assurer ses arrières, ne pas prêter le flanc à une accusation de favoritisme. Trevor, dont l'esprit critique semble annihilé par la perspective de la mise en scène du 9 décembre, valide immédiatement le surcoût lié à la signature de la Charte, par SMS, en plein milieu de sa nuit. Les épines s'ôtent parfois du pied quand la douleur a disparu, c'est dommage. Et presque trop facile, cette fois.

Ensuite, Bruno, promu « Chef de projet grèves » (ou « *Strike Manager* ») avant mon départ, veut absolument m'interpeller sur un autre sujet. Je pâtis d'une difficulté sincère à me concentrer en apercevant, entre les volets, la valise de Léna grande ouverte sur ses sous-vêtements colorés. Mon fétichisme se rappelle à moi. La vie est trop courte, je veux dire à Bruno qu'on en parlera à mon retour, mais quand il mentionne le zèle de Jean-Dam', je me ravise. Jean-Dam' suggère d'embaucher un surplus de personnel et de rajouter une seconde borne GPS sur les vélos, en prévision des grèves. Il est doué ce Jean-Dam', décidément, trop doué. Je suggère à Bruno d'occuper le loustic avec la mise en place opérationnelle de la Charte. S'assurer que chaque vélo est bien garé, ça devrait le distraire.

Quand je raccroche, je trouve une Léna ronchon, ailleurs. Je m'excuse de mon absence, que je tiens pour cause de sa bougonnerie. Je lui propose d'enfiler le contenu de sa valise et de nous contorsionner pour oublier. Elle me repousse gentiment, c'est inhabituel. Son insouciance guillerette des derniers jours a laissé place à un halo de gravité.

Elle s'assied sur le lit, elle porte un pyjama vaporeux de lin blanc. Le blanc domine la pièce, du lit au plafond, en passant par les lampes, à part le sol, en tomettes orangées, et quelques tableaux modernes avec des taureaux ou des ânes. Je l'embrasse et je pars me brosser les dents à la salle d'eau. Dans le reflet du miroir, j'aperçois ses bras fins, hâlés de nos aventures, qui pendent sur le matelas. Puis elle se prend la tête dans les mains. Alors que je brosse mes molaires, Léna ne bouge pas du matelas, ses doigts fuselés et bronzés soutiennent toujours son front. Elle ne me voit pas. Ça devient un peu long, je sens que quelque chose ne va pas. Et puis, finalement, d'un bond, elle se dresse pour enfiler son maillot de bain.

En revenant, l'haleine fraîche, je lui propose de partir à Cala Pregonda, au nord de l'île. Tous les guides en louent la beauté. On pourrait emporter les sandwiches à la tomate frottée et au pata negra qu'on trouve sous les arcades. Sans pata negra pour elle, me rappelle-t-elle, mais sinon, oui, elle est partante. J'ai dû me faire un film, tout va bien.

La plage est stupéfiante, un endroit qui se mérite. On marche une heure pour y parvenir, mais, en arrivant, on ne le regrette pas. Le sable safran y rencontre une mer vert d'eau, opaque du haut de la colline, et puis cristalline à mesure qu'on s'en approche. Au loin, quelques rochers, comme des îlots de pirates, gardent l'entrée de la crique. Comme les jours précédents, on se baigne, on rit. Un peu, sans en abuser. Quelque chose a changé, j'en suis désormais sûr, Léna paraît tourmentée.

Un truc presque imperceptible, de l'ordre de la nuance. Mes invitations au jeu trouvent moins de répondant. Elle refuse de partir explorer les récifs à la recherche d'oursins plantureux ou de murènes hideuses. Elle tient soudainement les méduses à distance. Quand je la fais rire, elle se reprend, comme si chaque éclat de bonheur s'accompagnait désormais d'une petite salve douloureuse. De loin, quand je pars me baigner, je la sens ailleurs, dans ses pensées, emplie de vague à l'âme. Assise sur un rocher escarpé, la poitrine découverte comme à son habitude, elle jette mécaniquement à l'eau les pelotes de mer ramassées sur la plage. Au déjeuner, elle semble avoir perdu sa spontanéité contagieuse : elle coupe son brugnon au couteau après l'avoir lavé à l'eau minérale, et me laisse seul savourer notre bière rituelle.

Je suis inquiet. Je me rappelle la honte dans son regard porte de Clignancourt. En nageant dans l'eau claire, je me demande si la fin des vacances annonce notre fin tout court. Et si elle n'arrivait pas à déconstruire sa honte instinctive et qu'elle avait décidé, ce matin, que notre relation devait cesser ? Je sais qu'elle se cherche, Léna. Ses hésitations perceptibles nourrissent mon anxiété. Après tout, on sort ensemble depuis neuf mois. C'est beaucoup et rien à la fois. Je sens qu'on ne tient qu'à un fil.

Alors, pendant la sieste, corps contre corps, je la colle un peu plus. Je grappille quelques instants menacés, j'ai déjà la nostalgie de nous. J'ai la main sur son ventre doux. Je m'accroche de mes deux bras au présent que je crois sans futur. Mon cœur bat plus vite, de l'annonce que je sens imminente. Puis, la double bière aidant, je m'endors le nez dans ses cheveux qui sentent bon l'ambre solaire.

À mon réveil de la sieste, elle a les yeux ouverts, face à moi. Elle me fixe, solennelle, une larme prête à exploser au coin de l'œil. Puis elle m'embrasse vigoureusement et respire ma joue d'une profonde inspiration. Comme si elle emmagasinait mes arômes, comme si elle inscrivait dans ses sens notre histoire. Moi, je suis résigné, prêt à entendre la nouvelle. Je vis déjà l'instant dans la tristesse de demain. Puis Léna recule son visage, et j'y lis toute la perplexité du monde. Elle prend son élan, hésite, puis se ravise. Elle m'embrasse à nouveau et, enfin, annonce :

— Julien, je suis enceinte. J'ai fait un test ce matin, il n'y a aucun doute possible. Je suis désolée, je ne savais pas comment te le dire.

Puis elle ajoute que ça date sûrement du jour de nos retrouvailles, quelques semaines après le restaurant étoilé, quand on a fait frénétiquement l'amour, sans prendre les précautions d'usage. C'était quand, fin juin peut-être ? Je calcule très vite dans ma tête, ça fait presque trois mois. Je suis incrédule, comment c'est possible un truc pareil ? Elle baragouine des mots, mais je suis déjà parti ailleurs. Des trucs sur l'industrie pharmaceutique et la contraception, le cancer, les profits et les cycles irréguliers. Rien qui ait vraiment de sens à cet instant. Le seul truc que je trouve à répondre, c'est :

— Bah ça, alors. Je ne m'y attendais pas.

Elle non plus, visiblement. Je la rassure. Ces choses-là arrivent, nous allons en parler. Elle sourit et me dit « qu'elle n'est pas sûre de vouloir un enfant, et que, bon, ça va quand même très vite ».

Le reste de l'après-midi, en ramassant des petits coquillages, je pense à Gaïa, à sa frimousse, à son sourire, qui donnerait l'envie de vivre à n'importe quel type en sursis. Je pense à Franz, quand il parlait de ses fils. Je regarde Léna, ma sublime panthère. J'en oublie carrément l'Afghan, j'ai sorti Wunderbike de ma tête. Le soir, au moment de s'endormir, pour la première fois de ma vie, au mépris de tout calcul, de toute anticipation, de toute planification, je propose à Léna : « On y va, non ? » Je ne sais pas bien pourquoi ça me vient comme ça. Un peu comme une pulsion de vie, naïve, l'envie d'envoyer valser l'effondrement ambiant, le grand Chinois et tout ça. Alors, sans parler, Léna vient se blottir contre moi comme un petit animal femelle tout chaud. Elle sent si bon. Que nos odeurs soient à ce point-là compatibles, c'est quand même un signe du destin.

LE CASSE DU SIÈCLE !

Le matin du 9 décembre, j'émerge, brumeux, violenté par les stridences de mon réveil alors que la nuit règne encore sur un Paris frigorifié. J'ai peu dormi, à refaire le film, à dérouler les événements du lendemain. Au lit, Léna somnole, le ventre rond d'amour et d'un futur joyeux, une fille, nous l'avons appris récemment. J'ouvre la fenêtre, puis les volets métalliques. L'hiver est là, nul doute. Celui qui colle les yeux et craque la peau, celui qui force la nature à la chimio. Le dehors semble franchement hostile en comparaison de nos corps chauds collés l'un contre l'autre, nus sur la percale de coton. Plonger à l'extérieur m'apparaît, en cet instant, comme cruellement contre nature. Mais je dois partir, je le sais. Aujourd'hui, je me libère. Aujourd'hui, c'est le jour qui passe ou qui casse, à nous de faire tomber la pièce du bon côté. Alors, je caresse son ventre, par superstition, et dépose un baiser sur sa joue. Elle grogne, me souffle bonne chance pour ma réunion avec les investisseurs (si elle savait), et tente de retourner ce corps de cétacé qu'elle manœuvre à grand-peine. Je la regarde intensément, une boule au ventre, me chargeant de toute l'énergie qu'elle me communique, sans le savoir. Et puis je file, qui sait pour combien de temps. Je suis pressé d'en finir, et terrorisé par l'enjeu. Rien que d'y penser, c'est vertigineux. Aujourd'hui, on devra s'en tenir au plan. Être méthodiques, précis, efficaces. Le plan, rien que le plan.

Quand je saute dans un taxi pour Bobigny, il est 7 heures du matin et j'aperçois déjà converger les bonshommes en colère, gilets de couleur et mégaphones, vers le centre de Paris. La grève s'annonce intense. Une paralysie quasi totale, avec un train sur dix et un métro sur vingt en circulation. Le mouvement est d'une ampleur sans précédent. Le gouvernement a réussi à unir l'intégralité du corps social contre son projet, un beau tour de force. Il faut dire qu'à force de lui inoculer des maladies mondiales (l'efficacité, la mise en concurrence), les anticorps du pays ont fini par se réveiller. Ce matin, ces lymphocytes prennent la forme de cheminots vocaux qui crachent leur sérum dans tout ce que Paris a d'artères principales. Mais, pour Bruno et moi, ils détournent surtout l'attention, c'est opportun. Les locations vont s'envoler, sans aucun doute. C'est le scénario idéal pour mener à bien notre plan. Jusqu'ici tout va bien, tout se déroule au-delà de nos prévisions conservatrices.

Une fois à l'entrepôt de Bobigny, je retrouve un Trevor Bazunga d'humeur massacrante, après une courte nuit. Il est arrivé la veille à Paris et séjourne dans la suite présidentielle du Plaza Athénée. Il en veut encore à son assistante, qu'il insulte copieusement depuis, d'avoir commis une telle dépense. Notre café lui semble imbuvable, il se gèle et se demande ouvertement ce qu'il fabrique dans ce trou. J'ai perdu toute illusion sur Trevor et j'ai l'impression de ne plus appartenir à son monde. Son aversion au réel semble caractéristique des gens dont l'activité principale consiste à appuyer sur des touches depuis un bureau, ou pire, depuis une terrasse de Monterrey. Alors il vit mal sa virée à nos côtés. Il est intenable, dit des phrases rapides qu'on ne comprend pas. Quand Bruno manque de se fâcher, il se calme finalement. Bruno lui rend deux têtes, ça doit l'inquiéter. La stature et la force physique, ça reste incontestable, en cas de chaos, ça annule les hiérarchies et les différences de revenus dans l'instant. Ensuite je tends une feuille à Trevor avec le programme de la journée :

8 h, Bobigny – Début du shift et revue du programme ;

8 h 30, Bobigny – Discours introductif de Trevor aux équipes ;

10 h, Plaza Athénée – Présentation aux investisseurs ;

12 h, Hôtel de ville de Paris – Déjeuner avec Mme Diawara suivi d'une conférence de presse ;

16 h, Bobigny – Tour de l'entrepôt avec les investisseurs ;

18 h, Bobigny – Pizza avec les équipes.

J'avais réussi à organiser une rencontre à la dernière minute avec Pauline Diawara, sans en informer Trevor. Pour l'éloigner de Bobigny et pour couvrir nos traces. Quand il découvre le rendez-vous à l'agenda, il est extatique. Pauline serait le clou de son spectacle. Je perçois dans son sourire la satisfaction de bientôt parader avec la maire de Paris, réputée hostile. Il allait exhiber sans vergogne sa prise de guerre aux investisseurs. Elle serait le témoin de chair et d'os des relations au beau fixe entre Wunderbike et les pouvoirs publics, un élément clé pour convaincre les bailleurs de fonds.

Je jette un œil à la grande horloge de l'entrepôt. Il est huit heures moins cinq, en ce mercredi 9 décembre. C'est bientôt le début du shift. C'est bientôt le début des hostilités. Je rappelle à Trevor qu'il doit prendre la parole. Il a désormais hâte.

8 heures, à Bobigny.

Je déclare officieusement ouvert, d'un clin d'œil à Bruno, le plus grand casse de vélos de l'histoire.

À mes côtés, Bruno est calme, concentré, les yeux tirés. Il souffle sur son café, un quadruple expresso. Je lui attrape fermement l'épaule, comme pour le remercier d'être à mes côtés. Je sais qu'il se remet doucement de sa dépression post mortem. Les cachets aident et chaque jour est une victoire. Moi, je me suis promis de l'emmener de l'autre côté du gué. Loin des vélos, de Paris et de l'Afghan. Tranquille, libre.

Dans l'entrepôt, l'euphorie se mêle à l'inquiétude. Tout le monde sait que les batteries ne sont pas assez chargées pour tenir le choc. Le premier jalon de notre plan s'était déroulé la veille, dans l'anonymat de la nuit. Bruno avait dormi sur place, comme ça lui arrivait parfois, dans la salle de sieste. Il avait manigancé, autour de trois heures du matin, une panne d'électricité. Un petit chalumeau, un ou deux fusibles cramés, et hop, deux heures de coupure. Deux heures de coupure au moment le plus critique. Au moment où l'intégralité du parc de batteries se charge en prévision du combat du lendemain. Un incident malencontreux, mais pas anormal. Vu la puissance mobilisée par nos opérations, les plombs sautaient régulièrement.

Alors, à 8 h 30, tout ce que l'entrepôt a de personnel expérimenté sait. Il sait que, bientôt, ces vélos vont tomber en rade, passant du rouge au violet sur la carte. Et là, il vaut mieux se dépêcher d'aller le chercher, avant de perdre définitivement la position. Ciao. Bye. Disparu dans les entrailles de Paris.

Tout le monde sait aussi que c'est Trevor en personne qui a approuvé le déploiement de 100 % des vélos, en dépit du risque. À cinq heures trente ce matin, juste après la panne, tiré de son luxueux sommeil, au téléphone, il m'avait copieusement hurlé dessus. Et puis il avait tranché, comme je m'y attendais, en faveur de l'option offensive. Celle d'un déploiement massif, d'une démonstration de force en direction des investisseurs. Il n'était pas le genre à se laisser démonter par un grain de sable dans la machine.

Sauf que Trevor ignore encore qu'en plus, on va manquer cruellement de staff ce matin. On va manquer de bras pour changer les batteries. On va manquer de bras pour récupérer les vélos violets. Dans les jours précédents, on a embauché un surcroît de main-d'œuvre pour faire face à la charge. Il s'en était assuré personnellement. Sauf que les intérimaires embauchés sont les hommes de l'Afghan. Et que, ce matin, ils ne sont pas pointés, comme par hasard. Après tout, la main-d'œuvre n'est pas toujours fiable dans nos métiers, au vu du taux horaire. Leur absence inopinée est malencontreuse, mais pas anormale. Alors, après son discours, juste après le comptage des effectifs, quand je lui annoncerais le taux de présence de 57 %, il comprendrait lui aussi. Il comprendrait qu'il est trop tard pour réagir, que le fiasco est en marche.

Pour l'instant, il jubile dans un coin. Il fait mine de s'intéresser à deux mécanos, Omar et Pedro. La diversité, c'est nouveau pour lui. Il en parle plus qu'il ne s'y confronte. Ça m'a fait ça au début, aussi.

8 h 10, à Bobigny.

Les migrations pendulaires commencent, comme chaque jour. Rapidement, le terrain remonte que les travailleurs parisiens, heurtés dans leur routine, se disputent âprement nos bécanes dans un Paris chaotique. Le code promo « WUNDERSTRIKE » se refile sur Twitter et à la radio comme le bon plan du jour. Mes gars parlent d'une foire d'empoigne à Gare du Nord ou à Châtelet, à Gare de Lyon ou à Étoile, à Belleville ou à la Défense. Les Parisiens ignorent, en se ruant sur nos bolides roses, qu'ils sont les figurants innocents d'un casse magnifique, ourdi par une bande de démiurges d'opérette. Et puis, en quelques minutes, on voit les points sur la carte passer du vert au rouge. Je savoure le déroulé sans accrocs de notre plan, tout en mimant la mine inquiète.

Au moment où Trevor monte sur scène, la carte est remplie de points rouges. 90 % du parc est en location ! Un record absolu ! Trevor est comme une baudruche prête à exploser de joie.

8 h 30, à Bobigny – Discours de Trevor.

Trevor monte sur la scène, une épaisse planche de bois soutenue de trois tréteaux, d'un saut dynamique qui manque de faire s'écrouler toute l'installation. Et puis, debout, le torse bombé, il contemple l'entrepôt. On sent qu'il veut galvaniser les équipes par sa présence divine. Il se dit sans doute, à cet instant, qu'il est un rayon de soleil dans leurs existences ternes. Eux sont vraiment contents de voir le chef de la télé et d'avoir des croissants au beurre gratuits. La mobilité 2.0, oui, pourquoi pas, mais surtout, « Yass' passe-moi le pot de Nutella, frangin ! ». Puis Trevor se lance. De ses gesticulations gauches et de sa voix fluette de gamin mal dégrossi, il déverse ses illuminations sur la foule de smicards aux visages burinés et aux paluches abîmées. Le charisme a définitivement quitté la scène. Il dédie une vingtaine de minutes à peindre le monde futur tel qu'il vit déjà dans son cerveau véloce, mégalomane et solitaire. L'assistance peine à comprendre la place qu'elle occupera au sein de ses chimères. C'est normal, elle n'en a pas. Alors, indulgente au début, elle finit par étouffer des rires gênés. « C'est qui ce type ? Hey boss, faut redescendre ! » Ça doit faire une éternité que Trevor ne s'est pas écouté ou regardé dans la glace. Qu'il a perdu ne serait-ce que la plus infime conscience de lui-même, de ce qu'il incarne. La scène a un côté lutte des classes. Encore que non, pas tout à fait. Trevor ne fait partie d'aucune classe : il a perdu la capacité d'appartenance à un collectif il y a bien longtemps.

Il ne s'en rend pas compte. Je lui fais signe d'abréger le discours, par empathie. Il termine en remerciant nos équipiers pour ce qu'ils font pour lui au quotidien. Même pas pour Wunderbike, mais pour lui. Merci, car bientôt il pourrait réaliser sa destinée grâce à leur travail. Merci, car bientôt, c'était une question de jours jusqu'à la prochaine levée de fonds, Wunderbike figurerait parmi les start-up les mieux valorisées du monde. J'aurais pu rajouter un dernier remerciement, car bientôt il pourrait concourir pour le trophée planétaire, sûrement spatial un jour, de la plus grosse quéquette de l'humanité. Compétition millénaire qui attire toujours pléthore de participants, des cours de récréation jusqu'aux lieux de pouvoir. En pensant à cela, je sens Paul qui déteint sur moi, il faut que je fasse attention. À moins que ce ne soit Léna ? Je suis cerné par les radicaux, après tout. Et j'ai trop pratiqué Trevor pour en sortir indemne. Il faut peut-être y voir un signe.

Quand j'annonce à Trevor le taux de présence de nos équipiers, il hurle. Il faut l'intervention de Bruno pour l'empêcher de détruire l'écran de contrôle d'un coup de marteau. Alors, il se saisit d'une clé à molette qu'il jette théâtralement au sol, de son bras chétif. La lourde clé se fige au sol, la scène est ridicule. Ensuite, dans le Uber, en direction du Plaza Athénée, il ne décolère pas. Je passe des coups de fil, l'air énervé, pour faire illusion. Une fois porte de la Villette, Trevor se ressaisit. On répète la présentation du business plan. Il dit que tout est encore possible. Mais oui, on y croit, Trevor. On y croit, dur comme fer.

10 h 10, au Plaza Athénée.

Devant le Plaza, la valse des berlines noires a commencé. On aperçoit de petits messieurs bien nourris en costume bleu nuit, chemise blanche, cravate noire, qui sortent de bolides longilignes de marque allemande. Ils arrivent de Londres ou New York, certains de Hong-Kong. Leur peau est lisse et ils sentent bon l'après-rasage. De leurs doigts effilés de forçats des pieuvres téléphoniques et du clavier QWERTY, ils tiennent de luxueuses mallettes en cuir remplies de documents confidentiels et de stylos de compagnies aériennes. Ce sont les émissaires du grand capital, les derviches tourneurs du cash. Comme pour tous les ordres, ils ont l'accoutrement monacal et la mine concentrée. Je crois reconnaître le patron Europe de Golden Temple, le CEO de Spitzberg et celui de Silver Rock. Et enfin, Pernille, jupe crayon foncée, les jambes comme des compas, avançant sur le parvis dans un ballet tranchant. Ils rentrent au compte-gouttes dans l'hôtel, sans un mot. Avec Trevor, nous les retrouvons dans une grande salle pour une présentation d'une heure suivie de questions-réponses. L'ambiance est studieuse, on entend les bouteilles de Châteldon qui crépitent. Les cafés fument et les prophètes des liquidités rompent de délicieuses brioches au chocolat individuelles en époussetant les miettes de leurs vestes d'un geste sec d'intolérants à la saleté. Personne ne dit grand-chose, sauf quand une opportunité de rendre son voisin ridicule se présente. Alors, à ce moment-là, la horde se déchaîne. Ils ont tous un radar à faiblesse, à hésitation. L'apparence de supériorité intellectuelle, certains en ont fait une carrière. Trevor se donne du mal pour dépeindre le futur de la mobilité. Il veut cinq cents millions pour déployer le Nuclear dans les villes existantes, ouvrir des villes en Europe et aller en Asie. Je ne le reconnais pas. Il hésite, cherche ses mots. Je me dis que tout le monde a un chef, finalement. Je suis derrière lui, silencieux. Mon rôle dans cette réunion, c'est de rassurer sur le fait que derrière les beaux discours, il y a la fougue experte de la jeunesse diplômée.

La réunion se déroule convenablement. Avec un enthousiasme mesuré de l'auditoire, sauf quand il s'agit de noter une coquille dans la présentation. Certains excellent dans l'art divinatoire du business plan, ils y appliquent une rigueur d'ingénieur. Ils décortiquent, probabilisent, arithmétisent. Ils savent que c'est vain, mais ne peuvent pas s'en empêcher. Ils ont l'intuition défaillante, le réel leur mène la vie dure, alors pas question de le laisser s'en sortir à si bon compte. En revanche, obnubilés par les détails, personne ne pose les questions essentielles : pourquoi Wunderbike alors que

Vélib existe ? Pourquoi mettre une pièce sur Wunderbike plutôt que sur l'un de ses douze concurrents ? Quitte à chercher le frisson du pari inutile, autant aller jouer au PMU.

À 11 heures du matin, les chiffres tombent : +220 % d'utilisation. Les Parisiens s'en sont donné à cœur joie sur nos vélos à moitié chargés. Trevor le crie à l'assemblée. Au Plaza, tout le monde se congratule. Et puis, en fin de réunion, le théâtre terminé, les promesses d'investissement, comme prévu, tombent. Je souris aussi. Tout se déroule à merveille. À Bobigny, au même moment, on voit trois mille vélos clignoter violet sur la carte de l'écran de contrôle. La tension monte. L'équilibre est précaire. Carrément intenable avec le manque de staff. Dans deux heures, si rien n'est fait, ces vélos, on les perd.

12 heures, à l'hôtel de ville – Déjeuner avec la maire de Paris.

Trevor a oublié le taux de présence quand il se rend à l'hôtel de ville. Là-bas, Pauline nous accueille dans son bureau où une table est dressée pour l'occasion. L'échange est cordial, comme souvent quand les pouvoirs se rencontrent. On sent la méfiance des grands fauves, le mépris mutuel. Elle me fait un clin d'œil à la mention du menu du jour : un cassoulet picon-bière, véritable bizutage pour Trevor. Il aurait sûrement préféré une salade César. Elle s'amuse. Il ne se dit rien de valable pendant le déjeuner que Pauline expédie, prétextant une urgence.

Bruno m'appelle. À Bobigny, c'est le chaos.

16 heures, à Bobigny – Visite de l'entrepôt.

En fin de journée, à Bobigny, on retrouve les investisseurs. Ils souhaitaient certainement sortir de leur palais de l'avenue Montaigne, ressentir le frisson de l'aventure, le danger encadré du cambouis, des peaux sombres et des boulons. Traverser le périphérique ailleurs que porte Maillot. Palper le réel, juste un peu.

Dans l'entrepôt, ça fait déjà plusieurs heures que la mayonnaise a tourné. Les points violets disparaissent par paquet de dix. Comme le dit un Jean-Dam' dépassé, « ça part complètement en couille ! ». La panique est palpable. On hésite encore à y céder tout à fait, car Trevor et les investisseurs font le tour du propriétaire. Il tente d'ultimes stratagèmes pour éloigner les portefeuilles vivants loin de l'action.

Entre 16 heures et 18 heures, près de deux mille vélos disparaissent de l'écran. Les équipiers courent sous le regard médusé des investisseurs qui commencent à douter. Ils savent que les armées efficaces ne courent pas. Courir reste, en entreprise, la manifestation la plus évidente de la perte de contrôle. Sans compter les cafés renversés, les branchements farfelus pour recharger des batteries à la hussarde, et Jean-Damien qui s'époumone. Même les mécanos les moins prompts à la conscience professionnelle se sentent désormais concernés. Sur Twitter, ça commence à gueuler. Le code promo ne marche plus, pas assez de vélos disponibles sur le terrain. Trevor sent le naufrage, ça lui donne de l'urticaire. Il se gratte le haut du bras compulsivement. Avec Bruno, on joue une comédie répétée ces dernières semaines. Un ballet millimétré de haussements de voix, de jurons tactiques, de mimiques tragiques. Il faut que ça ait l'air spontané, qu'on agisse comme si, vraiment, Wunderbike tombait en lambeaux sous nos yeux. Que j'aie l'air volontaire dans l'action, et puis, de temps à autre, que nous semblions résignés, presque amorphes, pour que cela fasse vrai. Et puis qu'un sursaut nous sauve. Qu'on ait l'air de vrais chefs, avec toute la gestuelle et le phrasé que l'on peut en attendre. Qu'on aille les chercher nous-mêmes, sur le terrain, ces vélos, dans une ultime battue factice, courue d'avance.

Pendant ce temps, sur le terrain, les hommes de l'Afghan sont postés à côté pour les récupérer juste après leur disparition des écrans de contrôle. Ils les chargent par grappe dans des camions et les emmènent à Gennevilliers. Ni vu, ni connu. Pas de puce GPS, le vol est impossible à tracer. Malencontreux, mais pas anormal.

18 heures, à Bobigny.

Le plan a fonctionné, Franz a reçu tous les vélos par fourgonnette de quinze, en file indienne, au port de Gennevilliers. Il les a rangés dans des conteneurs bleus, jaunes et rouges, bien alignés. Le bateau part peu après, cap sur l'Afrique. Personne ne le sait encore à Bobigny, sauf Bruno et moi. Personne ne comprend. L'espoir persiste encore de retrouver les vélos violets, demain, ou plus tard. À cet instant, personne ne chiffre la perte de plusieurs millions d'euros qui va s'abattre sur les perspectives de levées de fond de la société.

Devant l'ampleur du désastre, Trevor finit par congédier les investisseurs, la bouche encore remplie de pizza au chorizo. Il sait que ses invités ne supportent pas les changements de plan à la dernière minute, mais le désastre lui est insoutenable. Une fois qu'ils sont partis, le misérable spectacle le rend fou. Il hurle partout. « *Fuck ! Fuck !* » Il casse des vélos. « *Fuck ! Fuck !* » Il jette des petits boulons sur les vitres, comme si ça allait faire une différence. « *Fuck ! Fuck !* » Et surtout, il cherche Franz, pour le maltraiter verbalement, à défaut d'être physiquement capable de plus, sans le trouver. À cette heure, Franz, grand chaperon des Wunderbike volatilisés, est loin. Il joue à l'instagrammeuse, nous envoie des photos de la cargaison passant au pied des grues, dans la rade du Havre. Il doit être repu de son ressentiment, heureux de l'avoir mise bien profond à Trevor, ce pantin mégalo et risible. « *Fuck ! Fuck !* » Trevor est rouge de son ire, et ça n'a rien à voir avec le chorizo. Il m'insulte, me dit qu'on va tous payer.

Avant de partir, je prends Bruno à part dans une salle et on se tombe dans les bras. La plus longue étreinte que deux types peuvent concevoir. Celle d'un père vers son fils, sans qu'on sache qui est le père ou qui est le fils. Tout n'est pas gagné, on le sait, mais les textos reçus de Franz pendant la journée sentent bon la liberté. Et puis aussi celui-ci, envoyé directement par l'Afghan :

« Bravo, monsieur Dubois. Je vous invite à venir fêter votre succès à Pantin demain soir, à la galerie des docks de Pantin, pour le vernissage de Jean-Sublime Charivari, en présence de l'artiste. Madame la maire Diawara et sa compagne seront également présentes. À demain. Félix de La Tour. »

Vers minuit, je rentre aux côtés de Léna, laissant Trevor à ses saillies verbales en compagnie des équipes, qui continuent les investigations vaines. « *Fuck ! Fuck !* », il est en boucle, notre pauvre ami, comme me l'écrit un chef mécano outré, par SMS. Il doit repartir à San Francisco dès demain, bon vent, gérer le service après-vente avec les pontes de Spitzberg Capital. Je suis content qu'il s'éloigne.

Je me couche comme je me suis levé, la main sur le ventre rond de Léna. Ma cage thoracique se relâche doucement des pressions exercées sur elle depuis déjà quelques mois.

Je sais que Trevor, une fois sorti de la lessiveuse, voudra me faire porter le chapeau. Je le comprends, je suis un bouc émissaire aux petits oignons, à servir sur un plateau à Spitzberg Capital. Pourquoi s'en priver ? Je sais qu'il faut que tout change pour que rien ne change et j'ai accepté depuis longtemps l'idée d'être le fusible dans cette affaire. Le chômage, c'est mieux que la prison. Mon départ serait forcé, certes, mais juteux, car Trevor peinerait à démontrer la faute grave, même avec son armada d'avocats d'Amérique. Après, une fois les tourments passés, j'aurais suffisamment pour voir venir un temps, et je pourrais m'atteler avec gourmandise à ma liste des choses urgentes à faire, souvent différées. Les tâches que l'on voue à la procrastination sont souvent, à y regarder de plus près, les plus essentielles :

1. Profiter de Léna et de ses rondeurs. Notamment sa poitrine, que je redécouvre en ce moment.
2. Acheter un lit bébé, des couches et tout ce qu'il faut pour notre enfant. Lui trouver un prénom, pourquoi pas Gabrielle ?
3. Cuisiner des plats gourmands, des gâteaux et des tartes. Faire une couvade, en somme.

4. Aller passer du temps chez Paul et Gaïa. Planter des radis, ou peut-être des fraises, en levant des verres de blanc et en parlant de choses simples.
5. Aider Bruno à passer le cap, à sortir de sa dépression.

Il le mérite, Bruno, mon compagnon de route. Il faudrait qu'il change d'air, que je l'inscrive à un stage de yoga en Inde ou à Bali pour qu'il continue d'ouvrir ses chakras, qu'il lutte contre l'anxiété. Il pourrait boire des cocktails de fruits exotiques, peaufiner sa respiration *ujjayi* et se dorer la pilule. Car il avait toujours été livide, par éducation. À son âge, il était temps de se laisser un peu aller à la jouissance. Le soleil semblait être un bon point de départ.

Au bout d'un moment, je m'endors dans la félicité de mes doux songes et la chaleur du lit presque conjugal. Je ne sais pas encore que, pendant la nuit, une nouvelle va tomber : certains investisseurs se retirent, Trevor n'a réuni que vingt-sept millions de dollars, à peine de quoi tenir trois mois. Une catastrophe. Pernille m'écrit : *« À cause de vos conneries, c'est tout mon bonus qui s'envole. »* Des milliers d'employés à la rue, des tonnes de métal au rebut, contre la perte d'un bonus, j'avais du mal à plaindre Pernille.

CIAO PANTIN

On se les pèle. Il souffle fort ce soir, le long du canal. De toute sa rectitude, il semble déployer sur nous l'intégrale des bises et des blizzards du nord de Paris. Il charrie avec lui des petits îlots de brume qui, quand on y entre, collent nos yeux et figent de minuscules stalactites au bout de nos nez. Je suis à quelques centaines de mètres du lieu de notre crime, je n'en mène pas large. Vite, qu'on trouve la galerie !

Ça doit faire quinze minutes qu'on fait des cercles autour des docks à la recherche du vernissage. Trevor a tenté de me joindre plusieurs fois, mais je ne décroche pas. Léna fulmine, appelle à l'aide, elle a mal au dos en talons. On croise bien quelques familles qui rentrent à la hâte dans leurs immeubles thermorégulés aux dernières normes, des cadres sup' hirsutes en recherche d'un débit de boissons et quelques clodos, toujours là, qui rendent presque nostalgiques. Et quelques chats qui miaulent le froid. Mais, à la sortie du métro Église de Pantin, il faut être honnête, personne n'en a rien à cirer du vernissage de Jean-Sublime Charivari.

Puis, tout d'un coup, sans crier gare, l'air de rien, on aperçoit une petite porte rouge, peut-être un bar confidentiel, qu'on a envie d'aller voir de plus près. Il y a deux ou trois pingouins en smokings bariolés qui patientent devant la porte. On s'approche, on y est. Une affiche indique « Jean-Sublime Charivari. Décembre 2020. Vernissage de l'exposition *Moi, Jean-Sublime, Africain intermittent, Noir permanent* ».

La galerie ressemble à n'importe quelle galerie. Murs blancs, sol en béton ciré gris foncé. Les toiles, une vingtaine, assez immenses, sont accrochées au mur à hauteur d'yeux. Contrairement aux tableaux observés chez l'Afghan, les monochromes prédominent. L'originalité de l'exposition, comme l'indique le feuillet remis à l'entrée par une pimbêche sur pilotis payée à l'heure, repose sur le choix du tissu des toiles, du coton noir : « *L'artiste, Jean-Sublime Charivari, originaire de Dakar, connu pour ses portraits bigarrés d'une Afrique mythique, décide dans cette nouvelle exposition puissante d'interroger son identité mouvante d'homme noir et africain dans un monde en perpétuelle mutation. […]. L'originalité de Charivari repose sur le choix d'un fond noir. En s'insurgeant contre l'oppression des toiles blanches, il veut ainsi libérer les artistes des contraintes. Par ce geste, il réitère son appartenance à l'Afrique et au monde.* » Léna adore déjà l'artiste, elle ne s'attendait pas à ça. Elle me demande comment j'ai eu les invitations.

Dans la seconde pièce, Jean-Sublime se trouve au centre, sous les éclairages, entouré de Marie et Pauline Diawara. L'artiste, immanquable, a le physique svelte, très élancé, comme une panthère. Il porte une combinaison en velours lisse rouge constituée d'un pantalon pattes d'éléphant et d'un crop-top. Au-dessus du pantalon, il a enfilé un slip en velours noir qui recouvre ses parties. Ses cheveux sont blonds, il porte des lunettes Aviator dorées. Marie resplendit, comme la dernière fois, et Pauline porte un blazer sombre. Le petit groupe rit aux éclats, entouré de quelques amis de l'artiste. Jean-Sublime a deux bouteilles de champagne dans les mains, cuvée Belle Époque, et fait le service pour ses compères. Il semble extravagant, parfois on l'entend hurler des choses du genre :

— Jean-Sublime adore ce que tu dis, mon petit. Il en fera un tableau !

Il flotte dans l'air un parfum légèrement subversif que les esprits chagrins seraient prompts à appeler décadence. Pour la plupart, c'est juste un buffet gratuit. L'assemblage des invités paraît d'emblée hétéroclite. La famille de l'artiste et les amis chinois de l'Afghan côtoient, outre la maire de Paris, de grands seigneurs de la rive gauche qui pestent encore en chœur contre l'absence de voiturier.

Léna reconnaît des copains journalistes, qui la félicitent de l'heureuse nouvelle.

Il y a celui des *Inrocks*, amateur de bulles connu dans tout Paris, fidèle au poste. Son papier est déjà écrit, il peut se la coller. *Le Figaro*, en forme de bizutage, a envoyé son stagiaire. Son lectorat préfère sûrement Jeff Koons à Jean-Sublime, ça ne fait aucun doute.

Je souffle à Léna que j'ai hâte que Gabrielle puisse voir ce genre de soirée de ses yeux. On a le temps, me répond-elle. Au buffet, quelques parasites se débattent pour attraper un canapé ou une saucisse cocktail.

J'ignore désormais les raisons de ma présence ici. On doit célébrer, mais l'Afghan n'est pas là. Marie et la maire semblent occupées, et en plus, je suis déjà repu de mondanités. Je veux filer à l'anglaise, m'attaquer à la liste de mes envies. Pour tuer le temps, je finis par prendre une coupe en feignant de me plonger dans l'œuvre du génie du jour. *New York, Vert de Gris,* le tableau numéro 1 et *Freetown, Rouge Sang,* le numéro 25 sont nos préférés avec Léna. Ce sont des sortes de carrés de couleur, à l'image des bâtiments des villes peut-être, avec une phrase écrite. Sur New York par exemple : « Jean-Sublime a dit que les gratte-ciel empêchent de voir au loin ». Je me renseigne sur le prix et manque de m'étouffer : les croûtes de Jean-Sublime se négocient entre cent et deux cent mille euros chacune. Finalement, j'aperçois

Marie du coin de l'œil, que je salue de la main. Elle me fait un signe pour qu'on se parle plus tard.

— Bruno ne devait pas venir ? me demande Léna.

La suite se passe sans crier gare. Marie se lance, micro en main, dans un propos liminaire sur l'histoire de sa rencontre avec l'artiste. Une histoire poignante, dans un bidonville de Dakar, sur le petit Jean-Sublime, à peine adolescent, peignant des fresques sur des châteaux d'eau. Jean-Sublime remercie chaleureusement, mais à la troisième personne, Marie et Marie&FelixAfricanArt. Puis un groupe de musiciens monte sur scène, les Sublimes-Boys, et Jean-Sublime se lance dans une mise en musique rap de poèmes de Léopold Sedar Senghor, notamment *À New York*, qu'il massacre autant qu'on peut l'imaginer. Avec Léna, nous sommes d'accord : seuls les jeux de lumière et la gratuité justifient d'endurer ce supplice artistique. Je savoure de pouvoir rire à ses côtés, sans arrière-pensées, comme un homme presque libre.

L'Afghan et Bruno surprennent toujours par leur absence. Pendant le concert, Pauline Diawara s'éclipse pour prendre un appel téléphonique, l'air inquiet.

Il ne faut jamais, jamais, au grand jamais, se réjouir trop vite. Faire des plans sur la comète, se sentir en maîtrise. Il y a, certains le disent, là-haut ou ailleurs, où qu'il soit finalement, un sacré guignol sadique, un pervers narcissique qui donne puis qui reprend. Qui laisse croire puis qui déçoit. Qui édicte des règles et ne les respecte pas. Qui fait naître l'orgueil dans les cœurs et puis qui les torture. Ah, les sévices du Très-Haut tortionnaire ! On devrait toujours rester à sa place. Non par crainte, mais par sagesse. Non par soumission, mais par pragmatisme. Refuser d'être à la merci d'un lunatique instable. Ne pas prêter le flanc. Saisir les bonheurs à notre portée, quand ils sont là, les savourer, et rien de plus. Vivre du présent et de nos souvenirs comme s'il n'existait rien d'autre.

Quand Pauline Diawara rentre à nouveau dans la pièce, sa mine est défaite. Sûrement un problème de maire, comme elle en a tous les jours. Je commence à être pompette, une impérieuse nécessité me dirige vers le buffet pour attaquer les canapés. Léna reste applaudir l'arnaque du jour et son boys band. Une fois arrivé à bon port, celui des toasts saumon-ciboulette et des beignets de gombos, j'aperçois la maire, entre quelques têtes bouffies d'amateurs d'art, souffler un mot à l'oreille de Marie. Puis Marie quitte sa compagne immédiatement et se fraie un chemin jusqu'à moi parmi les convives. Elle est livide, comme si elle venait de voir un fantôme. Elle se rapproche de mon oreille, et lâche :

— Pauline vient de raccrocher avec son ami le commissaire divisionnaire. Bruno a été arrêté il y a une heure, il est en garde à vue pour vol en bande organisée. Félix ne viendra pas.

Je suis sous le choc, sonné. Je demande à Marie où, quand, comment. Elle me dit de la rejoindre dans cinq minutes derrière la galerie, avec Pauline, qui en saura plus.

Quand je me pointe dehors, je retrouve Pauline, cigarillo au bec, assise sur un muret, jambes écartées dans son blazer haute couture. Elle se tient courbée, et quand elle tire sur son mini-havane, elle a la dégaine du vieux bonhomme qui l'habitait encore récemment. Elle pose sa main pleine de grosses veines sur le cul de Marie, ça doit l'aider à traverser le moment. De sa voix rauque et gutturale, qu'elle n'essaie plus de féminiser – l'heure est grave, le stress fait péter les convenances –, elle nous raconte son coup de fil avec le commissaire qui lui a résumé la déposition de Jean-Dam', quelle balance, déposée au commissariat du 18e plus tôt dans l'après-midi.

Jean-Damien, l'air de rien, était un fin limier, un renifleur d'âmes hors pair. Il avait eu des doutes. D'abord mon rapprochement avec Bruno. Il avait trouvé ça bizarre du jour au lendemain, comme ça. De chuchotements en conciliabules jusqu'à des indices que nous pensions imperceptibles, son instinct avait fini par lui dire que quelque chose ne tournait pas rond. Son exclusion du processus de recrutement des intérimaires pour le jour de grève l'avait mis sur ses gardes, aussi. Ainsi, il nous avait gardés à l'œil, enfin surtout Bruno, à qui il n'avait jamais fait confiance. Et dans la nuit de mardi à mercredi, voyant Bruno débrancher le câble d'alimentation à l'extérieur du bâtiment à Bobigny, il l'avait pris en photo. Il ne l'avait pas confronté tout de suite, il manquait de preuves. Mais quand il avait vu le désastre de la journée du lendemain, et plus tard, la disparition massive de vélos, quelque chose lui avait dit que Bruno y était pour quelque chose.

C'est là que Bruno avait merdé sévère. Il avait envoyé de son adresse mail professionnelle la dernière position connue des vélos aux hommes de l'Afghan, sans verrouiller l'ordinateur. Le mail contenait un fichier Excel avec des instructions très précises. L'adresse à Gennevilliers, et tout le tralala. Pas de doutes possibles, c'était trop incriminant. Vingt ans de carrière dans la police pour faire un truc aussi con. À ce niveau, c'est de l'acte manqué de compétition. Alors oui, il ignorait que Jean-Dam' fouinait, mais quand même, j'en voulais à Bruno.

Jean-Dam', par précaution, s'était transféré le mail. Ensuite, par sens de la justice, et peut-être un peu par ambition (les tréfonds de l'âme, y compris des scouts, ne sont pas toujours vierges de ces choses-là), il s'en était ouvert à Trevor. Là, comme on pouvait s'y attendre, une réaction en chaîne immédiate, funeste et sans appel, s'était déclenchée. Trevor avait tenté de me joindre plusieurs fois. Et, devant mon absence de réponse, il avait fini par appeler un commissaire parisien.

— Il est costaud votre type ou il va tous nous balancer ? C'est le genre à tomber tout seul ou à en faire profiter les copains ? demande la maire de Paris.

Je lui raconte, pour les cachets, la dépression. Elle s'énerve. La seule préoccupation de Pauline, à cet instant, c'est comment elle va sauver son empire. On sent qu'elle a l'habitude. Elle dit à Marie de contacter l'avocat. Mais si, enfin, le passe-muraille, celui qui gère les basses œuvres, muet comme une tombe, avec les petites lunettes rondes et du sébum en surplus. On allait l'envoyer à Bruno et dans quelques jours, on boirait du champagne Belle Époque tous ensemble. On finit pas en taule pour un e-mail, sinon ça ferait belle lurette qu'elle moisirait à la Santé, nous dit-elle, bravache.

— Rentrez chez vous, monsieur Dubois, c'est encore le plus sage. Et on attend. D'ici là, motus !

J'hésite entre remercier sa présence providentielle de voyoute professionnelle, et lui dire d'aller se faire cuire le cul. C'était facile pour elle. Loin dans la ligne de commandement, il en faudrait du temps pour la faire tomber. Moi, si Bruno craquait, j'étais le prochain sur la liste. Et puis, à bien y réfléchir, je perçois rapidement que son petit avocat boutonneux est notre meilleur allié. Putain, Bruno. « *Fuck ! Fuck ! Fuck !* »

Sur le chemin du retour, je dois contenir une Léna bien curieuse. Elle me pose des questions sur le moment passé avec Pauline : « Je croyais que c'était un caillou dans ta chaussure ? Vous m'aviez l'air plutôt complices... » Puis, voyant mon inconfort, elle change de sujet :

— Demain on a une échographie de contrôle, tu te rappelles ? On va enfin revoir Gabrielle.

LE CORDON

À la télévision, Léna regarde un reportage sur les conséquences du réchauffement climatique. Le dernier rapport nous place sur un réchauffement de 5 °C par rapport à l'ère préindustrielle, dès 2050. C'est 3 °C de plus, et trente ans plus tôt que la précédente version du rapport. Un drame, Léna en pleure presque. Elle se caresse le ventre.

Plus tard, chez l'échographe, on aperçoit Gabrielle. Elle est aérienne, céleste dans le neigeux de ses pixels, pendue à son cordon, comme suspendue au placenta. Elle est belle, notre fille en devenir. Paisible, sereine, comme endormie. Une musique classique agréable magnifie l'instant, solennel. Léna est allongée, gélifiée par le professionnel qui passe prosaïquement sa sonde sur ses rondeurs. Elle a un peu froid, me tient la main. J'ai le trac. Puis Léna lui parle, elle lui dit : « Gabrielle, que se passe-t-il, pourquoi tu ne bouges plus ? »

Gabrielle, petit être fragile, chair de nos chairs, mais que fais-tu avec ton cordon ? Il est autour de ton cou, ce fichu cordon. Emberlificoté, entricoté. Non, ne joue pas avec ça, c'est dangereux, Gabrielle. Gabrielle ? Non, je ne peux pas t'aider. Je suis dehors, tu es dedans. Tu ne veux pas sortir ? Tu ne peux pas sortir ? Ah, tu t'en vas ?

Et pendant qu'il la strangule, qu'il l'asphyxie, ce cordon de l'enfer, Dieu sait depuis quand, Léna et moi comprenons qu'il lui retire la vie, peut-être est-ce déjà fait, sans qu'on ne puisse rien y faire. Sans qu'on ne puisse rien y faire. Sans qu'on ne puisse rien y faire.

Elle était belle ma fille, elle est morte ma fille.

Elle grésille encore un peu, ma fille, sur l'écran neigeux d'où sa silhouette d'ange nous parvient.

Peut-être qu'elle est déjà partie ? Mais où est-elle ? Où diable est-elle ?

Elle était belle ma fille, elle est morte ma fille. Elle était innocente, ma fille.

Dans les abysses des yeux verts de Léna, d'un calme anormal, quelque chose semble s'être éteint. Quelque chose qui ne pourrait pas se rallumer. À une nuance de vert près, on aurait pu s'y méprendre. Sauf ceux qui savent.

Gabrielle brille doucement. Immobile, empêchée pour toujours, et je sens quelque chose se liquéfier en moi. Peut-être mon cœur. Ou le reste de ma rate, de mon rein. Mes organes, mon plexus solaire, mes veines et mes vaisseaux, et tout ce que j'ai de vivant, jouent à vive allure une partition mélancolique. Dénuée d'espoir. Des petits battements, des spasmes et des tressaillements vains. Et toutes les villosités de mon ventre charrient un spleen amer. Des larmes coulent sur mes joues. D'abord des éclaireuses, timides, pudiques, et puis un tsunami. Ma cage thoracique tambourine comme un caisson de basse, filtrant quelques bribes de mes râles pathétiques. Une douleur ancestrale traverse mon corps. La mémoire de toutes les misères humaines réunies qui jaillit du plus profond des siècles. Comme si tous les enfants morts d'innocence et ce qu'il reste des parents m'envoyaient leurs fluides de désespoir et leurs chagrins insolubles. Qu'est-ce qui peut faire plus de mal que la promesse du futur qui meurt ?

Et puis j'ai la bouche sèche. Je regarde l'écran et j'aperçois le corps de Gabrielle avec le visage de Gaïa, qui me sourit. Je ne comprends pas. J'ai la bouche décidément très sèche. Je crie. Je bouge. Je ne comprends pas. Puis je sens une main qui m'attrape par l'épaule et me secoue. Je résiste. J'ai la bouche sèche.

Et d'un coup, en sueur, je me réveille. Je suis allongé dans mon lit. Léna est à mes côtés, paisible et arrondie, et elle me parle :

— Julien, eh oh, Julien ?! Pourquoi tu cries ? Réveille-toi.

Encore un de ces foutus cauchemars. Je vérifie que tout va bien auprès de Léna, que je préserve soigneusement de mes vagabondages anxieux. Puis je tente de me rendormir, encore tremblotant, en me disant que je l'ai échappé belle.

KAPUT, FIN DU *GAME*

« Bruno s'est mis à table ! Rejoins-nous au port, c'est urgent. » C'est en lisant ce texto de Marie au réveil qu'une journée très longue et particulièrement pénible commence pour moi. Il faudra penser à perdre cette habitude de lire ses messages directement au réveil, il y a sûrement mieux à faire. Ensuite, je dis à Léna que je dois filer, une urgence. Je l'embrasse. Je ferme la porte, comme un automate. Et puis je ne prends pas l'ascenseur, il est bloqué au deuxième, je dévale l'escalier, manquant de tomber.

En arrivant à Gennevilliers, l'Afghan fait morne mine, je sens que quelque chose a déraillé. Le faste mystérieux observé lors de ma dernière visite, avec serviteur, entrée triomphante et costume de sapeur, n'est plus. Certains tableaux sont retirés du mur, notamment ceux de Jean-Sublime. Il ne reste plus qu'une toile, une sorte de nature morte, un peu abstraite, sans nom d'artiste. On dirait que le peintre, du néant de ses couleurs ternes, a épuisé toute sa sève créatrice, dans une ultime tentative de retranscrire le vide abyssal qui l'habite. L'Afghan m'invite à m'asseoir dans le fauteuil club restant. L'air contrarié, un peu désabusé, il m'explique que Bruno a craqué. Ensuite, dans un regain d'énergie, peut-être par politesse, il se redresse légèrement et lâche, :

— Bruno s'est mis à table. Et il a, pour ainsi dire, bien déjeuné !

Je souris à mon tour, par politesse aussi. L'Afghan a décidément des dispositions pour l'humour tragique, ça détend l'atmosphère. Il poursuit en racontant la garde à vue de Bruno. D'abord sa volonté de nous préserver, de se défendre bec et ongles sur les conseils de l'avocat. Et ensuite, peu à peu, sous l'effet de la fatigue et des petits coups de pioche experts des enquêteurs, sa capitulation tout entière. Un petit éboulement, suivi de toute la falaise qui s'écroule. Je comprends qu'au bout de trente-six heures de garde à vue, il a perdu son sang-froid, il a tout balancé : le casse, son mobile et surtout le meurtre du grand Chinois. Il nous a tout mis sur le dos.

La conversation me fait l'effet d'un coup de dague bien aiguisée, bien pointue, dans le bas-ventre. Une perforation des intestins, ou bien une explosion de la rate ou d'un rein, ce n'est pas très clair. Le fauteuil club couine de mes gesticulations inconfortables pendant qu'on m'assassine. Un truc qui laisse des séquelles, si on s'en sort. Putain, Bruno, t'as déconné.

Puis l'Afghan me remet une lettre manuscrite dans une petite enveloppe blanche. Il se tait, c'est une lettre de Bruno, obtenue par l'entremise de Pauline Diawara, qui m'est destinée. Il propose de sortir, je dis non de la tête. Je commence la lecture :

Julien, mon pote. Sûrement que si tu lis cette lettre, tu veux déjà me buter. Ou sinon ça va pas tarder. Je sais pas si je suis une balance. Je suis surtout un mec qu'a plus la force de mentir. Le collègue, avec toutes ses questions, à me parler comme à un criminel, il m'a fait péter une durite. Ça fait six mois que j'en chie, que je chiale comme un connard quand je vois un gamin. Six mois que je suis en chien, à mal respirer, à dormir comme un coupable. T'y penses un peu aux orphelins qu'on a faits, ces pauvres gosses ? Je veux tout dire, j'ai plus la force d'être un méchant à qui personne ne pardonne. Je sais qu'il faut qu'on paie. Sinon, on pourra pas se regarder dans la glace. Et toi, comment tu veux être un bon père, sinon ? Un papa c'est un type grandiose, pas un salopard qui cache ses crimes. Un enfant, ça peut pas grandir dans le mensonge. La zonzon ça va être chaud, mais tu vas y arriver, et ensuite t'auras la tête haute. Alors, prends bien le temps de vivre, Julien. Pour moi c'est déjà fini. Si je te fais ça, c'est par respect pour toi, pour que tu puisses te regarder dans la glace quand tu seras papa. Peut-être tu comprendras un jour. De toute façon, c'est fait, alors merde.

Bruno

Le ciel me tombe sur la tête. Il m'a aussi balancé pour le meurtre du grand Chinois. Et en plus il dit faire ça pour mon bien ? Mais t'es qui, Bruno, pour oser faire un truc de bâtard comme ça ? Ciao l'artiste, compte pas sur moi pour t'aider un jour.

En relisant la lettre, j'imagine Bruno, au commissariat, sans ses médocs, fatigué, acculé à la révélation. Il n'avait pas dû supporter d'être du côté de l'accusé, lui, l'ancien flic. Une sorte d'impossibilité cognitive, qui l'avait fait dérailler. La dissonance ultime. Son cerveau puis son corps avaient dit non. Qui peut garantir avoir fait mieux ?

Poussé dans un petit coin sans air, asphyxié des questions de l'agent, dans cet endroit où personne ne veut être, ce qu'il refoulait depuis si longtemps avait jailli des limbes de son inconscient. Là, dans cette petite salle sans fenêtres à l'odeur d'homme des bois où les misères de la trahison ont cours, il s'était pris dans la face la mort de son père, sa prestation de serment, la taule. Et il avait su, d'instinct, qu'il n'était pas là que pour le casse. Il avait su qu'il fallait qu'il confesse la mort du grand Chinois, qu'il tente d'obtenir l'absolution de l'officier de police, miroir de lui-même. Il avait dû lâcher quelque chose qui disait « J'ai merdé, je le sais. Je suis du mauvais côté, pardonne-moi », qu'il s'adressait en fait à lui-même.

Et, au passage, il savait très bien, en vieux singe rusé de la cité Picasso – quel salaud – habitué des procédures, qu'il obtiendrait la clémence des juges en me lâchant en rase campagne. Après tout, il n'était pas coupable du meurtre du Chinois, et me balancer allait réduire sa peine. Qu'étais-je pour lui ? Un collègue de travail qui l'avait méprisé puis qui, par nécessité plus que par envie, avait fini par le trouver utile. J'aurais pensé que nous étions plus que ça, l'un pour l'autre.

J'entends péniblement l'Afghan, qui m'exhorte à trouver une planque. La police doit être à ma recherche à l'heure qu'il est, chez moi ou à Bobigny : il ne faut pas y retourner. Je ne l'entends pas. Tout mon être veut rentrer dans le tableau du mur et s'y éteindre paisiblement. Atteint de neurasthénie subite, j'ai le regard vide, les neurones déjà en cage. J'en suis ramené à mon essence contemplative : je veux agir, mais je reste paralysé.

L'Afghan, qui n'est pas du même bois, en dépit de la constance de sa courtoisie, finit par gueuler. Avec rougeur du cou, veine frontale et postillons, témoins visuels et sensoriels sans équivoque de sa colère. Il doit juger le zèle de cette mise en scène nécessaire pour rappeler mes sens à la vie. Il gueule, donc :

— On doit dégager, et fissa ! Je vous prends un billet pour Freetown, en Sierra Leone, dans trois jours. Franz y est déjà. On y sera tranquilles, l'extradition, ils ne connaissent pas. D'ici là, il faut tenir.

Je suis encore ailleurs. Je ne suis pas un fugitif, je débute. Heureusement, l'Afghan me prend la main. Il propose de me faire fabriquer un nouveau passeport au nom de Nicolas Martin, pour sortir du territoire. Nicolas Martin, après Julien Dubois, d'un ectoplasme patronymique à un autre, au moins aucun risque de dépaysement. Je lui demande si c'est bien nécessaire, si je suis obligé de fuir. Et puis Léna, et notre bébé ? Il me répond assez cash, d'une franchise de vieux baroudeur, que j'ai le choix entre la liberté et la prison ferme, que ça se joue maintenant. Soit je lui prends la main qu'il tend, maintenant car il n'a pas toute la journée, soit j'écope de vingt ans. Il ne plaisante pas, l'Afghan. Je finis par lui donner mes papiers, puis je lui demande où aller. Je suis toujours incapable d'une décision autonome. Il me répond calmement, comme celui qui a déjà pensé à tout :

— Vous devez vous trouver tout de suite un lieu de cachette. Idéalement pas chez vous, et pas à Paris.

Je regarde ma montre, l'heure de l'échographie approche. La vraie cette fois-ci, pas celle concoctée par mon inconscient sous pression. Malgré mon nouveau statut, je dois impérativement m'y rendre. Ne serait-ce que pour prévenir Léna. De quoi demain serait fait, c'est impossible à dire. Je dois prendre ce qui s'offre. Je quitte l'Afghan en le remerciant de son aide. Il me souhaite bonne chance. Je ne suis pas sûr de comprendre pourquoi. Lui, il sait. Il sait ce que c'est, les adieux aux siens, à sa terre. Le dépucelage des fuyards.

Sur le trajet du cabinet d'échographie, une pensée me traverse l'esprit que je tente de chasser. Cette grossesse était une folie. J'aurais dû, au vu de ma situation intenable, m'y opposer. Et maintenant, ce bébé est presque là, vivant. Je l'attends. Je le veux. Mais sa présence complique tout. L'amour complique souvent tout.

Léna remarque rapidement que ça ne va pas. Je dois être livide, ou ailleurs. Le masque est tombé. Fini le petit théâtre de mes dissimulations. Sur le boulevard Pereire, devant le cabinet du gynécologue non conventionné, je sens approcher mon moment shakespearien. Maintes fois repoussé, c'est désormais inévitable. Je suis dans un cul-de-sac de la vie, au bord de l'asphyxie.

— Que se passe-t-il, tu es vraiment pâle. Tu as vu un fantôme, comme cette nuit ? me dit-elle avec un air rieur.

Elle doit penser qu'il s'agit encore d'un problème de vélos, comme d'habitude, ou d'un autre rêve.

Je lui dis tout : Bruno, le casse, la Sierra Leone, à l'exception du grand Chinois, ça c'est impossible. Pas les détails, juste les grandes lignes, les implications. Elle écoute, comme ailleurs, avant de secouer la tête, pour dire qu'elle a compris. Moi je crois qu'elle n'a pas si bien compris. Elle ne s'énerve pas, il faudrait qu'elle me houspille. Elle me montre la porte du gynéco, il est tard, il faut y aller, avant de m'embrasser dans un baiser interminable. Le genre de ceux où elle me renifle en même temps, pour prendre du courage, comme si mon odeur la rendait plus forte. Elle vient de différer la prise de conscience de mon annonce, elle me rappelle à l'essentiel. Par une sorte d'apnée de la réaction, sans prononcer un mot, elle me dit pourtant : « On va voir notre bébé, non ? Qu'est-ce qui peut être plus important que ça ? On verra bien après. Il ne peut pas nous voir dans tous nos états. » À ce moment-là, grâce à l'invitation de Léna, je me sens pleinement père. À lutter vaillamment contre tous les cyclones, les tsunamis du destin qui veulent vous décapiter la gueule, alors qu'on n'en mène pas large. Et, toujours, à tenter de préserver ce qu'on chérit le plus. Je regarde Léna et je la veux tout entière. Elle avance, Léna. Même lorsque la mare est pleine de crocodiles, elle nage vers l'autre rive.

En sortant du cabinet, j'étreins Léna de tout ce qu'il me reste de vivant. Je ne sais pas quoi dire. Nous allions avoir une fille. Elle était en parfaite santé. Et, à cet instant, elle avait aussi un père presque fugitif, et un peu mélancolique. Joyeux, mais triste de voir le bonheur lui filer entre les doigts. Ensuite, Léna sort sa tête de ma poitrine et me regarde, décidée, puissante :

— Je viens avec toi. Tu ne partiras pas sans moi, où que tu ailles. Pas maintenant, pas sans notre enfant.

BONNIE & CLYDE

Nous avions trouvé refuge pour quelques jours dans la grange de Paul et Gaïa, rejointe en autocar de nuit, le soir même, comme en temps de guerre. Avant de partir, nous avions emporté les affaires essentielles, juste de quoi tenir. J'avais prévenu Paul avec un téléphone jetable, sans lui donner les détails. J'avais expliqué qu'il devenait urgent qu'il rencontre Léna, que ça commençait à devenir long, surtout avec la grossesse, et par rapport à la bienséance, ce qui l'avait fait éclater de rire au téléphone. Avec Léna, nous savions que notre temps était compté, la police me cherchait certainement déjà. Mais le voyage s'était déroulé dans l'excitation, la fuite provoquant une sensation euphorisante qui mettait le danger comme à distance.

Ce n'est qu'une fois sur place que je confesse à Paul la véritable raison de notre escale. Sauf le meurtre du Chinois. Certaines choses restent impardonnables, même aux yeux des révolutionnaires. Parmi celles-ci, la mort d'un innocent figure en bonne place. Comme avec Léna, il m'est impossible de le lui révéler. Peut-être parce que je n'accepte pas cette mort. Elle semble presque irréelle. Quelques bribes de brouillard, la pluie, le mode accéléré. Et, alors que je suis sur le point de m'en tirer, je nie cet événement. Comme si je voulais laisser le fardeau à Bruno, qu'il l'emporte dans sa cellule. C'est impossible, c'est dangereux, même. Je ne cesse de penser à sa lettre et à l'implacable vérité qu'elle contient. Je ne vais pas l'oublier. Et pourtant, j'ai la fureur de vivre. Je me dis que j'ai même le devoir de vivre. Pour Léna, pour Gabrielle. Y compris au prix d'un mensonge. Alors je fais ce pacte avec moi-même, de ne jamais en parler à personne au-delà de ceux qui savent. Et pourtant je sais qu'un jour, sans prévenir, il se pourrait que Liang remonte à la surface.

Le lendemain de notre arrivée, dans la cuisine, Paul me fait une remarque qu'il mûrissait certainement depuis mon arrivée :

— Tu as bien foutu le bordel. Je crois que Papouchka aurait été fier de toi, me dit-il, goguenard.

— Pas sûr, ce n'est pas comme si j'avais fait exprès.

Ensuite, je lui confesse :

— C'est plus facile à dire maintenant, mais je crois que tu avais raison sur toute la ligne, Paul.

Au fond du pré, Léna et Gaïa sont occupées à planter des tomates cerises alors que le soleil rasant, juteux comme une orange sanguine, se couche sur les champs. On entend leurs rires. Léna porte une jupe de gitane et un foulard dans les cheveux que Gaïa tente d'attraper. Au fond, un mouton ancestral regarde paisiblement la scène. Les soucis paraissent loin. Puis Paul ajoute :

— Comment ça ? Tu m'intrigues, cousin, me dit-il.

— Qu'il faut cultiver son jardin, c'est la seule chose qui vaille.

— Je ne crois pas être le seul à avoir dit ça. Après, tout dépend de quel jardin tu parles. Le tien ou celui de Trevor ?

J'éclate de rire. Gaïa et Léna marchent vers nous, elles nous envoient des baisers avec la main. Léna sourit, sincère, calme, apaisée. Un instant, je suis hors de moi, constatant la pureté du moment. Puis Paul me regarde et lève son verre de blanc : « À la nouvelle vie des Justes du vélo ! » Quel cabot, il va me manquer.

Le jour du départ vers la Sierra Leone, Paul nous avait déposés en voiture à l'aéroport. J'avais emprunté son téléphone pour lire les dernières nouvelles de Wunderbike relayées par les journaux. Trevor avait été contraint de fermer sept villes dont Paris et Berlin, ses deux joyaux européens. Le manque de ressources financières, surtout après la journée de grève, sonnait la fin de l'aventure. On parlait d'un licenciement de sept cent cinquante personnes. Des gens oubliés, broyés par l'inconséquence des grands joueurs de la roulette mondiale. Assis à l'arrière avec Léna, on regarde sur Twitter les vidéos, virales, des vélos Wunderbike qu'on détruit par centaines dans des casses automobiles. Les batteries sont encore sur les vélos. Au total c'est peut-être trente mille vélos qu'on balance à la poubelle. Sur les chaînes d'information, Révolution Décroissance crie au scandale écologique, hurle au greenwashing enfin démasqué. Trevor est sommé de s'expliquer, mais a déjà filé en jet privé vers un pays d'Amérique centrale. Tout ça pour ça.

Bientôt, sur le parvis de Roissy, après des adieux difficiles à Paul et la promesse de se revoir, mon faux passeport fonctionne et nous embarquons dans l'avion, sans être inquiétés, place 12A et 12B du Paris-Casablanca-Casablanca-Freetown. Au moment de décoller, je sens la main de Léna serrer la mienne. Elle me dit : « Il faudra qu'on se trouve une occupation là-bas. J'ai plein d'idées. Une boulangerie française, un tiers-lieu… » Léna paraît très enthousiaste. Même si on ne l'a pas choisi, l'Afrique, ça lui va, c'est comme une évidence pour elle. Moi, je suis heureux, presque tiré d'affaire. Le lieu ne m'importe guère tant qu'elles sont avec moi. J'ai hâte de courir sur ces plages de sable ocre, de serrer la main de Gabrielle et celle de Léna. On a besoin de peu tant qu'on a l'amour et le foisonnement de la nature. À nous l'aventure, Freetown, ville libre, nous voilà. Ensuite, affamé, je commande, en promo trois pour le prix d'un, deux minuscules sandwiches au poulet organique savamment emballés dans de petits sachets de plastique épais. Léna me toise de son regard réprobateur et elle sent un petit coup de pied cogner contre son ventre. Telle mère, telle fille.

Derrière nous, assis vers les issues de secours, on entend la grosse voix de l'Afghan, quelques sbires, et Marie Diawara parlant de monter une ferme de mining manuel de bitcoins sur une ancienne plateforme offshore, au large de Freetown. Ils sirotent un jus de tomates fortement assaisonné. L'hôtesse de cabine prend le micro et annonce : « Ce vol vous est proposé avec 10 % de carburants verts éco-conçus, une innovation proposée par FlyClean, une société Spitzberg Capital. » Je souris intérieurement. J'ai déjà donné, je vais me reposer. Avant de réessayer ? Léna fronce les sourcils.

Pendant ce temps, au fond de la Seine, trois cent vingt-trois vélos clignotent péniblement, puis s'essoufflent et s'éteignent. Dans l'oubli général. Naissance, apogée et déclin en moins d'un an. Des superlatifs aux oubliettes universelles. RIP Wunderbike, au cimetière des licornes pressées et unijambistes.

Une chose est sûre, Léna : toi et moi, on ne va pas construire des châteaux de cartes. On est sur le temps long, pas des trucs qui s'envolent au premier coup de vent. Des trucs qui se transmettent avec fierté, comme le respect des gens et du monde. Des trucs sans victimes collatérales. Ensuite, je l'embrasse et je me souviens d'une phrase que disait souvent Papouchka lors de nos excursions, en contemplant l'horizon verdoyant de montagnes et de cascades : « Un jour sera venu le temps de l'amour, mon petit. Et alors, le monde aura beau s'écrouler, tu ne le lâcheras plus. »

Il m'en aura fallu du temps, pour voir cette lumière. J'aurai failli y laisser ma peau, j'aurai failli tout perdre. J'ai sûrement perdu une partie de moi, qui ne repoussera pas. Mais c'est juste une partie, tous n'ont pas eu cette chance.

Ce matin, à travers le hublot relevé de l'avion, collé contre l'épaule de Léna, enivré par son parfum, son regard, son ventre rond et les promesses qu'ils offrent, j'aperçois des nuages cotonneux, grisonnants, comme une belle barbe blanche ancestrale, et, au milieu, un arc-en-ciel. Alors je pense : merci pour la seconde chance, Papouchka, si tu y es pour quelque chose. Tu peux dormir tranquille, maintenant. Je suis devenu un homme. Je sais que l'essentiel est fragile. J'ai vécu, je vais vivre, je sais qui je suis. Un type avec quelques balafres, et surtout beaucoup d'espoir.

REMERCIEMENTS

Je tiens à dire merci à Suzanne, qui m'aura donné la force de me lancer. À Audrey, ma femme, et selon les jours, première relectrice, correctrice ou groupie. Ce livre doit énormément à tes remarques et à ton soutien indéfectible, je t'aime. À Prune, Émile et Gisèle, mes enfants, dont le regard curieux et enthousiaste sur « mon livre » a accompagné sa rédaction.

À mes parents, à Louise, à Paul. À ma grand-mère, Mythou. Ils m'ont chacun appris, à leur manière, à avoir de grandes émotions et à m'en servir. À Benjamin, à qui je dis que les chats continueront de miauler le froid. À mes premiers lecteurs, que je remercie pour leurs conseils constructifs et bienveillants.

À Claire G., dont l'écoute crée des miracles. Malgré les doutes et les attentes, nous y voici.

Enfin, merci à mon éditrice et aux éditions JC Lattès pour la confiance qu'elles m'accordent en publiant ce premier roman.

Cet ouvrage a été composé par PCA

Imprimé en France par
CPI BUSSIÈRE (18200 Saint-Amand-Montrond)
en avril 2023

pour le compte des Éditions J.-C. LATTÈS
17, rue Jacob – 75006 Paris

PAPIER À BASE DE
FIBRES CERTIFIÉES

JC Lattès s'engage pour l'environnement en réduisant l'empreinte carbone de ses livres. Celle de cet exemplaire est de :
750 g éq. CO_2
Rendez-vous sur www.jclattes-durable.fr

N° d'édition : 01 – N° d'impression : 2070272
Dépôt légal : mai 2023
Imprimé en France